Goldmann SCIENCE FICTION
Band 0176

Bob Shaw · Cocktailparty im All

W0186266

Von Bob Shaw
sind außerdem lieferbar:

Augen der Vergangenheit (0172) DM 3.–
Die Antikriegs-Maschine (0153) DM 3.–
Qualen der Unsterblichkeit (0137) DM 3.–
Menschen im Null-Raum (0140) DM 3.–

BOB SHAW

Cocktailparty im All

TOMORROW LIES IN AMBUSH

Utopisch-technische Erzählungen

WILHELM GOLDMANN VERLAG
MÜNCHEN

Made in Germany · I · 1112
© 1973 by Bob Shaw. Aus dem Englischen übertragen von Tony Westermayr. Ungekürzte Ausgabe. Alle Rechte, auch die der fotomechanischen Wiedergabe, vorbehalten. Jeder Nachdruck bedarf der Genehmigung des Verlages.
Umschlag: Paul Lehr. Gesetzt aus der Linotype-Garamond-Antiqua. Druck: Presse-Druck Augsburg. SF 0176 · Sch/Str
ISBN 3-442-23176-0

Inhalt

Cocktailparty im All

Ein Whisky Soda auf den menschlichen Realitäts-Vektor:
Urquhart, eben aus dem Urlaub zurück, blickte nostalgisch durch die Wände seines Büros auf das Silber des Morgenfrostes an den Dächern. Hinter den grauen Rechtecken des Verwaltungskomplexes konnte er einen bewaldeten Hügel hervorragen sehen, die Farbtönungen von der Entfernung gebleicht, und wieder spürte er ein seltsames Drängen in sich.

Ein schriftstellernder Bekannter hatte ihm einmal erklärt, es sei nicht ungewöhnlich, daß man undeutliche Regungen verspüre, wenn man durch ein Fenster auf einen fernen Hügel blicke, vor allem wenn er Bäume und sonnenbeschienene Hänge besitze. Lesen Sie ›Der goldene Zweig‹, hatte der Schriftsteller gesagt, und Sie werden begreifen, daß der Teil von Ihnen, der noch immer an vergessenen Altären im kambodschanischen Regenwald zu den Göttern betet, unruhig wird, wenn er sich daran erinnert sieht, wie weit Sie von Ihrer eigentlichen Bestimmung abgeirrt sind. Urquhart hatte den Gedanken als hochtrabenden Unsinn abgetan, aber an diesem Morgen schien er beinahe Gültigkeit zu besitzen. Damals in der ersten Woche in Belhampton hatte Urquhart beschlossen, den Hügel aufzusuchen und ihn zu Fuß zu erkunden, aber das lag sechs Jahre zurück, und er hatte nichts unternommen. Ich verschwende die Zeit, als wäre sie Geld, dachte er in plötzlichem Schrecken. *Tenpence fugit* ...

Die nach innen gekehrte Stimmung verflog, als das Silbergeschoß des 9.00-Einschienenzugs auf der Schiene heranraste, die die Biosyn-Zentrale und 1000-km/h-U-Bahn London-Liverpool verband. Eine Handvoll Fahrgäste stieg auf den erhöhten Bahnsteig, unter ihnen ein hochgewachsener Neger in flammenfarbiger Tunika. Selbst aus zweihundert Metern Entfernung fielen die mächtigen Schultern des Mannes auf, und Urquhart erschrak, als er den Neuankömmling halb erkannte.

»Theophilus«, sagte er zum Verwaltungscomputer. »Ist Martin M'tobo in diesem Land?«

Es gab eine kaum merkliche Pause, in der Theophilus über einen Mikrowellenanschluß den Zentralcomputer in Greenwich befragte.

»Ja«, sagte der Terminal auf dem polierten Schreibtisch.

»Wie und wann ist er angekommen?«

»Mit dem Meridian-Flug von Losane, Landung in Chobham heute morgen sieben Uhr elf.«

»Du bist ein mieses Stück«, sagte Urquhart bitter.

»Ich bin ein mieses Stück«, bestätigte der Computer. »Weiter – wenn das eines von Ihren albernen Testproblemen in zweiwertiger Logik sein soll, verlange ich die anderen Prämissen, bevor ich Boolesche Wahrheitstafeln ausdrucke.«

Urquhart ignorierte den Sarkasmus, streckte eine sommersprossige Hand aus und drückte eine Taste, die ihn mit Bryan Philp, seinem technischen Direktor und Chef der Bionik-Abteilung, verband. Das Abbild von Philps kurzgeschorenem Kopf schwebte im Projektionsbrennpunkt des Kommunikators.

»Martin M'tobo ist draußen«, sagte Urquhart tonlos. »Wußten Sie davon?«

»Nein.« Philp lächelte sofort, zeigte ungewöhnlich große und weiße Zähne und legte den Kopf zurück, so daß seine Brillengläser zu Miniatursonnen wurden. Sein knochiges Gesicht war plötzlich undurchdringlich, unmenschlich. Es war eine Abwehrbewegung, das wußte Urquhart, und sie bewies, daß der andere das Gefühl hatte, versagt zu haben, weil er den Mann nicht hatte beschatten lassen.

»Er ist erst vor zwei Stunden in England eingetroffen und muß sofort hierhergefahren sein. Unangemeldet. Was sagt Ihnen das?«

Philps Gesicht wurde ernst. »Tja, es hat nicht den Anschein, als wolle er lediglich mit dem Gründer und ruhmreichen Führer seiner Nation sprechen.«

»Richtig. Es deutet aber darauf hin, daß er das Vertrauen zu Biosyn verliert und argwöhnisch wird.«

Philp lächelte, ließ seine Brillengläser blitzen und wurde wieder zu einem jovialen Roboterwesen. »Wir haben Crowley zu halten versucht, so gut es ging, aber bei dieser Persönlichkeitsstruktur neigte er von vornherein zur Abweichung. Sehr schwierig.«

»Haben Sie eine Adresse für ihn?«

»Angenähert. Wir können ihn nicht genauer lokalisieren als auf einen Dezimeter auf allen drei Koordinaten.«

»Können Sie ihn zurückholen, bevor M'tobo durch die Kontrolle gegangen ist, in zehn Minuten, sagen wir?«

Philp wirkte gequält. »Wenn wir das könnten, gäbe es ja kein Problem, oder?« Das Abbild seines Kopfes wippte ein wenig auf und ab, und Urquhart vermutete, daß er außerhalb des Kamerabereichs heftige und wahrscheinlich obszöne Bewegungen vollführte, aber jetzt war nicht die Zeit, sich mit trivialen Angelegenheiten der Disziplin zu befassen.

»Mhm.« Er trommelte mit den Fingern, während er seine Entscheidung traf. »Ich werde M'tobo den Tank zeigen.«

»Ist das klug?«

»Immer noch besser, als daß er auf den Gedanken kommt, Crowley sei tot. Ich möchte Sie auch dabeihaben.« Urquhart schaltete ab, und das Abbild des anderen löste sich in der Luft zu wirbelnden, glitzernden Stäubchen auf, flüchtige Glühwürmchen. Er sagte Theophilus, wohin er wollte, dann hastete er hinaus und benützte den Fallschacht zum Erdgeschoß. M'tobos theatralische Gestalt war in der arktisblauen Empfangshalle augenblicklich erkennbar; seine gewaltigen Schultern wölbten sich ungeduldig unter der orangeroten Tunika, als er auf die Reihe von Prüfzellen zuging, wo über seine Berechtigung, das eigentliche Gebäude zu betreten, entschieden werden würde. Urquhart erreichte die Zellen von der anderen Seite her, gebrauchte seinen Schlüssel und setzte den Kontrollcomputer einer Zelle außer Betrieb, gerade als M'tobo auf sie zutrat. Der Neger wirkte ein wenig überrascht, als beide Türen sich zitternd öffneten und er Urquhart mit ausgestreckter Hand vor sich sah.

»Willkommen bei Biosyn, Martin«, sagte Urquhart herzlich. »Warum haben Sie uns nicht mitgeteilt, daß Sie kommen, und sich am Flughafen abholen lassen?«

»Danke, John.« M'tobos trockene, warme Hand schloß sich um Urquharts Finger. »Ich wollte nicht lästig fallen – Sie müssen doch sehr beschäftigt sein.«

»Nicht so sehr, daß ich nicht einen alten Freund begrüßen möchte«, versicherte ihm Urquhart und wog im stillen die versteckte Andeutung ab, daß die Firmenleitung in Schwierigkeiten steckte.

»Danke, aber in erster Linie handelt es sich um einen geschäftlichen Besuch. Ist Oberst Crowley verfügbar?« Sie gingen auf die schimmernd grünen Orgelpfeifen der Fallschächte zu.

»Äh – nein. Wir haben vorübergehend keinen Kontakt – aber weshalb haben Sie nicht über Mikrowelle angerufen? Sie hätten sich dann spa –«

»Ich hatte das Gefühl, daß er nicht verfügbar sein würde, und in erster Linie wollte ich zu Ihnen, John. Kann man hier gefahrlos sprechen?«

Urquhart blieb stehen.

»Ja.«

»Die Lage ist – kurz ausgedrückt – die, daß meiner Regierung Neuwahlen aufgezwungen werden, vermutlich in zwei Monaten. Sie haben von den Unruhen in Losane gehört?«

»Wir alle hier.« Urquhart wurde von dunklen Vorahnungen bedrängt. »Ich ging aber davon aus, daß es sich nur um Lehrer handelt, die gleiche Bezahlung wie die Studenten verlangen, oder um etwas Ähnliches. Ich dachte nicht, daß sie es ernst meinen.«

»Doch, leider. O'ringas Demokratische Reformpartei hat im vergangenen Jahr großen Zulauf erhalten, so daß uns nichts anderes übrigbleibt, als Neuwahlen zuzustimmen – und die könnten wir ohne die aktive Unterstützung durch Oberst Crowley verlieren.«

»Aktiv?« Urquhart lachte.

»Aktiv im politischen Sinn – das heißt, jederzeit verfügbar sein, um zu seinem Volk zu sprechen und der Regierungspartei seinen Segen zu geben. Das ist nicht mehr, als uns von Biosyn versprochen wurde.«

»Gewiß, gewiß.« Urquhart schaute sich nach den in der Empfangshalle verstreuten kleinen Gruppen von Personen um. »Martin, vielleicht sollten wir uns hier doch nicht unterhalten. Ich nehme Sie mit hinunter zum Tank.«

M'tobo trat unwillkürlich einen Schritt zurück und prallte mit einer munteren Sekretärin zusammen, die einen der neuesten Vibro-BHs trug. Der Anprall brachte die winzigen Impulsmotoren in dem Vibro-BH aus dem Gleichlauf, und das Mädchen hastete aufgebracht davon, bemüht, das wilde Wogen ihres Busens zu zügeln.

»Interessanter Effekt, das«, meinte Urquhart mit verzweifeltem Lächeln, aber die Augen des Riesen blieben starr, und Urquhart begriff plötzlich klarer, was in dem afrikanischen Staat, den er vertrat, vorging. Wenn eine Person von M'tobos Ausbildung und Erfahrung Zweifel und Ängste hatte – wie würde es unter den Massen aussehen?

M'tobo faßte sich sofort wieder. Er sprach über Belanglosigkeiten, während Urquhart seinen Schlüssel gebrauchte, um den Spezialschacht zu öffnen, der hundert Meter tief in den gewachsenen Fels führte. Der Fall dauerte nur Sekunden, dann traten sie in den Tankraum. Er war quadratisch, mit einer Seitenlänge von fünfzig Metern, aus dem Fels gehauen, aber alle Wände waren mit vergrößerten, über Lichtrohre vom Dach herabgeholten Szenen bedeckt, so daß man sich wie in einem Penthouse vorkam. Urquhart sah den bewaldeten Hügel im diffusen Morgenlicht, *seinen* Hügel, und er beschloß, am Wochenende hinzugehen. Der Tank selbst nahm die Mitte des Raumes ein. Seine Spiegelflächen reichten vom Boden bis zur Decke, und Schaltpulte unterschiedlicher Größe standen davor. An den meisten Pulten saßen ein oder zwei Techniker.

»Martin!« Bryan Philp kam auf sie zu, das Gesicht durch Brille und Zähne mit Licht abgeschirmt. »Schön, Sie zu sehen, *schön*, Sie zu sehen!«

Komödiant, dachte Urquhart, übertreib nicht so. Aber M'tobos Aufmerksamkeit galt allein dem Tank. Er trat ein paar Schritte darauf zu, blieb mit dem Rücken zu ihnen stehen. Urquhart beobachtete ihn und erinnerte sich an seine eigene anfängliche Betroffenheit, an den inneren Aufruhr, als der Intellekt den Instinkt gezwungen hatte, das Unmögliche zu akzeptieren ...

»Es ist so schwer für mich, das hier zu fassen«, sagte M'tobo. »Ich habe persönlich an Oberst Crowleys privater Bestattung und Einäscherung teilgenommen, und trotzdem muß ich daran glauben, daß er da drinnen lebt.« Er wirkte stiller, etwas weniger herkuleshaft, und Urquhart wurde klar, daß es ein geschickter Schachzug gewesen war, ihn zum Tank zu führen. M'tobo wandte sich an Philp. »Die Technologie, um die es hier geht, übersteigt mein Verständnis weit, aber ich wünsche mir immer wieder, daß ich begreifen – «

Philps Augen leuchteten auf. »Kommen Sie mit in mein Büro, Martin. Ich habe da etwas, was Sie interessieren wird.« Er nahm M'tobo beim Ellbogen und führte ihn in sein langgestrecktes Büro, das an der einen Seite eine Glastrennwand, an der anderen eine altmodische Wandtafel aufwies. Urquhart folgte mit dem dumpfen Verdacht, daß sein technischer Direktor verrückt spielen würde, wie gewohnt, wenn er nicht streng auf seine eigene Arbeit beschränkt war. Philp drückte M'tobo in einen Sessel und beschäftigte sich mit einem 3-D-Projektor.

»Bryan«, flüsterte Urquhart. »Ich hoffe, Sie zeigen nicht den Trickfilm, von dem ich gehört habe. Den Sie und Ihre spinnösen Techniker zusammengebastelt haben, als Sie eigentlich –«

»Guten Tag«, sagte eine rosige Zigarre mit Flossen am einen und einem Comic-Heftgesicht am anderen Ende. Sie war vor der Wandtafel in der Luft aufgetaucht und verbeugte sich auf groteske Weise, während sie sich vorstellte. »Ich bin eine Interkontinentalrakete und, ob Sie es glauben oder nicht, eine unmittelbare Vorfahrin des Bionik-Tanks, in dem eine menschliche Persönlichkeit unbegrenzt synthetisch erzeugt und erhalten werden kann.

Lassen Sie sich von einem kleinen familiären Problem berichten, das ich vor langer Zeit hatte. Wie alle anderen frühen komplexen Computersysteme war ich – na ja, geben wir es zu, ich war ausgesprochen unzuverlässig. Meine Konstrukteure gaben sich bei meinen Einzelteilen alle Mühe und vermochten ihnen einen Zuverlässigkeitsfaktor von ungefähr neunundneunzig Komma neun-neun-neun-drei Prozent zu verleihen, aber selbst das gab mir nur eine angemessene Chance, fehlerlos zu funktionieren. Die Zuverlässigkeit von Einzelbauteilen zu steigern war technisch eine Sackgasse, weil alle hier gewonnenen kleinen Vorteile durch meine wachsende Größe und Kompliziertheit mehr als ausgeglichen wurden.«

Die rosige Zigarre demonstrierte diesen Prozeß, indem sie ein wenig länger wurde und eine zusätzliche Flosse erwarb. M'tobo starrte sie gebannt an.

»Das werden Sie mir büßen«, zischte Urquhart Philp ins Ohr. »Unsere PR-Berater haben strenge Anweisung gegeben, daß Ihre Mißgeburt da vernichtet werden muß. Schalten Sie augenblicklich ab!«

»Und trotzdem gibt es einen weitverbreiteten Computer, der die entgegengesetzte Wirkung erreicht hat – nämlich das menschliche Gehirn«, fuhr die Zigarre vergnügt fort und lächelte, als neben ihr ein grünlicher Gegenstand auftauchte, der aussah wie ein gekochter Blumenkohl. »Es besteht aus zehntausend Millionen Neuronen, von denen jedes einzelne weniger zuverlässig ist als ein Transistor – und trotzdem ist das gesamte System millionenmal zuverlässiger als jedes seiner Einzelteile. Das Gehirn ist nicht vollkommen, wohlgemerkt. Als Anlage zum Überleben ist es wegen seiner Konditionierung etwas starr, und für den Umgang mit Problemen der Logik eignet es sich, offen gesagt, nicht besonders.«

»Das muß ich zugeben«, sagte das Gehirn mit einer gezierten Frauenstimme, die Urquhart ein lautes Ächzen entlockte. »Die Probleme hören damit auch noch nicht auf. Meine Neuronen entsprechen darin genau den elektronischen Schaltungen meiner Freundin hier, daß sie entweder auf ›Ein‹ oder auf ›Aus‹ stehen müssen. Ein Zwischenstadium ist nicht möglich – aber sie arbeiten viel langsamer als Schaltungen.

Wie überwinde ich diese Nachteile? Die Antwort ist einfach – ich arbeite mit Parallelschaltung. Viele verschiedene Verbindungen werden gleichzeitig hergestellt, mit dem Ergebnis, daß eine defekte biologische Schaltung augenblicklich überstimmt wird, was mir einen hohen Zuverlässigkeitsgrad verleiht. Die Parallelarbeit gleicht auch die relative Langsamkeit meiner Neuronen aus.«

»Völlig richtig«, warf die rosige Zigarre ein. »Das Gehirn als Beispiel vor sich, wandten sich die Computerkonstrukteure schon in den sechziger Jahren des Zwanzigsten Jahrhunderts von der Sequenz- oder Serienfolge ab. Sie untersuchten Paralleloperationssysteme, dem Gehirn nachgebildet, und diese Technik erwies sich als erfolgreich – es entstanden Maschinen, die menschenähnlichen, alogischen, heuristischen Denkens fähig waren –, aber der größte Durchbruch war die Entwicklung von elektrochemischen Mikrominiatur-Bauelementen.« Das blumenkohlartige Gehirn verschwand schlagartig und wurde ersetzt von einem Schwarm vielfarbiger Punkte, gestreift wie Wespen.

Urquhart unternahm den Versuch, zum Projektor zu gelangen, aber Philps Ellbogen traf ihn schmerzhaft am Mund.

»Sie sind erledigt, Philp«, flüsterte er, während er vorsichtig seine Oberlippe betastete. »Sie verlassen Biosyn noch heute.«

»Regen Sie sich ab, John – Martin genießt die Vorführung. Außerdem ist sie bald vorbei.« Philps ließ seine großen Zähne blitzen, und die Zigarre begann wieder zu sprechen.

»Die Konstrukteure sahen sich mit einer ganzen Rüstkammer neuer Bauelemente ausgerüstet – mit dem Artron, einem artifiziellen Neuron mit eingebauten Logik- und Hemmungsschleusen, die es ihm ermöglichten, die Arbeit des Gehirnneurons wirksam zu simulieren; mit dem Neuristor, einer Diode, die den Neurit vertrat, die Nervenfaser, die das Neuron anschließt; mit dem Memistor, der elektrochemische Erscheinungen dazu benutzte, als Gedächtnisspeicher zu funktionieren.

Wahre künstliche Intelligenz war endlich entstanden – und mit ihr die Möglichkeit, daß eine individuelle menschliche Intelligenz das katastrophale Energieversagen, das wir als Tod bezeichnen, vermeiden konnte. Das geschah dadurch, daß das Gehirn kurz vor dem Tod mit einem ultraschnellen Röntgenstrahlrastergerät abgetastet wurde, welches den elektrischen Zustand jedes einzelnen der vielen Millionen Bestandteile aufzeichnete. Das Ergebnis war ein ungeheuer komplexes Programm, das, in den Tank eingebracht, die menschliche Persönlichkeit in allen Einzelheiten wiedererschuf.

Vielen Dank für Ihre Geduld.« Die rosige Zigarre verbeugte sich noch einmal und verschwand.

Urquhart wischte sich die Schweißtropfen von der Stirn.

»Wie kann ich mich für diese kindische Vorführung entschuldigen, Martin? Mein Kollege ist offenkundig ein verhinderter Waschpulververtreter.«

»Kein Grund, sich zu entschuldigen – ich fand es sogar sehr interessant.« M'tobo stand auf und blickte durch die Glaswand auf den Tank. »Ich hatte keine Ahnung, daß der Computer so groß sein würde.«

»Die Matrix selbst nimmt nur einen Teil der Anlage ein, die Sie da sehen.« Philps knochige Gestalt bewegte sich nervös, als er das sagte. »Wir haben dort drinnen natürlich noch fast tausend andere Klienten, aber die Natur ist noch immer ein wenig im Vorteil, wenn es um die Dichte geht. Selbst bei den neuesten Kyber-Palimpsest-Schaltungen haben wir nicht mehr als fünf Millionen Artronen im Kubikzentimeter unterbringen können. Oberst Crowleys Gehirn ist deshalb jetzt annähernd doppelt so groß wie jenes, das er vorher hatte.«

M'tobo schüttelte langsam den Kopf.

»Und wo im Computer ist das Gehirn denn nun?«

Philp warf Urquhart einen Blick zu und lächelte dann.

»Das ist der springende Punkt«, sagte Urquhart. »Jeder Klient hat eine Adresse – ein spezifisches Volumen der Matrix, die ihm zugeteilt wurde, als man seine Persönlichkeit dem Tank einprogrammierte –, aber Schaltungen dieser Art wirken selbstherstellend. Es besteht die Möglichkeit, daß eine Art Osmose eintritt, daß eine Identität ihre Lage wechselt.«

»Und wenn das geschieht, verlieren Sie den Kontakt?« M'tobos praktischer Verstand stieß sofort auf den Kernpunkt.

»Hm – mehr oder weniger.«

»Wäre es da nicht besser, wenn Sie viel kleinere Matrizes verwenden und für jede nur einen Klienten nehmen würden?«

»Aus technischen und verwaltungsmäßigen Gründen sicherlich – aber das Wirtschaftliche spielt auch eine Rolle. Wir können Artronen jetzt für etwa einen Penny pro Stück herstellen, aber die vollständige Simulation eines Erwachsenengehirns erfordert zehn Milliarden Artronen. Für die Artronen allein – ganz zu schweigen von zusätzlichen Elementen – kommt die Rechnung für das Äquivalent eines Männergehirns auf über hundert Millionen Dollar.«

M'tobo nickte düster.

»Wie können Sie dann – ?«

»In jedem Augenblick kann mehr als eine Identität irgendein bestimmtes Volumen der Matrix einnehmen. Deshalb gebrauchen wir den Ausdruck ›Palimpsest‹, obwohl er nicht genau zutrifft – die alte Beschriftung des Manuskripts braucht nicht wegradiert zu sein. Durch die Mehrfachverwendung der Bauelemente werden die

Kosten geteilt, und selbst ein kleines und ziemlich neues Land wie Losane wird in die Lage versetzt, sich der Dienste seiner großen Männer nach ihrem Tod zu versichern.« Urquhart verstummte plötzlich. Er war im Begriff gewesen, M'tobo das Biosyn-Programm noch einmal neu anzupreisen, was den Eindruck erwecken mußte, er sei seiner Sache nicht sicher.

»Ja. Oberst Crowleys Persönlichkeit ist zu einem beträchtlich verminderten Preis bewahrt worden.« M'tobos Stimme begann volltönender zu klingen, als er sich daran gewöhnte, vor dem Tank zu stehen. »Entscheidend ist aber, daß meine Regierung nicht aus Rührseligkeit heraus handelt. Wenn der Oberst nicht verfügbar ist, um seine Anhänger zu beraten und die Loyalisten sichtbar zu unterstützen, könnte er ebensogut tot sein. Von unserem Standpunkt aus wäre es besser, wenn er tot wäre, weil die an Biosyn gezahlten Summen dann anderweitig verwendet werden könnten.«

»Ich verstehe Ihre Gefühle, Martin.« Urquhart sah Philp an, dessen Zähne und Brillengläser augenblicklich das helle Licht der Hilfsfenster widerspiegelten. »Aber ich darf Ihnen versichern, daß die Verbindung mit Oberst Crowley nur vorübergehend unterbrochen ist.«

M'tobo straffte die massigen Schultern und ging auf die Tür zu.

»Das freut mich. Ich habe veranlaßt, daß er heute in fünf Tagen über Funk zu ganz Losane spricht. Wenn er nicht verfügbar ist, werde ich unsere halbjährlichen Zahlungen an Biosyn einstellen – und meine Gründe dafür öffentlich bekanntmachen.«

Später, als der Losanier zur Einschienenbahn zurückbegleitet worden war, eilte Urquhart zum Tank hinunter, wo Philp Kafftee aus einer Plastikbirne trank. Philps knochiges Gesicht wirkte sorgenvoll.

»Fünf Tage«, sagte Urquhart. »Schaffen Sie das?«

»Sie haben mich entlassen, wissen Sie noch?«

»Sie sind wieder eingestellt.«

Philp zuckte die Achseln.

»Während Sie oben waren, haben wir den Kontakt zu zwei weiteren Klienten verloren – einschließlich Browne.«

»Browne! Aber der ist doch –«

»Ich weiß. Acht Jahre im Tank, und nicht einmal von seiner Input/Output-Station abgewichen. Ich hätte schwören mögen, daß er am besten angepaßt ist von allen – aber das letzte, was er uns mitteilte, war, Crowley habe ihm gezeigt, Existenz sei mehr, als eine Art intellektueller Schwamm zu sein. Ich versuchte ihn zu halten, indem ich die Eingangsspannung bei seiner Station erhöhte, aber er griff zu Crowleys Trick – überlud fast alle seine Molekularverstärker und benutzte die zusätzliche Energie dazu, sich zum Mittelpunkt des Tanks durchzuboxen. Es muß schmerzhaft für ihn gewesen sein, aber er ist mir entwischt.«

Urquhart setzte sich und starrte dumpf auf die Spiegelwand des Tanks. »Vielleicht hätten wir M'tobo die Wahrheit sagen sollen.«

»Das müssen wir vielleicht noch tun – aber wie überzeugt man einen Patrioten von Martins Typ davon, daß der Gründer seines Landes das Interesse verloren, daß er neue Reiche gefunden hat, die er erobern will?«

»Neue Reiche?«

Philp sah Urquhart prüfend an, als sehe er ihn zum erstenmal. »Ich habe mir überlegt, wie ich Ihnen das beibringen soll, John. Unser System der Mehrfachverwendung ist keine sehr gute Idee – jedenfalls nicht für bestimmte Klienten. Crowley zum Beispiel war ein klassischer, leidenschaftlicher Staatsmann und Abenteurer, der – wenn er vor dem Autounfall befragt worden wäre – sich lieber das Gehirn zerschossen als zugelassen hätte, in den Tank programmiert zu werden.

Unser typischer Klient dagegen ist ein emeritierter Professor, für den eine Fakultät bezahlt hat, die froh war, ihn endlich abschieben zu können; er hat wahrscheinlich schon zwanzig Jahre vor seinem Tod als reiner Intellekt gelebt.«

»Was spielt das für eine Rolle? Crowley ist nun einmal im Tank, und er muß sich einfach anpassen.«

»Das glauben Sie.« Philp schnaubte verächtlich. »Wenn Sie auf meine Trickvorführung geachtet hätten, wüßten Sie, daß jedes Neuron von Crowleys ursprünglichem Gehirn im Tank seine Entsprechung hat. Crowley besaß den starken Willen dieses Typs, vom Standpunkt des Biologen nur ein anderer Ausdruck dafür, daß in seinen Neuronen lokal genug Energie vorhanden war, um schwache Signale zu verstärken und umliegende Neuronen mit zu aktivieren. Übersetzt in die elektronischen Begriffe des Tanks, besitzt unser Oberst Crowley eine Menge zusätzlicher Molekularverstärker, die seinen Artrongeflechten mehr Schwung verleihen als denen unserer anderen Klienten.«

»Und?«

»Das will ich Ihnen erklären. Crowley spricht nicht nur auf normale Weise mit anderen Klienten – er prägt ihnen seine eigenen Gedankenmuster auf.«

Urquharts Unbehagen wuchs.

»Das klingt schlimm. Wie lange geht das schon so?«

»Mehrere Wochen. Seitdem Crowley gelernt hat, alle normalen Zugänge abzuwehren und seine eigenen Signale zu erzeugen. Das habe ich mit der Eroberung neuer Reiche gemeint – er hat sein eigenes privates Universum, das ihn beschäftigt.«

»Sie meinen, er ist wahnsinnig?«

»Nicht unbedingt. Ein Psychologe würde vielleicht sagen, er hat sich daran gehindert, wahnsinnig zu werden.«

»Das ist furchtbar.« Urquhart begann hin- und herzugehen. »Aber hören Sie, Bryan – Sie übertreiben doch, wenn Sie sagen, er hat ein privates Universum. Meinen Sie – ha, ha –, er zwingt ein paar von den anderen, seine eigenen Vorstellungen über die Wohltaten des Kolonialismus zu schlucken?«

»Ich meine, er bringt sie dazu, auf grünen und roten Drachen durch eine Wüste zu reiten, während er sie mit einer Flinte jagt.«

»Heiliger Hollerith!« Urquhart wankte an Philps Arbeitspult, und die rosige Zigarre erschien über seinem Kopf.

»Guten Tag«, zirpte sie. »Ich bin eine Interkontinentalrakete –«

»Passen Sie doch auf«, sagte Philp mißbilligend, stellte den Kafftee weg und ging zum Pult. Er drückte auf eine Taste, und die Zigarre verschwand, durch Pseudoperspektiven schrumpfend.

»Ihretwegen ist mir schlecht geworden«, beschuldigte ihn Urquhart. »Was soll der Unsinn von Drachen und Jagdgewehren?«

»Crowley hat eine eigene Wirklichkeit erschaffen, und die sieht so aus. Gelegentlich bekomme ich ein paar Einzelheiten von Professor Isaacs, einem der ersten, die Crowley in seinen Einflußbereich gezogen hat. Die Informationen sind sehr spärlich, weil Crowley ihn schwer in Atem hält.«

»Dann ist Crowley wirklich wahnsinnig. Wenn das bekannt wird, ist die Firma erledigt. Wir müssen im geheimen einen Psychiater herholen, mitten in der Nacht, damit er mit Crowley über die Gemeinschaftsleitung spricht.«

»Daran habe ich schon gedacht. Es hat keinen Zweck. Die GL-Signale, die wir an die Matrix richten, gelangen durchaus zu Crowley, aber er will nichts hören, was mit seinem Phantasiedasein in Widerspruch steht, deshalb leitet er sie an sich vorbei. Er stellt sich taub. Das machen wir, bis zu einem gewissen Grad, alle.«

Urquhart spürte, wie seine Unterlippe zu zittern begann. Er ging zu einem der simulierten Fenster und starrte hinaus. Sein ferner Hügel leuchtete im nachmittäglichen Sonnenschein und wirkte sanfter und einladender als je zuvor.

»Ein Freund hat mir einmal gesagt, ich sollte ›Der goldene Zweig‹ lesen, weil mir das Buch etwas zu sagen hätte. Ich habe es gelesen – und ich erinnere mich nur an einen gräßlichen Absatz über junge Männer, die sich die Hoden abschneiden und sie anderen Leuten durch die Fenster werfen.«

»Wirklich?« Philps Stimme verriet kein Mitgefühl. »Wollen Sie das ausprobieren?«

»Wenn ich dächte, daß es –« Urquhart drehte sich um. »Sie scheinen beinahe Spaß daran zu haben, Bryan – für jemanden, der vor dem Ruin steht, machen Sie einen recht sorglosen Eindruck.«

»Ruin?« Philp grinste breit. »Es ist ein bißchen früh, sich so auszudrücken, mein Lieber. Ich kann Crowley vielleicht zurückholen.«

Urquhart spürte, wie sein Unterkiefer herunterklappte, aber er konnte es nicht verhindern.

»Weshalb haben Sie das nicht gleich gesagt?«

»Na ja, da ist noch ein Haken dabei.«

»Nämlich?«

»Ich möchte Generaldirektor von Biosyn werden.«

»Aber der bin doch ich.«

»Sie sind außerdem Vorsitzender des Aufsichtsrates – und ein Posten müßte jedem genügen.«

Urquhart brachte seinen Unterkiefer wieder in seine Gewalt und versuchte ihn nach vorn zu schieben.

»Ich lasse mich nicht erpressen.«

»Nächste Woche kommen die leitenden Herren der Universität Bristol persönlich her, um Professor Isaacs zu besuchen. Ich will sehen, ob er lange genug von seinem Drachen steigen kann, um mit ihnen zu reden.«

»Isaacs hatte ich vergessen.« Urquhart setzte sich und bedeckte das Gesicht mit den Händen. »Also gut, Bryan – Generaldirektor, abgemacht. Und was wollen Sie jetzt wegen Crowley unternehmen?«

»Danke, John.« Philp ging in seinem Büro auf und ab. »Es ist nett, wenn man ab und zu ein bißchen befördert wird. Was Oberst Crowley angeht – ich habe seine Laufbahn studiert und glaube, die wirksamste Waffe, die wir gegen ihn einsetzen können, ist der Cocktailparty-Effekt.«

Ein Rum auf den sich daraus ergebenden Realitäts-Vektor:

Der sehr ehrenwerte Harold Wilson, ehemals Premierminister des Vereinigten Königreichs Großbritannien und Nordirland, zündete seine Pfeife an und blies eine pächtige Wolke blauen Rauchs hinaus, der durch den Leitstand des Raumschiffs wogte.

Vaulter betrachtete ihn mit sechs kritischen Augen.

»Na, da habe ich aber etwas übersehen«, sagte er laut.

»Du erstaunst mich«, murmelte Mr. Wilson. »In diesem Stadium? Was denn?«

»Der Rauch, den du hinausgeblasen hast, war blau, aber wenn ein menschliches Wesen Rauch ausatmet, sieht er grau aus – die Feuchtigkeit in der Lunge kondensiert auf den Kohlenstoffteilchen und verändert die Wellenlänge des Lichts, das sie reflektieren.«

»Keiner auf der Erde wird so etwas bemerken«, wandte Mr. Wilson hastig ein.

Vaulter brachte ihn mit erhobenem Tentakel zum Schweigen.

»Man darf auch die winzigste Kleinigkeit nicht übersehen – das ist das Erfolgsrezept bei solchen Unternehmen. Ich bringe in deiner Brusthöhle einen Wasserbeutel an. Bitte, zieh dich aus.«

Mr. Wilson klopfte seine Pfeife an der Instrumententafel aus, so daß ein kleines Aschenhäufchen zwischen den Schaltern lag, und zog seinen Tweedanzug aus, wobei er ständig vor sich hin murrte.

»Wie war das?« sagte Vaulter.

»Nichts, nichts.«

»Ich dachte, ich hätte etwas vom schlechten Regierungsstil der Torys gehört.«

»Ich habe nichts gesagt«, fauchte Mr. Wilson. Er stieg aus seiner Unterhose und nahm Habachtstellung ein, während Vaulter auf jede Brustwarze einen Tentakel legte und nach außen drückte. Das blasse Fleisch teilte sich mühelos entlang des Plastikbrustbeins, und Vaulter machte sich im Brustkorb an die Arbeit. Lange Zeit blieb es im Raumschiff still, und nur von Zeit zu Zeit hörte man das Klappern von Werkzeug oder ein leises Summen von den Instrumententafeln. Schließlich sammelte Vaulter die funkelnden Geräte ein und steckte sie sorgfältig in einen Koffer.

»Du kannst dich jetzt anziehen«, sagte er. »Und fang wieder an zu rauchen – ich möchte das Ergebnis prüfen. Notfalls baue ich einen Zerstäuber ein, damit das Wasser verdampft.«

»Das wird doch sicher nicht erforderlich sein.«

»Ich wiederhole: Es ist notwendig, auf jedes Detail zu achten. Die umlaufenden telepathischen Feldverstärker werden dir keine absolute Herrschaft über die Erdbevölkerung verleihen – alles, was wir garantieren können, ist, daß sie einen festen Glauben an die Prinzipien des Gütigen Sozialismus erzeugen. Wenn du einen Fehler machst und die Leute deine Herkunft in Zweifel zu ziehen beginnen, wird es zu gefährlichen Konflikten kommen. Diese Leute sind noch nicht reif für die Vollmitgliedschaft im Galaktischen Sozialistenkongreß, also müssen sie glauben, daß du ein Produkt ihrer eigenen Welt bist.«

Mr. Wilson zündete wieder seine Pfeife an, und blauer Rauch kräuselte aus dem Pfeifenkopf empor.

»Du glaubst, daß sie die Reinkarnation schlucken? Schließlich ist der eigentliche Harold Wilson doch schon seit über hundert von ihren Jahren tot.« Er atmete aus, und sein Blick verfolgte den Rauch, der aus seinem Mund aufstieg; sichtlich erleichtert stellte er fest, daß er zufriedenstellend grau war.

»Zu deiner Information, diese Methode hat bisher auf jeder Welt von der Klasse C gewirkt. Es besteht die große Möglichkeit, daß sich ein Element der Religion durchsetzt, vor allem auch deshalb, weil die Funksendungen, die wir abgehört haben, sich häufig darauf beziehen, daß Mr. Wilson auf Wasser geht.«

»Aber diese Sendungen sind doch über hundert Jahre alt! Weshalb konnte ich denn nicht einem Politiker der Erde aus dem einundzwanzigsten Jahrhundert nachgebildet werden?«

Es gab eine Pause, während Vaulter zwei seiner Augenstiele kreuzte, was einem resignierten Seufzen entsprach.

»Entschuldige, Harold – ich vergesse dauernd, daß dein Gehirnprogramm fast ausschließlich dem des ursprünglichen Mr. Wilson entspricht. Ich erkläre dir noch einmal den astronomischen Hintergrund. Die einzige GSK-Station in diesem Bereich der Galaxis, die fähig ist, ein Wesen wie dich herzustellen, befindet sich achthundert Lichtjahre von der Erde entfernt, und selbst unsere schnellsten Schiffe brauchen fünfzig Jahre, um diese Entfernung zu überwinden.

Als unsere Beobachter genügend Daten gesammelt hatten, um den plötzlichen Untergang der lokalen Variante des Gütigen Sozialismus vorauszusagen, dauerte es fünfzig Jahre, bis sie den Kongreß gewarnt hatten, und es hat weitere fünfzig Jahre gedauert, dich zu dem Unruheherd zu befördern. Klar?«

»Es kommt mir nicht so vor, als wäre ich schon so lange unterwegs.«

»Weil ich dich erst vor ein paar Tagen in Betrieb genommen

habe, Trottel! Entschuldige, Harold. Meine Nerven sind ein bißchen angespannt, und es fällt mir manchmal schwer, mich an die vielen – äh – mannigfaltigen Arten von Gütigen Sozialistischen Führern zu gewöhnen, die quer durch die Galaxis aufgetaucht sind.«

»Schon gut. Darf ich annehmen, daß wir nah bei der Erde sind?«

»Wir sind in einer Umlaufbahn um die Erde.« Vaulter floß zu den Instrumententafeln. »Ich stelle jetzt auf die in einer Umlaufbahn befindlichen telepathischen Feldverstärker ein. Die Erdbevölkerung hat sich im vergangenen Jahrhundert alarmierend vermehrt, aber zum Glück streut das menschliche Gehirn nur etwa zehn Watt, so daß wir ausreichende Energiereserven haben. Du wirst den gesamten Planeten mit Wilsonschem Denken überfluten können.«

Ein schwaches Lächeln kräuselte Mr. Wilsons Lippen, während er gurgelnd an seiner Pfeife sog.

Vaulter justierte mit vorsichtigem Tentakel eine Reihe von Nonien.

»Ich schaue mir die Zusammenschaltung am Schluß aus der Nähe genau an, bevor du auftrittst. Unsere Senderkette scheint gut zu funktionieren. Fein! So, jetzt will ich mich nur noch vergewissern, daß ... Nein! *Nein*!« Vaulter drückte mit einer verkrampften Bewegung seines flohfarbenen Körpers auf einen Hauptschalter und ringelte sich zur Mitte des Leitstandes.

Mr. Wilson wirkte besorgt.

»Was ist passiert?«

»Die egoistischen Narren«, sagte Vaulter im entsetzten Flüsterton.

»Was ist denn los?«

»Leider hat es eine unerfreuliche Entwicklung gegeben. Die Technologie der Erde hat die Ebene des einigermaßen komplexen Computers erreicht, und man hat die Techniken dazu mißbraucht, ausgewählte Einzelpersonen unsterblich machen zu wollen.«

»Und wie wirkt sich das auf uns aus? Auf mich, meine ich?«

»Die computerisierten Persönlichkeiten operieren bei wesentlich höheren Spannungen als in ihrem biologischen Zustand, und wir können sie nicht beeinflussen. Sie werden große Widerstandsnester gegenüber deiner telepathischen Steuerung darstellen.«

Mr. Wilsons Gesicht verfinsterte sich.

»Das ist schlecht.«

»Es kommt noch schlimmer. Eine der Persönlichkeiten scheint

alle lokalen Dateneingänge abzuwehren, die normalerweise jedes denkende Wesen telepathischer Sondierung gegenüber unempfindlich machen. Ich bin für einen Augenblick direkt mit ihm in Verbindung gewesen. Ich fürchte, Harold, daß er uns auf die Schliche gekommen ist.«

Mr. Wilson fiel die Pfeife aus dem Mund; sie rollte am Boden umher und hinterließ kleine Aschenhäufchen.

»Ich wußte, es war zu schön, um wahr zu sein«, sagte er bitter. »Ich habe es einfach gewußt.«

Vaulter blieb einen Augenblick lang regungslos, und als er das Wort ergriff, klang seine Stimme fest.

»So leicht geben wir nicht auf. Der Gütige Sozialismus verurteilt die Anwendung von Gewalt, aber technisch gesehen sind diese Persönlichkeiten schon tot. Ich glaube nicht, daß ich gegen den Code des Galaktischen Kongresses verstoße, wenn ich die Computeranlagen sofort zerstöre, bevor noch Alarm gegeben werden kann.«

»Ich bin natürlich ebenfalls gegen Gewalt«, knurrte Mr. Wilson. »Aber ich verstehe, was du meinst.«

Ein Kognak auf den Computer-Realitäts-Vektor:

Oberst Mason Crowley zog das Repetiergewehr aus der Halterung und stieg vom Rücken des riesigen Drachens. Er war zwei Tage lang hart geritten, und seine Schenkelmuskeln schmerzten von der Anstrengung, sich festzuhalten, während Schalassar durch die zerrissenen, ockerfarbenen Landschaften von Tal stürmte. Jetzt saß seine Beute in der Falle, und die Jagd war fast vorbei.

»Machen wir hier Rast?« Professor Khan Isaacs, sein Adjutant, wischte sich das Gesicht mit einem Lappen, als er seinen Drachen auf dem Felsgrat zügelte, wo Crowley angehalten hatte.

Crowley deutete auf den Lappen und befahl mit scharfer Stimme: »Keine Textilien!«

»Aber wie bringe ich sonst den scheußlichen Staub weg?«

»Überhaupt nicht – bis wir Wasser finden.«

Einen Augenblick lang schien Isaacs sich auflehnen zu wollen, dann streckte er die Hand mit dem schmutzigen roten Tuch aus und ließ es fallen. Es flatterte langsam hinunter und verschwand, bevor es den Boden berührte. Die Schicht aus safrangelbem Staub bedeckte von neuem Isaacs' rundes Gesicht und verwandelte es in eine orientalische Maske.

»Das ist besser«, sagte Crowley und prüfte den Batteriestand an seiner Waffe. »Nicht vergessen – keine wolletragende Fauna, keine Faserpflanzen, also keine Textilien.«

Isaacs sah ihn erschöpft an.

»Und Kunstfasern?«

»Es gibt keine Kunststoffindustrie«, erinnerte ihn Crowley. »Tal befindet sich noch in einer frühagrarischen Periode seiner Entwicklung.«

»Woher haben Sie denn dann dieses hochmoderne Gewehr, zum Teufel?«

Isaacs zornige Worte bohrten sich in Crowleys Bewußtsein, und die fernen Ausläufer des Morida-Gebirges verschwammen wie Spiegelbilder auf der Oberfläche eines Sees. *Du bist tot,* sagte ihm eine kalte, graue Stimme. *Du bist tot, und deine Seele ist in einem schwarzen Kasten gefangen. Es gibt keine Königin Elanos* . . . Er atmete tief und stockend ein und deutete auf Isaacs, der von seinem Drachen abgestiegen war.

»Isaacs«, sagte er rauh. »Sie sind gestern gestürzt. Ihr linker Arm ist am Ellbogengelenk ausgerenkt.«

Isaac's Gesicht verzerrte sich im plötzlichen Schmerz, als die dunklen Wölbungen von Blutergüssen an seinem Arm auftauchten.

»Nein! Es hat keinen Sturz gegeben. Meinem Arm fehlt nichts.«

»Dann heilen Sie ihn.«

Schwarze Blutkrusten unter dem Staub an dem geschwollenem Arm wechselten die Form, als die Willenskräfte der beiden Männer zusammenprallten, aber nach einigen Sekunden gab Isaacs auf.

»Mein Arm ist ausgerenkt«, murmelte er. »Und er tut verdammt weh.«

»Das tut mir leid«, sagte Crowley. »Wir verbinden ihn, sobald wir Browne erledigt haben.«

»Danke, Oberst.«

Crowley ging zur Südseite des Grats und beschattete die Augen vor der untergehenden Sonne. Die Hochebene senkte sich sanft auf etwa einen Kilometer, dann fiel sie senkrecht tausend Meter zur Kythischen Ebene ab. Browne, der Rebell, saß irgendwo in dem dreieckigen Bereich aus Felsen und verkümmerten Bäumen in der Falle, und sein Drache war zu erschöpft, um erfolgreich an den Jägern vorbei durchbrechen zu können.

»Ich gehe zu Fuß und allein weiter. Königin Elanos hat mir persönlich die Verantwortung in dieser Sache übertragen, und ich möchte ein Ende machen, bevor es dunkel wird.« Crowley gab seinem Drachen ein Zeichen, sich auszuruhen, und das gewaltige

Tier ließ sich auf die Schenkel nieder. Die metallisch grünen und roten Schuppen rasselten, als der sackartige Bauch sich am Boden plattdrückte.

»Viel Glück«, sagte Isaacs trocken.

Crowley beachtete ihn nicht, stellte die Waffe auf Maximalladung ein und stieg hinunter in das Dreieck. Er hatte alle Kleidungsstücke bis auf einen Lendenschurz aus weichem Leder abgelegt, und die Hitze des Gesteins drang bei jeder Berührung durch seine Haut. Die Jagd hatte ihn mehr gekostet, als er zugeben wollte, aber er hatte den Trost, zu wissen, daß es Browne noch schlechter gehen mußte. Browne war zäh, aber er hatte keine Erfahrung in dieser Art Land, das Crowleys Heimat Losane bemerkenswert ähnlich war. *Losane?* Die Wiederholung des Namens rief in Crowleys Gehirn einen verschwommenen, zuckenden Schmerz hervor. *Das kann nicht stimmen. Ich bin in Perigore geboren, im Schloß Rembold des Prächtigen, und Königin Elanos hat mich von weit her nach Tal gerufen, damit ich sie schütze gegen ...*

Zwischen den Felsen bewegte sich etwas. Crowley duckte sich instinktiv und legte die Waffe an, als die Gestalt eines fast nackten Mannes hinter einem vertrockneten Baum erschien. Es war Browne – aber er war unbewaffnet und ohne seinen Drachen.

»Crowley!« Die Stimme klang schwach. »Ich möchte mit Ihnen reden.«

Crowley richtete sich auf, das Gewehr immer noch im Anschlag.

»Hier bin ich, Verräter, und ich rate Ihnen, es nicht mit Tricks zu versuchen.«

»Keine Tricks – ich möchte nur mit Ihnen sprechen.«

»Erkennen Sie die Herrschaft von Königin Elanos an?«

»Darüber möchte ich mich ja unterhalten.« Browne kletterte empor, bis er Crowley gegenüberstand. Der Schweiß hatte rote Furchen in den Staub auf seinem Gesicht gegraben. Er war ungefähr fünfzig Jahre alt und hatte den schwammigen Körper eines Menschen, der zuviel ißt und zuwenig Bewegung hat, aber seine Augen funkelten in kompromißloser Härte.

»Erkennen Sie unsere Königin an?« fuhr ihn Crowley an.

»Befassen wir uns einen Augenblick mit Königin Elanos«, sagte Browne ruhig. »Ich habe über ihren Namen nachgedacht. E-l-a-n-o-s. Fällt Ihnen dabei nichts auf?«

»Was denn?« Crowleys Stimme bebte vor Zorn. »Was soll mir auffallen?«

»Sehen Sie denn nicht? Elanos ist ein Anagramm von Losane,

dem Namen des Landes, das Sie in Ihrem früheren Leben – ich nenne es so, weil mir nichts Besseres einfällt – praktisch ganz allein aus dem früheren Rhodesien herausgemeißelt haben.«

»Ich warne Sie«, sagte Crowley, als die ferne Kythische Ebene vorübergehend die Farben wechselte, sich in horizontale Striche aufteilte und wieder zusammenfügte.

»Die ganze Phantasiegeschichte, in die Sie uns mit hineingezogen haben, ist eine Neuinszenierung Ihrer politischen Laufbahn, Oberst Crowley. Die Königin Elanos ist das personifizierte Losane – das erste Bruchstück Afrikas, das dank Ihnen sich dafür aussprach, unter die königliche Herrschaft zurückzukehren –«

»Ruhig – oder Sie sterben auf der Stelle.«

»Sie sind ein ausgekochter Kolonialist, Crowley. Ihre Königin Elanos – sie sieht einer ehemaligen Königin von England sehr ähnlich, nicht? Aber nicht Elisabeth der Zweiten, denn zu ihr würde die Rolle nicht passen. Elanos gleicht der Königin Victoria, nicht wahr?«

Der wolkenlose Himmel über dem Königreich Tal wurde grau, und die Kohlezeichnung eines seltsam vertrauten, bebrillten Männergesichts tauchte einen Augenblick lang darin auf, vom gezackten Horizont bis zum Zenit. Eine Stimme wie der Widerhall fernen Donners drang zwischen den körperlosen, körnigen Lippen hervor: ». . . Vorläufige Berichte lassen erkennen, daß ein nicht identifiziertes Raumschiff in eine Erdumlaufbahn eingetreten ist. Die ungeheure Größe des Raumschiffs deutet darauf hin, daß es nicht menschlichen Ursprungs ist . . .«

»Was war das?« sagte Crowley, der zum Himmel hinaufstarrte.

»Mir ist nichts aufgefallen«, erwiderte Browne ungeduldig. »Und denken Sie an meinen Namen, ja, sogar an meine äußere Erscheinung. Weshalb, glauben Sie, haben Sie mich zum Schurken des Stücks erwählt? George Brown war im vergangenen Jahrhundert ein prominentes Mitglied der britischen Labourregierung, genau zur Zeit der endgültigen Auflösung des alten Britischen Imperiums, und es gibt keinen Zweifel, daß dieses Zusammentreffen der Benennung eine wesentliche –«

Kontakt!

Tausend Jahre fremdartiger Existenz, ein Gehirn, der unfaßbaren Ansicht verhaftet, daß Assoziation an die Stelle des Wettbewerbs treten sollte, ein Wesen, das ungeheure Kräfte kontrollierte, einschließlich der Macht, alle Menschen dasselbe denken zu lassen, ein Wesen, das Crowley augenblicklich als seinen Feind begriff und das herkam, um ...

Rückzug!

»Was geht da vor?« Crowley spürte, wie sein Mund trocken wurde.

». . . Prinzip der sich selbst herstellenden Schaltung hat die Theorie des apriorischen oder eingespeisten Wissens bezüglich des menschlichen Gehirns zugunsten der *tabula rasa* oder des neuen, voraussetzungslosen Gehirns widerlegt«, tönte Browne pedantisch weiter. »In unserem jetzigen Zustand wird die als ›Wille‹ bekannte, bislang nicht definierbare Eigenschaft in die physische Wirklichkeit als ein übernormaler Anteil an Molekularverstärkern übersetzt, der einzige Grund, weshalb Sie fähig sind, anderen Ihre Traumlandschaften aufzuzwingen. Dieser Zustand hängt aber ab von –«

»Hören Sie doch mal auf – haben Sie nichts gespürt?«

»Natürlich nicht, denn ich habe die Kontrolle über meine Verstärker wiedererlangt und ziehe mich aus diesem Phantasiegebilde zurück.«

»Phantasiegebilde?« Crowley blickte auf sein Gewehr, das sich prompt in einen Besen verwandelte und dann verschwand. »Ich spreche von der – wirklichen Welt. Ich – ich – Da draußen geschieht irgend etwas, und ich bin der einzige, der begreift. Ich muß sofort mit Philp oder Urquhart sprechen.«

Browne schaute sich beinahe bedauernd nach den verschwimmenden Bergen und Ebenen des Königreichs Tal um.

»Vorsichtig«, sagte er mit seltsamer Sanftheit. »Sie könnten hineinlaufen in ein –«

Crowley verlor den Kontakt mit ihm, als das komplizierte elektronische Netzwerk, das seine Persönlichkeit simulierte, neue Schaltungen in der willfährigen Matrix hervorrief und die Verbindungskanäle zur Außenwelt wiederherstellte.

Ein Hennessy auf den menschlichen Realitäts-Vektor:

Urquhart richtete den Blick sekundenlang auf den bewaldeten Hügel und beschloß, keine Zeit mehr zu vergeuden – er würde sehr bald hingehen, morgen schon oder vielleicht übermorgen. Er griff nach dem Plastikband eines Computerprogramms auf seinem Schreibtisch, und seine Augen überflogen den getippten Text.

»Ich glaube nach wie vor, daß das Risiko zu groß war, Bryan«, sagte er. »Ein Wesen aus dem interstellaren Weltraum, das den Tank vernichten wollte, um einen Diktator als Marionette einzusetzen, der die Welt durch Gedankenkontrolle beherrschen sollte! Und Sie haben diesen Quatsch wirklich über die Gemeinschaftsleitung in den Tank übertragen?«

»Gewiß.« Philp zeigte sein strahlendes Lächeln.

»Sie haben unseren Klienten weisgemacht, sie seien in Gefahr, ihr Leben zu verlieren?«

»Das habe ich ihnen erklärt«, sagte Philp zufrieden. »Sie glaubten mir natürlich nicht. Bill Uwarow war zu dem Zeitpunkt am Pult für Anfragen über Zeitgeschehen, und er sagt, daß es binnen Sekundenbruchteilen aufleuchtete wie ein Weihnachtsbaum. Ich habe mich bei allen entschuldigt und behauptet, aus Versehen sei ein Teil einer Fernsehparodie in den Tank übertragen worden. Sie haben es geschluckt, aber das nächste Jahr werde ich genug sarkastische Bemerkungen zu hören bekommen.«

Urquhart legte das Programm weg.

»Und der einzige, der sich täuschen ließ, war Oberst Crowley?«

»Tja, in Bionik und Biologie verwenden wir den Ausdruck ›Cocktailparty-Effekt‹, um die Fähigkeit des Gehirns zu beschreiben, aus dem Lärm einer großen Gruppe, in der alle durcheinanderreden, eine einzelne Stimme herauszuhören – und diese Fähigkeit hatte Crowley nicht verloren. Er schirmte alle anderen Mitteilungen ab, aber als ich ein Hirngespinst nur für ihn entwarf, hörte er mich sofort.

Ich brauchte nur einen Traum zu erfinden, der noch anziehender und aufreizender für ihn war als jener, in dem er bereits lebte. Bei seiner Herkunft und Vergangenheit konnte er dem Gedanken nicht widerstehen, die Welt vor einem interstellaren Sozialismus zu retten.«

»Und Sie werden ihn bis nach den Wahlen in Losane auf seiner Station halten können?«

»Ja – da wir jetzt wissen, was uns erwartet. Dormans Leute haben ein Hemmfeld erzeugt, das die Molekularverstärker des Obersten auf mittlerer Ausgangsleistung hält und seine Abweichfähigkeit mindert. Er wird zwar wieder entkommen, aber für ein Jahr oder länger sind wir gesichert –«

Urquhart seufzte befriedigt und richtete den Blick wieder auf den Hügel.

»Wir brauchen uns also keine Sorgen zu machen.«

»Da bin ich nicht so sicher – ich glaube, wir werden Ärger mit Browne bekommen. Er meint jetzt, Crowleys Phantasiewelt sei gar nicht so übel gewesen, und sich aus ihr freizukämpfen habe ihn zum erstenmal, seitdem er im Tank sei, wirklich in Anspruch genommen. Ich habe ihn Vorträge über bewußt abgehaltene Willenswettkämpfe zur Linderung der Langeweile halten hören. Computer-Olympiaden oder so.«

»Nicht sehr alarmierend. Das könnte sogar brauchbar sein.«

»Da ist nur noch eines«, meinte Philp, dessen Augen hinter gleißenden Gläsern verborgen waren. »In Losane wird es noch öfter Wahlen geben, und wenn Crowley schließlich wieder abhaut, wird er, so wie ich ihn kenne, jede Woche die Erde vor einer Katastrophe retten, seitdem wir ihm die Chance gegeben haben.«

»Na und?«

»Wie locken wir ihn denn dann beim nächstenmal zurück?«

Nenn mich Dumbo

Die Gedanken waren fremdartig, und sie taten weh.

Mein Mann heißt Carl – und das ist ein hübscher Name. Meine drei kleinen Söhne heißen David, Aaron und John – und das sind auch schöne Namen. Aber ich heiße Dumbo – und das klingt albern. Es hört sich nicht einmal wie ein richtiger Name an. Wie bin ich überhaupt dazu gekommen?

Dumbo eilte im Haus herum und versuchte, sich durch Arbeit zu beruhigen. Der Sonnenschein flutete über den Frühstückstisch und ließ ihn erstrahlen wie einen Altar. Sie stellte fünf Teller mit heißem Haferbrei auf den Tisch und ging hinaus, um die Kinder zu holen, die lärmend in ihrem Blumengarten herumtollten. Draußen, wo es sonnig und friedlich war, fühlte sie sich ein bißchen wohler. Hinter dem Lattenzaun schwangen sich die Getreidefelder, die Carl so sorgsam behütete, wie entfesselte Blitze aus gelbem Satin zum Fluß hinab.

»Kommt zum Frühstück«, rief sie. »Und nicht durch meine Rosen trampeln, David. Die hübschen Farben würden dir genauso fehlen wie den anderen.«

»Was für Rosen?« Das Gesicht des sechsjährigen David war vor Anstrengung rot geworden. »Du meinst die grünen Dinger da?« Die Jüngeren kicherten bewundernd.

»*Diese* Rosen«, betonte Dumbo.

David deutete direkt auf die frisch erblühten, dunkelroten Rosen.

»Du meinst diese grünen Dinger?«

Dumbo zögerte unsicher. David war unartig und spielte sich vor seinen Brüdern auf, aber er war selbstsicher, ganz unbezähmbar, wie nur ein gesundes Kind es sein kann. Und er hatte so etwas schon öfter gesagt. Dumbo starrte die Rosen an, aber ihre Augen begannen zu brennen.

»Ins Haus, marsch!« befahl sie. »Euer Brei wird kalt.«

Sie traten in die Kühle der weißgestrichenen Wände, und die Kinder kletterten auf ihre Stühle. Carl kam aus dem Anbau herein, wo er seine Tiere hielt, und nickte beifällig, als er die Kinder essen sah. Das verwaschene Hemd, das sich um seine breiten, kraftvollen Schultern spannte, war schon schweißgetränkt.

»Iß dein Frühstück gleich, Liebling«, sagte Dumbo besorgt. »Du machst dir mehr Gedanken um die Tiere als um dich selbst.«

»Papi hat dem Kaninchen das Bein gesund gemacht«, erklärte Aaron stolz.

Carl lächelte das Kind an, als er sich setzte, und Dumbo spürte einen eifersüchtigen Stich. Sie beschloß, auch für sich ein Lächeln herauszuholen, mit einem Trick, der nie versagte.

»Eines Tages wird Papi eine Tochter haben, die ihn beschäftigt – und dann hat er keine Zeit mehr für Kaninchen.«

Carl hielt den Kopf gesenkt und löffelte Brei in seinen Mund.

»Wir brauchen ein kleines Mädchen«, fuhr Dumbo enttäuscht fort. »Nicht wahr, Liebling?«

Carls hellblaue Augen zuckten kurz hinter seiner randlosen Brille. Er aß weiter.

»Euer Papi«, sagte Dumbo zu den Kindern, »lebt nur noch für den Tag, an dem wir unsere eigene kleine –«

»Herrgott noch mal!« Carls Löffel fiel klappernd auf den Teller, und seine Schultern wölbten sich unter dem engen Hemd. »Entschuldige«, sagte er leise. »Natürlich brauchen wir ein Mädchen. Möchtest du dich jetzt endlich hinsetzen und dein Frühstück essen? Bist du so gut?«

Dumbo lächelte glücklich und setzte sich. Carl hatte ihr die Sicherheit gegeben, die sie brauchte. Es war gut, zu wissen, daß sie geliebt wurde, und trotzdem wirbelten die beunruhigenden neuen Gedanken unablässig in ihrem Kopf herum. Wer hatte je von einem Namen wie Dumbo gehört? Sie sollte eigentlich anders heißen, einen schönen weiblichen, mütterlichen Namen haben. Einen wie ... wie ... Viktor ... Nein, das ist ein Männername ... Viktoria wäre schön ...

Sie aß den letzten Löffel Brei und brachte einen großen Teller Pfannkuchen auf den Tisch. Die Kinder zwitscherten aufgeregt. Sie aßen eine Weile in verhältnismäßiger Stille, dann spürte Dumbo wieder die zunehmende Anspannung.

»Carl, Liebling. Ich mag nicht Dumbo heißen. Das ist kein schöner Name. Ich möchte Viktoria heißen.«

Carl hörte plötzlich auf zu kauen und sah sie mit kalten, unfreundlichen Augen an.

»Du hast diese Woche deine Medizin nicht genommen. Oder, Dumbo?«

»Doch«, erwiderte Dumbo schnell. »Du weißt, daß ich sie nie vergesse.« Sie konnte sich nicht erinnern, daß Carl sie schon einmal so angesehen hätte, und sie empfand Angst.

»Lüg mich nicht an, Dumbo.«

»Aber ich –«

»Ins Schlafzimmer, Dumbo.«

Carl stand auf und sagte zu den Jungen, sie sollten weiteressen. Er folgte Dumbo ins Schlafzimmer, nahm die schwarze Injektionspistole aus dem Etui und schüttete drei Tropfen aus Dumbos eiförmiger Medizinflasche in die Kammer.

»Du hast mich sehr enttäuscht«, sagte Carl. Seine breiten Finger streiften hörbar aneinander, als er den Druckzylinder der Pistole einschraubte.

Einen Augenblick lang erwog Dumbo die beinahe blasphemische Tat, sich dem Willen ihres Mannes zu widersetzen, aber Carl gab ihr keine Gelegenheit dazu. Er drückte ihren großen, weichen Körper mit dem Unterarm an die Wand und schoß die Injektion in ihre Kehle. Das Mittel fühlte sich kalt und prickelnd an.

»Vergiß es nicht noch einmal«, sagte Carl, während er die Pistole wegräumte.

Dumbo kämpfte mit den Tränen. Warum war Carl so unfreundlich? Er wußte doch, daß sie ihre Pflichten ihm und den Kindern gegenüber allem anderen überordnete. Und ihre wöchentliche Spritze vergaß sie nie.

Als sie wieder am Tisch saßen, aß Carl stumm weiter, bis sein Teller leer war. Er stand auf, küßte die drei Jungen und ging zur Tür. Das Morgenlicht fiel auf seine Brille und verwandelte die Gläser in Miniatursonnen.

»Ich gehe nach dem Mittagessen ins Dorf«, sagte er zu Dumbo. »Schau am Vormittag in der Speisekammer nach.«

»Gut, Liebling. Wir brauchen Kaffee.«

»Versuch nicht, dich zu erinnern – schau nach.«

»Ja, Liebling.«

Als er gegangen war, begann Dumbo aufzuräumen. Die Schmerzen hinter den Augen meldeten sich wieder. Die Kinder spielten mit den Resten vom Frühstück und ließen Dumbo in Ruhe. Sie überlegte sich, daß sie am Nachmittag vielleicht Lust hatte, mit Carl ins Dorf zu gehen. Die Buben wurden schließlich laut, und Dumbo schob sie hinaus. Es war lange her, seit sie das Dorf das letztemal besucht hatte, und wenn sie mit ihrer Arbeit früh fertig wurde ...

»Leih mir dein Ei, Mami.« Es war Aaron, der Vierjährige. »Ich möchte damit spielen.«

Dumbo lachte.

»Ich habe kein Ei, Engel. Wir haben seit Jahren keine Eier mehr im Haus.«

»Das ist eine große Lüge«, sagte Aaron anklagend. »Du hast ein Ei! In deinem Schlafzimmer. Da drinnen.«

Dumbo hörte ihn kaum. Weshalb waren keine Eier im Haus? Eier sind für Kinder so gesund. Das gab den Ausschlag. Sie würde mit Carl ins Dorf gehen und selbst einkaufen. Es war so lange her, daß sie beinahe vergessen hatte ... Ihre Gedanken kehrten zu Aaron zurück.

»Das ist kein Ei, Äffchen«, sagte sie und schob das Kind hinaus. »Das ist meine Medizinflasche. Sie sieht nur aus wie ein Ei.«

Aaron ließ sich nicht hinausschieben.

»Es ist aber ein Ei. Ich weiß es, weil David es mir gesagt hat. David hat es vorige Woche gekocht, aber er muß es zu fest gekocht haben, weil man es nicht aufschlagen konnte.«

»Das war aber sehr ungezogen von David«, sagte Dumbo leicht erschrocken. »Das ist meine Medizinflasche, und Papi mag es nicht, wenn jemand sie anrührt.« Sie hatte keine Ahnung, was in der kleinen Flasche war, spürte aber, daß Kochen dem Inhalt schaden konnte. Carl lagerte das Zeug im kühlsten Teil des Anbaus.

Aaron schaute fröhlich über die Schulter.

»Verhaust du David?«

»Vielleicht«, sagte Dumbo betäubt. »Ich weiß es noch nicht genau.« Das Sprechen fiel ihr schwer. Die Schmerzen hinter ihren Augen waren schlimmer geworden, und sie hatte eben erkannt, daß sie, obwohl die Familie schon viele Jahre in dem Haus wohnte, kaum einmal den sauberen weißen Lattenzaun verlassen hatte. Und es war so lange her, seit sie im Dorf gewesen war, daß sie sich nicht einmal mehr genau an den Weg erinnern konnte.

Dumbo brütete den ganzen Vormittag vor sich hin.

Das Nachdenken war ihr fremd, aber tiefe Quellen des Wohlbefindens in ihrem breiten, schweren Körper schienen auszutrocknen. Unter dem knöchellangen Kleid brach überall Schweiß aus, so daß sie mit einem unangenehmen Glitschen der Schenkel umherging. Mehrmals war sie daran gewesen, ein Kleid auf bequemere Länge zu kürzen, aber das hätte Carl wütend gemacht, und sie hatte ihn heute schon einmal geärgert. Ihre Aufgabe im Leben bestand darin, Carl Liebe und Glück zu schenken, und nicht darin, ihn zu ärgern.

Carl kam früh von den Feldern zurück, eine Sense mit abgebrochenem Griff in der Hand. Er aß hastig zu Mittag, warf nur einen Blick auf die Tiere und setzte sich auf die Veranda, um die Sense zu reparieren. Er arbeitete stumm, die massigen Schultern gebeugt, und es kam Dumbo so vor, als sei er einsam. Obwohl die Kopfschmerzen sie ablenkten, gab es ihr einen Stich. Sie ging hinaus und kniete neben ihm nieder. Carl sah auf, und sein Blick wirkte gequält.

»Kümmere dich um die Kinder«, sagte er.

»Sie schlafen. Die Hitze –«

»Dann such dir eine andere Arbeit.«

Dumbo ging blindlings davon und begann die Küche zu putzen, die schon sauber war. Ein paar Minuten später kam Carl herein. Dumbo drehte sich hoffnungsvoll um.

»Ich gehe jetzt ins Dorf«, sagte er tonlos. »Wo ist die Liste?«

Dumbo gab ihm das Blatt Papier und sah ihm von der Tür aus nach, als er durch das Gartentor ging und den Weg zum Fluß hinuntermarschierte. Sie wünschte sich, daß es besser stünde, daß sie wieder schwanger wäre, diesmal mit dem Mädchen, das Carl sich so verzweifelt wünschte. Dann wäre alles wieder gut, vielleicht besser als je zuvor. Bevor Dumbo begriff, was geschah, hatte sie das Gartentor hinter sich zugemacht, trat in die fremde Welt strahlender Gelbtöne und folgte Carl zum Dorf.

Zuerst hatte sie Angst, dann wurde ihre Aufregung zu stark. Sie konnte sich damit herausreden, daß er immer vergaß, Eier mitzubringen, und außerdem machte es Spaß, ins Dorf zu gehen und wieder einmal, nach so langer Zeit, andere Menschen zu sehen. Dumbo hielt Abstand zu Carl; sie wollte nicht zu früh bemerkt werden.

Carl bog am Fluß rechts ab, ging zehn Minuten am Ufer entlang, überquerte ihn auf einer Furt aus flachen Steinen und stieg auf der anderen Seite den steilen, grasbewachsenen Hügel hinauf. Dumbo wartete vorsichtig, bis Carl über der Kuppe verschwunden war, bevor sie die Röcke raffte und den Fluß überquerte. Als sie den Hügel erkletterte, sagte sie sich, daß das Dorf von oben zu sehen sein mußte, weil Carl den Hin- und Rückweg schon oft in weniger als einer Stunde zurückgelegt hatte. Die Hitze und die Anstrengung verschlimmerten Dumbos Kopfschmerzen, aber sie war aufgeputscht von dem Gedanken, das Dorf zu sehen, die Geschäfte, die Menschen. Sie konnte mit Carl ein bißchen herumspazieren, auch wenn er böse mit ihr war.

Auf der staubigen Kuppe beschattete sie ihre Augen und schaute hinunter. Sie sah Grasland vor sich, das sich ohne Unterbrechung bis zum fernen Horizont erstreckte.

Es gab kein Dorf.

Dumbo schwankte ein wenig unter dem Schock. Sie sah die Bewegung von Carls verwaschenem Hemd, als er unter ihr den Hügel hinabstieg. Er ging auf etwas zu, was Dumbos erster verschwimmender Blick übersehen hatte. Es war so groß wie fünf oder sechs kleine Häuser nebeneinander, und die Umrisse wirkten wegen der hohen Gräser verschwommen, aber für Dumbo sah es aus wie ein riesiger Zylinder aus schwarzem Metall, der am Rand der Ebene auf der Seite lag.

Eine unerklärliche Reaktion veranlaßte sie, zum Himmel hinaufzublicken, dann sank sie kraftlos auf die Knie.

Carl erreichte den Zylinder, öffnete eine Tür und verschwand im Innern. Dumbo wartete auf seine Rückkehr und fragte sich dumpf, weshalb die Welt verrückt geworden war. War sie krank? Konnte das Ding da wirklich ein Dorf sein? Die Nachmittagshitze lastete auf ihr, und ihr Kopf schwamm in einem Meer wirbelnder Farben. Unsichtbare Vögel zwitscherten unaufhörlich.

Einige Zeit später trat Carl mit einer Schachtel unter dem Arm aus dem Zylinder und stieg den Hügel zu ihr hinauf. Ein Instinkt warnte Dumbo, daß sie sich jetzt auf keinen Fall sehen lassen durfte. Sie kroch auf Händen und Knien durch das trockene Gras, dann rannte sie den kaum erkennbaren Weg zur Furt hinunter. Am anderen Ufer begriff sie, daß sie die Biegung nicht erreichen konnte, bevor Carl oben auftauchte. Sie warf sich in dichtes, orangerotes Gebüsch und kauerte zwischen Zweigen und flirrendem Laub.

Carl kam zur Furt herunter, überquerte den Fluß aber nicht.

Er kippte die Schachtel um und warf eine Anzahl glitzernder Gegenstände ins Wasser, dann drehte er sich um und stieg wieder den Hang hinauf. Die Gegenstände spiegelten das Sonnenlicht wider, als sie von der Strömung fortgetragen wurden. Dumbo stand auf, froh über die unerwartete Gelegenheit, unbemerkt zum Haus zurückkehren zu können, aber der Inhalt der Schachtel machte sie neugierig. Er lohnte ein weiteres Risiko, dachte sie.

Sie lief ein kurzes Stück flußabwärts, um sich die Gegenstände genauer anzusehen. Sie sahen aus wie kleine Glaswürfel, von denen jeder eine kleine Kugel aus einem weißen Material enthielt. Dumbo hielt sich an herausragenden Wurzeln fest und beugte sich gefährlich weit hinaus; es gelang ihr, eines der Dinger aus dem warmen, träge fließenden Wasser zu fischen. Sie betrachtete es eingehend. Der Behälter war rechteckig, etwa so groß wie ihre Hand, und die beiden kleineren Seiten bestanden aus schwarzem, undurchsichtigem Material. Es war zu leicht für Glas und fühlte sich seltsam kalt an.

In der Schachtel, in einer klaren Flüssigkeit schwimmend, befand sich ein menschliches Auge. Der rote Strang des Sehnervs umringelte es und endete in einem kleinen silbernen Stöpsel.

Dumbo schleuderte den Behälter in den Fluß und begann zusammengekrümmt zu laufen; ihr Kopf zuckte hin und her, damit sie sich beim Erbrechen nicht beschmutzte.

Im grauen Morgenlicht öffnete Dumbo halb die Augen und lächelte. Das war die schönste Zeit, in der dunklen Wärme ihres Betts, bevor die unwillkommene und unaufhaltbare Invasion der Identität das friedliche Vakuum ihres Denkens füllte. Sie reckte sich behaglich und öffnete die Augen einen Spalt weiter.

Die Schlafzimmerdecke sah fremd aus.

Dumbo setzte sich auf und rieb sich die Augen wild mit den Fingerknöcheln. Die Decke *war* fremd. An die Stelle des vertrauten weißen Putzes war genietetes graues Metall getreten, eher Teil eines Schiffes als eines Hauses auf dem Land. Es war, als habe man sie nachts in eine fremde Umgebung gebracht, aber – sie schaute sich um – das war wirklich ihr Zimmer. Alle einfachen Möbelstücke standen an ihren Plätzen.

Sie trat ans Fenster und schaute in den Vorgarten hinaus, aber auch er stimmte nicht.

Der Zaun war noch da, doch er bestand jetzt aus primitiven Pflöcken und Draht, und im Innern gab es keine Blumen. Ihre Rosen waren von formlosen Klumpen aus dunkelgrünem Laub verdrängt. Was hatte David gesagt? ›Du meinst diese grünen Dinger?‹

Dumbo strich sich das Haar aus dem Gesicht und hastete angstvoll zum Kinderzimmer, aber die Kinder lagen wie immer schlafend in ihren Betten. Sie lauschte an der Tür von Carls Zimmer und hörte seine regelmäßigen Atemzüge. Ihre Familie schien sicher zu sein, aber als sie sich im helleren Licht in der Küche umschaute, sah sie, daß sich auch hier die Wände in graues Metall verwandelt hatten.

Dumbo ging mit kurzen, schnellen Schritten in ihr Zimmer zurück, stieg ins Bett und zog die Decke bis zum Kinn hinauf. Die ersten zusammenhängenden Gedanken kamen erst nach einer Weile und mit ihnen die Erkenntnis, daß die Veränderungen in ihrer Umgebung von Veränderungen in ihrem Kopf begleitet waren. Sie vermochte zu denken und sich zu erinnern.

Ich bin nicht auf der Erde. Ich bin auf einer anderen Welt, die ich, zusammen mit Carl, in einem Raumschiff erreicht habe.

Ich wohne nicht in einem weißgestrichenen kleinen Landhaus.

Ich lebe in einem Haus, das Carl aus Teilen des Raumschiffs gebaut haben muß.

Es gibt kein Dorf. Es gibt nur den Rumpf des Raumschiffs, und Carl geht hin, sobald wir Nachschub brauchen.

Dumbos Verstand hatte begonnen, mit einer Geschwindigkeit zu arbeiten, die sie aufregend fand. Jahrelang hatte sie versucht, in hüfthohem Wasser zu laufen, jetzt kam sie ins Seichte, wurde schneller, begann zu fliegen. Gedanken jagten einander, den Schlüssen folgte die Erinnerung.

Weshalb habe ich das alles nicht schon vorher erkannt? Einfach – weil Carl mir ein Mittel gegeben hat.

Weshalb verstehe ich es jetzt? Einfach – weil David die Droge durch das Kochen unwirksam gemacht hat.

»Warum hat Carl mir das Mittel gegeben? Ich weiß es nicht genau. Könnte es sein, daß . . .?«

Dumbo versuchte vor dem Abgrund zurückzuweichen, aber es war zu spät.

Weshalb die Augen in Kunststoffbehältern? Im Fluß?

Sie zog die Decke über ihr Gesicht und blieb bewegungslos liegen, bis die Sonne aufgegangen war und die Jungen durch das Haus tobten. Während sie das Frühstück machte, hörte sie Carl hinter seiner Tür rumoren. Dumbo verkrampfte sich, als er in die Küche kam, aber wenigstens er hatte sich nicht verändert. Sie sah ihm zu, wie er sich in dieser neuen, tristen Welt bewegte, und rechnete halb damit, daß er sie jeden Augenblick durchschauen und nach der Injektionspistole greifen würde. Aber seine hellblauen Augen hinter den Gläsern blieben uninteressiert und unpersönlich. Dumbo war erleichtert und etwas enttäuscht zugleich. Immerhin war sie eine Frau – seine Frau. Es sollte mehr sein als das. Sie lebten zusammen, und sie hatte ihm Kinder geboren. Rätsel und schreckliche Dinge löschten eine solche Beziehung nicht aus.

Sie deckte den Tisch, sah die Dinge wirklich zum erstenmal, prüfte ihre neuen Kräfte. Die Stühle waren alle aus glattem, schwerelosem Metall – wohl deshalb, weil es im Raumschiff Stühle gegeben hatte und sie leicht zu transportieren gewesen waren, aber der große Küchentisch und die Schränke waren aus Holz und handgemacht. Der Herd, auf dem sie über einem Holzfeuer kochte, war aus irgendeinem Maschinengehäuse hergestellt, aber die Tassen und Teller hatten schöne Formen und waren aus schimmerndem, glasglattem Kunststoff. In gewisser Beziehung störten sie die Veränderungen nicht, abgesehen von der Tatsache, daß vor dem Fenster ein

Garten voll dunkelgrüner Gewächse war. Die Rosen würden ihr fehlen.

»Ich habe heute dein Lieblingsessen gemacht«, sagte sie, als sie einen dampfenden Teller zum Tisch trug. »Pfannkuchen.«

Carl starrte darauf und preßte den Handrücken an die Stirn.

»Prima. Wirklich prima. Mein Lieblingsfrühstück jeden Tag – jeden gottverdammten Tag im Leben. Du bist mir eine Köchin, Dumbo.«

Die älteren Jungen kicherten.

Dumbo öffnete den Mund, um zurückzugeben, dann begriff sie, daß das ein Fehler gewesen wäre. Carl ging immer so mit ihr um, und sie reagierte nie. Deshalb hieß sie Dumbo, statt ... ihr Gedächtnis streikte ... Viktoria? Jedenfalls benahm Carl sich so, als hasse er sie, und dadurch wurde das Rätsel ihrer Vergangenheit noch unergründlicher. Angenommen, das Raumschiff war gezwungen gewesen, auf einer unbewohnten Welt zu landen, wo es keine Hoffnung gab, daß sie jemals gefunden wurden. Weiter angenommen, sie war die einzige Frau an Bord gewesen, vielleicht mit einem der Besatzungsmitglieder verheiratet, und Carl hatte alle anderen umgebracht, damit er sie für sich bekam. Das mochte die Verwendung des Mittels erklären, mit dem die Erinnerung unterdrückt und ein künstliches Wohlbefinden erzeugt wurde – aber es erklärte nichts sonst.

Der Tag war heiß, sonnig und ereignislos.

Carl verbrachte fast den ganzen Tag auf den Feldern. Dumbo betrachtete ihre Umgebung von der Haustür aus und stellte fest, daß die Getreidefelder nicht Teil der Phantasiewelt waren. Sie fragte sich, ob das Korn hier auf dem Planeten wuchs, oder ob ein Raumschiff Samenkörner mitführte. Wenn man unterstellte, daß das Raumschiff zu Bruch gegangen war, hatten sie Glück gehabt, auf dieser perfekten, idyllischen Welt zu landen – aber vielleicht war es gar nicht so gewesen. Carl mochte sie entführt und bewußt hierhergebracht haben, um vor irgend etwas zu fliehen.

Dumbo begnügte sich mit der Aufgabe, für Kinder und Haushalt zu sorgen. Schließlich war das Frauenarbeit. Sie konnte noch ein, zwei Tage abwarten und, vorausgesetzt, daß die Droge keine dauernden Nachwirkungen hinterließ, zusehen, wie alle Antworten aus ihrem Gedächtnis emporstiegen. Vielleicht würde die Erklärung annehmbar und vernünftig sein, und alles würde wieder schön werden. Dumbo begann wieder zu hoffen.

In der Nacht erinnerte sie sich an ihren Bruder.

Den Fluß bei Tag zu überqueren war einfach gewesen, aber im Sternenlicht waren die flachen Steine der Furt bloß ungewisse Schatten im Wasser.

Dumbo rutschte einmal aus und platschte knietief ins Wasser. Das laute Geräusch erschreckte sie. Sie starrte in die Dunkelheit und wurde sich plötzlich bewußt, daß dies eine fremde Welt war, in der bei Nacht sogar die Vegetation feindselig sein mochte. Der Baum ist kein Baum, erinnerte sie sich an eine Zeile, wenn niemand auf der Heide steht.

Sie fröstelte, trat auf das Ufer und stieg den Hügel hinauf, dem Raumschiff entgegen.

Die innere Vorstellung von ihrem Bruder war ganz plötzlich aufgetaucht. Zuerst hatte sie gedacht, die Bilder zeigten einen Ehemann – diesen hochgewachsenen, schlaksigen, blonden jungen Mann mit den intelligenten Augen – aber die gefühlsmäßige Reaktion paßte nicht dazu. Sie wußte, was eine Frau ihrem Mann gegenüber empfand. Es gab da eine sofortige Zuneigung und Wärme, aber eine undefinierbare sexuelle Dunkelheit, einen Trennstrich, der auf eine gemeinsame Mutter deutete. Dasselbe Fleisch und Blut. In diesem Augenblick war das Bedürfnis, mehr zu erfahren, zu dringlich geworden, als daß sie hätte widerstehen können.

Von der Hügelkuppe aus war das Sternschiff in der Dunkelheit beinahe unsichtbar. Als sie darauf zuging, während das Kleid naß an ihre Schienbeine klatschte, wollten die Umrisse sich nicht deutlicher zeigen. Das Schiff schien am Boden dahinzukriechen, sich aufzulösen, wie Gallerte zu zittern, mit Händen in den Himmel zu greifen. Dumbo achtete auf ihre Füße und ging weiter, bis sie nah genug herangekommen war, so daß ihre Augen die Konturen des Rumpfs nachzeichnen konnten. Es fiel ihr schwer, die Tür zu finden, aber als sie die Klinke in der Hand hatte, meldete sich der Instinkt. Der Hebel klickte seitwärts, und die Tür öffnete sich nach außen.

Im Innern brannte Licht.

Dumbo spannte die Muskeln an, um wegzulaufen, aber das Licht wirkte still und kalt, was vermuten ließ, daß es immer brannte, auch wenn niemand hier war. Sie stieg eine schmale Metalltreppe zu einem Korridor hinauf, der auf beiden Seiten ein kurzes Stück davonkurvte und an glatten Metalltüren endete. Das Licht stammte von einer Röhre, die an der ganzen Decke des Korridors entlanglief. Zwei Teilstücke davon waren trüber als die anderen, und ein drittes hatte sich zu bewölktem Braun verdunkelt.

Dumbo zögerte, dann ging sie nach rechts. Kalte Luft strömte heraus, als sie die Tür öffnete. Der große Raum dahinter war schwach beleuchtet und mit Regalen angefüllt, auf denen durchsichtige Plastikbehälter standen. Dumbo warf die Tür von außen zu, aber nicht, bevor sie die Reihen namenloser Organe gesehen hatte – glänzend braun, blaßblau, rotgeädert.

Sie preßte beide Hände auf den sich verkrampfenden Magen und atmete tief ein.

Die andere Tür öffnete sich auf einen kürzeren Quergang, der zu mehreren Türen in derselben Höhe und über eine Metalltreppe und einen Laufgang zu ähnlichen Räumen darüber führte. Dumbo schaute in den ersten Raum – er war winzig und enthielt eine Reihe langer Metallgegenstände in einem Gestell. Gewehre, dachte sie, und spürte, wie die Erinnerung in einen Winkel ihres Gehirns mehr floß. Sie öffnete zwei Schränke und fand Pistolen und Granaten. Sie berührte die Leuchtskalen der Zeitzünder an den Handgranaten und zog nachdenklich die Brauen zusammen – es hatte den Anschein, als würden nicht alle ihre wiedergewonnenen Erinnerungen angenehm sein.

Der zweite Raum im Korridor war größer und viel heller beleuchtet als die anderen. In der Mitte stand ein langer, weißer Tisch auf einem einzelnen, komplizierten Sockel. An den Wänden befanden sich schimmernde, unbegreifliche Maschinen und Instrumente, deren Anblick keine Erinnerung wachrief. Hier bin ich fremd gewesen, dachte sie, selbst damals. Sie schloß die Tür.

Keiner der anderen Räume im Untergeschoß war von Interesse, bis auf den einen, der offenkundig Kombüse und Messe zugleich gewesen war. Die Stühle fehlten alle – sie standen in ihrem Haus –, aber einer von den Schränken enthielt noch Geschirr. Der Anblick der vertrauten glitzernden Gegenstände in der fremden Umgebung gab Dumbo einen Stich.

Im oberen Stockwerk betrat sie zuerst den mittleren Raum.

Ihre Reaktion auf die fünf dickgepolsterten Sessel und die gewölbten Instrumentenkonsolen war so stark, daß sie einen Augenblick beinahe körperliche Schmerzen empfand. Sie ging durch den schwach erhellten Raum, um die staubigen Sessel und die leeren Bildschirme zu berühren. Ich habe diesen Ort gekannt, dachte sie verwundert, und doch ist er so – mechanisch. Nur ein ausgebildeter Techniker konnte sich hier wohl gefühlt haben. War sie Pilotin gewesen? Dumbo drehte den Kopf, um mehr von der fremden und doch beinahe vertrauten Umgebung in sich aufzunehmen, dann blickte sie über die Schulter.

In den Schatten hinter der Tür standen fünf behelmte Gestalten.

Sie sprang ungeschickt zurück, aber die Gestalten waren nur leere Anzüge, an der Wand befestigt. Ihre Schläuche und Kabel hingen schlaff herab, und hinter den Sichtscheiben war nichts als gähnende Schwärze. Zwei von den Raumanzügen hatten dreieckige Abzeichen auf den Schultern und Namensschilder an der Brust. Dumbo trat näher, um zu lesen.

Auf dem ersten stand: ›Chir./Kdr. Carl Van Buysen‹. Das mußte Carl sein, dachte Dumbo und trat an den zweiten Anzug.

Dort stand: ›Korv.Kap. Rober V. Lucas‹.

Dumbo preßte beide Hände an die Stirn. Der Name Lucas bedeutete etwas für sie – aber was? Das konnte der Raumanzug ihres Bruders gewesen sein, und wenn das zutraf, mußte einer der Anzüge ohne Namensschild ihr gehört haben. Aber irgend etwas war nicht ganz plausibel an dem Gedanken, daß Bruder und Schwester in derselben militärischen Einheit . . .

»Du hast deine Medizin nicht genommen – nicht wahr, Dumbo?«

Die Stimme kam von Carl, und er stand hinter ihr.

Dumbo fuhr herum, die Arme vor dem Gesicht, aber Carl hatte die Hände in den Taschen. Er lächelte unangenehm.

»Ich habe sie genommen«, stieß Dumbo hervor. »Du hast mir selbst eine Injektion gegeben.«

»Dann hast du etwas gemacht damit. Das ist schlimm, Dumbo, sehr schlimm.«

Dumbo wurde sich einer neuen Empfindung bewußt – des Unmuts.

»Sprich nicht so mit mir. Und ich heiße nicht Dumbo, sondern –«

»Nur zu«, sagte Carl interessiert. »Ich möchte sehen, wie weit du gekommen bist.«

»Ich weiß es nicht. Der Teil ist schwerer als das andere – aber ich heiße nicht Dumbo. Sag das nicht mehr zu mir.«

»Arme Dumbo!« Carl streckte lächelnd die Hand aus, griff in Dumbos Haar und zerrte daran. Sein ovales Gesicht war von Haß verzerrt. »Geh zurück zum Haus«, flüsterte er.

Dumbo schluchzte vor Schmerzen.

»Was hast du mit meinem Bruder gemacht? Und mit den anderen? Du hast sie alle umgebracht!«

Carls Finger ließen sie sofort los.

»Das sagst du zu mir? *Du* sagst das zu – *mir*!« Er schauderte. »Carl spendet Leben. Begreif das. Carl ist ein heiliger Lebensspender. Er hat nie etwas getötet.«

»Wo ist dann mein Bruder? Wo sind die anderen?«

»Weshalb hätte ich jemanden töten sollen?«

»Weil ich die einzige Frau an Bord war«, sagte Dumbo triumphierend.

»*Du*!« Carl trat entsetzt zurück.

»Du wolltest mich für dich haben.«

»Dafür wirst du bezahlen, Dumbo.« Carl hob die Faust, dann öffnete er sie langsam, einen Finger nach dem anderen. »Hör zu – du hast nie einen Bruder gehabt. Es war niemand im Schiff außer dir und mir. Wir waren mitten in einer taktischen Notlage und versuchten deshalb, das Schiff allein nach Lark Vier zu bringen. Der Anzug, den du angestarrt hast, als ich hereinkam, war dein eigener.«

Dumbo betrachtete die steife Druckhaut mit dem schwarzen Helm und dem Namensschild.

»Aber –«

»Richtig.« Carl lachte leise. »Hallo, Viktor!«

Aus irgendeinem Grund war Dumbo nicht wütend. Beinahe wie von selbst glitten ihre Hände an ihrem Kleid hinunter und umfaßten den erschlafften, narbigen Bauch. Vielleicht war es zu früh für eine Reaktion, vielleicht wenn sie ihre ganze Vergangenheit wiedergefunden und mit der Gegenwart verglichen hatte . . .

»Es hatte im Bereich von Lark Vier einen Überraschungsangriff gegeben«, sagte Carl. »Die Verluste waren schwer, und das Sektorkommando schrie nach medizinischem Nachschub, also versuchten wir beide, mit einer Organbank durchzukommen. Wir schafften es fast, aber dann trafen sie uns haargenau mit einem Warp-Verwürfler. Weißt du, was das bedeutet, Dumbo?«

Sie schüttelte den Kopf.

»Das dachte ich mir, aber damals hast du es gewußt. Monatelang, nachdem wir uns mühsam auf diesen Planeten gerettet hatten, hast du nachts am Spiegelteleskop unseres Schiffes gesessen und versucht, auch nur unsere heimatliche Galaxis zu finden. Du hättest es dir sparen können. Du und ich, wir waren eine Einstellung in einem Zahlenschloß mit Milliarden Möglichkeiten, und irgend jemand hatte es verstellt. Jemand mit einem schlechten Gedächtnis.«

Carl nahm die Brille ab und begann die Gläser zu putzen, während die kurzsichtigen blauen Augen in ein anderes Leben starrten.

»Da saßen wir, auf einer völlig unbewohnten Welt. Auf einer sauberen, frischen Welt, ideal für das Leben geeignet – und es blieb uns nichts anderes übrig, als alt zu werden und zu sterben.« Carls Stimme wurde lauter. »Und das konnte Carl nicht zulassen. Es wäre ein unverzeihliches Vergehen gewesen – denn das einzige Hindernis für Leben war ein Stück weibliches Fleisch.

Ich hatte alles, was nötig war – die Organbank befand sich damals noch in gutem Zustand. Die individuellen Energiezellen versagen jetzt, und ich werfe jede Woche mehr davon weg, aber damals konnte ich einen brauchbaren Satz weiblicher Hauptorgane und Drüsen für dich beschaffen. Eine Hypno-Sitzung nach den Operationen und wöchentlich eine Injektion mit einem LSD-Derivat erledigten das übrige.

Das ist deine illustre Vergangenheit. Wie gefällt sie dir, Mutter?«

Dumbo drehte den Siegelring am linken Mittelfinger. Er drehte sich leicht auf den Schweißperlen, aber sie fühlte sich seltsam unberührt und stark.

»Tut mir leid, Carl – so kannst du mich nicht bestrafen. Verstehst du nicht? Das, was du eben gesagt hast, hätte Viktor Lucas vernichten können, aber er wird es nie hören. Es gibt ihn nicht mehr. Ich bin – Viktoria Lucas.«

Carl fröstelte in der kühlen, muffigen Luft.

»Du hast recht. Mein logisches Denkvermögen scheint eingerostet zu sein. Der ganze Gedanke von einer Bestrafung unterstellt den Fortbestand einer Persönlichkeit, und die wirst du nicht haben – nicht nach deiner nächsten Spritze. Gehst du freiwillig zum Haus zurück, oder soll ich dich hinschleifen?«

Dumbo atmete tief ein.

»Warum überhaupt noch spritzen, wenn wir das gar nicht brauchen? Es hätte keinen Zweck, so zu tun, als hätte mich das alles in einen Glückstaumel versetzt, aber ich kann die Dinge so nehmen, wie sie sind, ohne Illusionen. Ich sollte dich eigentlich hassen, aber du hast mit den Drüsen zu gute Arbeit geleistet. Ich bin wirklich eine Frau – und ich bin bereit, weiterhin deine Ehefrau zu sein.«

Carl schlug ihr mit dem Handrücken ins Gesicht.

Sie fiel an einen der Steuersessel, hielt sich daran fest und sah erschrocken zu ihm auf.

»Meine Frau!« Weiße Ringe schimmerten um Carls Augen. »Du Mißgeburt! Du Null! Glaubst du, ich hätte dich jemals angerührt?«

»Ich erinnere mich nicht – aber was dann? Unsere Kinder?«

»*Unsere* Kinder!« sagte Carl erregt, als er eine neue Waffe zu erkennen glaubte. »Vier nette Kinder, aber was für eine Familie! Du als Mutter und vier unbekannte Soldaten als Väter. Du hast doch kurz in die Organbank hineingesehen, oder, Dumbo? Hast du jemanden erkannt?«

Die Worte brauchten einige Zeit, bis sie Dumbo erreichten. Als sie begriff, stand sie auf und ging an Carl vorbei hinaus auf den Laufgang.

»Ganz richtig, Mutter«, flüsterte er ihr ins Ohr, als sie vorbeiging. Er folgte ihr über die Metalltreppe hinunter. »Aber nimm es nicht so persönlich, Dumbo. Es gibt vernünftige genetische Gründe dafür, daß die Kinder verschiedene Väter haben – das ist für unsere künftige Gemeinschaft nur von Nutzen. Denk lieber daran, was für ein Glück du hast. Ja, Glück! Kein Mann könnte dich anrühren und das Essen unten behalten, aber dank der Wunder der medizinischen Wissenschaft hast du drei Kinder von drei verschiedenen Männern. Und du wirst immer wieder welche bekommen, bis du die Mädchen zur Welt bringst, die wir brauchen.« Carl hielt sich am Geländer fest, damit er Dumbos Gesicht beobachten konnte. »Ich hatte natürlich auch Glück. Ein Raumschiff dieser Art führt keinen gefrorenen Samen mit, weißt du. Wenn die Organbank nicht auch für die schlimmsten Verwundungen eingerichtet wäre, hätte es nur mich gegeben – und das wäre wirklich ein Schicksal gewesen, schlimmer als der Tod.« Er starrte ihr nach. »Hörst du mich, Dumbo? Warum sagst du nichts?«

Dumbo erreichte das Untergeschoß und ging an der Tür zum Längskorridor vorbei.

»Nicht den Weg, Mutter.« Carl packte sie von hinten an der Schulter.

Sie riß sich los und begann zu laufen. Carl gab einen erstickten Laut von sich und rannte ihr nach. Als er an die Waffenkammer dachte, wurden seine Schritte noch schneller. Dumbo stürmte durch die Tür und warf sich dem Gewehrgestell entgegen. Carls Finger glitten an ihrem Rücken ab. Sie riß eine der Waffen am Lauf heraus und schlug blindlings zu. Carl war auf Hände und Knie gestürzt, und der Kolben riß ihm das Gesicht auf. Er rollte bewußtlos auf den Rücken, während das Blut aus seiner Nase quoll.

Dumbo stützte den Kolben auf seine Kehle und warf sich mit dem ganzen Gewicht ihres großen, weichen Körpers darauf.

Die Morgensonne schien auf den Frühstückstisch, der wie ein Altar schimmerte.

Dumbo stellte fünf Teller heißen Brei auf und holte die Kinder, die draußen herumtobten. Sie summte leise vor sich hin, als sie den Jungen beim Essen zusah. Nachdem sie sich überzeugt hatte, daß die Kinder alles hatten, was sie brauchten, füllte sie ein Holztablett und trug es in Carls Zimmer.

»Komm, Liebling«, sagte sie fröhlich. »Ich weiß, du hast keinen Appetit, aber du mußt es versuchen.«

Carl setzte sich im Bett auf und berührte sein verbundenes Gesicht.

»Was ist das?« Die Worte kamen langsam über geschwollene Lippen.

»Dein Frühstück, natürlich. Ich habe dir dein Lieblingsessen gemacht. Iß auf, damit du bald gesund wirst.«

»Na, mich soll doch der Teufel holen«, sagte er verblüfft. »Ich dachte schon, du bringst mich um, aber es muß dir klargeworden sein, daß du es hier nicht alleine schaffst.«

»Iß auf, Liebling. Laß dein Frühstück nicht kalt werden.« Dumbo schüttelte die Kissen auf, damit Carl mehr Halt hatte.

Er schüttelte den Kopf und lachte erleichtert.

»Na so was. Und du bist sogar vernünftig gewesen, dir wieder die Injektionen zu machen.«

Dumbo beugte sich über ihn.

»Irrtum«, sagte sie kalt. »Ich habe keine Injektion gemacht. Noch nicht. Ich habe Ersatz geholt und die Pistole neu geladen, mir aber das Mittel noch nicht eingespritzt. Ich wollte noch warten.« Sie schaute auf die Armbanduhr.

»Worauf warten?« Carl schob das Tablett weg. »Was machst du mit meiner Uhr?«

»Ich wollte dein Gesicht sehen, versteht sich. Ich hätte die Spritze schon vorher nehmen können, während du noch geschlafen hast, aber dann wäre ich wieder Dumbo gewesen und hätte nicht begriffen, was vorgeht. Oder?«

»Geh von meinem Bett weg«, sagte Carl heiser. »Ich stehe auf. Wo ist die Spritze?«

»Nur keine Hast, Liebling.« Dumbo drückte ihn auf die Kissen zurück. »Ich will dir erzählen, was ich gemacht habe, während du geschlafen hast. Als erstes habe ich dich vom Schiff hergebracht, und das hat eine Ewigkeit gedauert, weil ich dich fast den ganzen Weg schleppen mußte. Dann habe ich dich ins Bett gelegt und dein Gesicht verbunden, und vorhin, während der Herd warm wurde, bin ich zum Schiff zurückgegangen und –« Sie schaute wieder auf die Uhr. »Horch, Liebling.«

Carl stieß sie mit den Knien weg. Er stand im Bett halb auf und kippte das Tablett um, und plötzlich erstarrte er, als das Geräusch das Haus erreichte.

Es war eine ferne Kette von Explosionen.

»Was war das?« Sein entsetzter Blick hetzte über ihr Gesicht.

»Das, Liebling, war deine Organbank. Ich hatte keine Ahnung, daß die Granaten solchen Lärm machen. Hoffentlich sind die Kinder nicht erschrocken. Ich muß nachsehen.« Sie blieb an der Tür stehen und schaute sich um.

Carl kniete nackt auf dem Bett.

»Ah ja«, sagte Dumbo. »Das darf ich nicht vergessen.«

Sie nahm die Injektionspistole aus einer Tasche, schoß die Ladung in ihr Handgelenk und ging hinaus zu den erstaunten Jungen. Bis sie abgewaschen und aufgeräumt hatte, schienen die Wände nicht mehr aus Metall zu sein. Sie trat ans Fenster und schaute hinaus. Ihre Rosen glühten rötlich in der friedlichen Morgenluft. Es würde wieder ein herrlicher Tag werden.

Dumbo lächelte, während sie den Kindern zusah. Sie hoffte, daß das nächste Kind ein Mädchen werden würde, denn das wünschte sich Carl mehr als alles andere auf der Welt.

Und sie wünschte sich nichts anderes, als seine Frau zu sein.

. . . und Inseln, wo gute Menschen lügen

Colonel John Fortune spuckte ein Stück Schokoladenpapier aus und drehte sich mit seinem Sessel. Eine halbe Million Meilen jenseits der Mondumlaufbahn führte der zylindrische Rumpf des Nesster-Raumschiffs Nummer 1753 eine ähnliche Rotationsbewegung aus . . .

Fortune stand auf und trat ans Fenster. Eine halbe Million Meilen jenseits der Mondumlaufbahn nahm das Raumschiff eine winzige Kurskorrektur vor . . .

Es war entschlossen, in Fortunes Schoß zu landen.

Oder so sah es aus, als er über den isländischen Flugplatz, Stützpunkt für die UN-Planetarverteidigungseinheit N 186, hinwegblickte. Es war ein kalter Oktobernachmittag, und über dem Plateau waren die Wolken Seepferde aus erstarrtem, grauem Stahl, die mit sinnloser Uhrwerkspräzision über den Himmel marschierten. In der fernen Mitte des Flugfelds stieg eine silberne Kampftransportmaschine senkrecht empor und driftete davon, während das Brüllen ihrer Startdüsen den Boden unter Fortunes Füßen belebte.

Er nahm das Nesster-Schiff 1753 überdeutlich wahr, seitdem die Rundsuchantennen des Tiefenradars auf dem Mond vor einer Woche angezeigt hatten, daß es nördlich der Linie kreuzte. Er hatte sofort den Verdacht gehegt, daß dieses eine, dieses einzige aus der Reihe tanzende Schiff direkt zu seinem Sektor unterwegs war, und hatte seitdem spüren können, wie es durch den Himmel auf ihn eindrang. Wenn er ging oder fuhr oder seine Lage irgendwie veränderte, fühlte er, daß Nummer 1753 den Bug mit der angespannten Leidenschaft eines Schützen, der den Augenblick höchster Verwundbarkeit sucht, neu ausrichtete. Und das war unsinnig, sagte sich Fortune, denn wenn jemand erschrecken sollte, dann die Nesster an Bord dieses Schiffes.

Leutnant Griffin, Informationsoffizier der Einheit, kam vom Adjutantenbüro herein und salutierte. In der Düsternis wirkte sein glatter, goldener Kopf beinahe leuchtend. Er blickte mißbilligend auf die obersten drei Knöpfe von Fortunes Hose, die Fortune geöffnet hatte, um den Druck nach dem Mittagessen zu lindern.

»Wir können in Kürze anfangen, Sir«, sagte Griffin. »Wir haben acht Reporter und sechs Kameramänner.« Das letzte Wort war mit dem Hauch einer stärkeren Betonung versehen, womit Griffin sagen wollte: Ziehen Sie sich ordentlich an, Mann, Sie sollen doch aussehen wie ein Held.

Fortune spielte an seinen abblätternden Hemdknöpfen.

»Was hat die Öffentlichkeitsarbeit eigentlich an sich«, fragte er im Gesprächston, »daß sie Leute anzieht, die völlig hoffnungslos sind, wenn es um private Beziehungen geht?«

Griffins blonde Brauen bewegten sich drei Millimeter aufwärts, was bei ihm einem Gefühlsausbruch gleichkam.

»Da ich ausschließlich *Informations*offizier bin«, sagte er, obwohl Fortune der feine Unterschied entging, »fehlt mir die Qualifikation, mich über PR-Leute auszulassen, aber man begegnet wohl in allen Bereichen des Lebens seltsamen Käuzen, Sir.« Er schaute sich betont nach den tristen grünen Wänden von Fortunes Büro um und ging mit schnellen Schritten hinaus.

Fortune zog wütend den Bauch ein und knöpfte die Hose zu. Ich muß abnehmen, dachte er in plötzlicher Verzweiflung, einen ganzen Monat lang gibt es keine Kohlenhydrate.

Aus dem Vorzimmer drangen Geräusche, als Griffin die kleine Gruppe örtlicher Journalisten vergatterte, die aus der Möglichkeit der ersten Nesster-Landung auf Island das meiste herausschlagen wollten. Die erste Landung hier würde eine große Sensation sein, aber die Tatsache, daß der berühmte Colonel Fortune zur Stelle war, galt als Geschenk des Himmels – der legendäre Captain Johnny, nach vier Jahren wieder in Aktion, komplett mit Piratennamen und flottem Ruf. Ja, wenn alles gutging, würden sich die Träume der Reporter erfüllen, und Fortune wollte nichts damit zu tun haben. Er hatte seinen Teil bei der Verteidigung des Planeten gegen die Eindringlinge in jenem ersten unglaublichen Jahr 1983 geleistet, aber es gab eine Grenze für das Maß an Schuld, das er auf sich zu nehmen gedachte.

Griffin führte die Journalisten herein. Die Reporter setzten sich auf die Stühle, die man für diese Gelegenheit in anderen Büros ausgeborgt hatte, und die Kameraleute postierten sich in strategisch bedeutsamen Ecken.

»Meine Herren«, begann Griffin, »ich glaube nicht, daß ich Colonel Fortune vorstellen muß, also können wir gleich anfangen. Der Colonel wird die Situation ganz kurz umreißen, und anschließend können Sie Fragen stellen.« Es gab zustimmendes Gemurmel, und Fortune begriff, daß die vier Jahre, in denen er zurückgezogen von der Öffentlichkeit gelebt hatte, seinen Ruf in keiner Weise beeinträchtigt hatten. Die Journalisten waren von ihm beeindruckt.

»Das erste, was ich betonen muß«, sagte Fortune, »ist, daß das Nesster-Schiff Siebzehndreiundfünfzig vielleicht gar nicht auf Island landet. Die Chancen stehen dafür nur eins zu drei. Berechnungen, die auf Berichten der Radarstützpunkte des Mondes beruhen, deuten darauf hin, daß Süd-Grönland und Süd-Baffinland als Landegebiet ebenso in Frage kommen.

Der zweite Punkt, auf den ich eingehen möchte, ist folgender: Selbst wenn Siebzehndreiundfünfzig diesen Sektor wählt, sind die Aussichten, daß das Schiff auf einer Stadt oder einem Dorf landet, fast gleich Null. Ich weiß, Sie haben alle davon gehört, daß Städte plattgedrückt worden sind, aber das ist nur in Gebieten von Afrika und Japan vorgekommen, wo die Gebäude von einer Bauart waren, die sich mit dem Radarsystem der Nesster nicht deutlich erkennen lassen. Ein Nesster-Schiff ist riesig und massiv, aber wie jedes andere Raum- oder Luftfahrzeug braucht es einen ebenen Landeplatz. Es wird sogar einen festgebauten Kuhstall meiden.« Fortune lächelte kurz und erntete anerkennendes Grinsen. »Auf jeden Fall werden wir das Schiff erwarten, gleichgültig, wo es landet – und wir haben auf diesem Gebiet reichhaltige Erfahrung.« Man grinste wieder zustimmend, und Fortune wußte, daß er gut ankam, daß er sich ihrer Bewunderung zu öffnen begann. Schlamper, seltsamer Kauz – und Verräter.

»Weshalb sind Sie nach Island gekommen, Colonel Fortune?« Der Reporter vom ›Visir‹ entschuldigte sich nicht dafür, daß er vom Hauptthema der Konferenz abwich.

»Die Nessters haben mir einfach leid getan, das war es wohl.« Es gab lautes Gelächter, und sogar Leutnant Griffin lächelte schief. Fortune spürte, wie das Hemd an seinen Schultern zu kleben begann.

»Die Serie ›Captain Johnny‹ im Fernsehen soll auf Ihren tatsächlichen Erlebnissen während Ihrer ersten Auseinandersetzungen mit den Nessters beruhen, Colonel. Stimmt das wirklich?«

»Tja, vor allem kann ich mich nicht an die vielen hübschen Mädchen erinnern.« Das ist einfach prima, dachte Fortune. Das Schiff da oben hat sich nähergeschwungen, Tausende von Meilen näher, und ich bin nichts als ein Schnellschußkomiker geworden. Fünf Jahre im Blickpunkt der Geschichte, mehr hatte es nicht gebraucht, um ihn von einem normalen jungen Ingenieur in einen dicken, schwitzenden Clown zu verwandeln . . .

Rückblickend konnte er nicht genau sagen, wann er die Wahrheit über die Nesster zu erahnen begonnen hatte. Zuerst war keine Zeit zum Nachdenken gewesen. Die großen Raumschiffe waren auf der ganzen Erde an beliebigen Orten gelandet, und aus jedem hatten sich mehrere Hundert schwarze, schuppige Alptraumgestalten ergossen, deren bakteriengeschwängerter Atem gewöhnlich schon genügte, jeden in der Nähe befindlichen Menschen zu töten, der nicht die richtige Maske trug. Die Nesster waren unbewaffnet – wenn der Ausdruck für viereinhalb Meter lange, gepanzerte Bulldozer richtig war –, aber sie stellten beachtliche Gegner dar, und viele Männer wurden zu Helden. John Fortune, ein Infanterieleutnant, der sich für zwei Jahre bei den UN-Unabhängigen verpflichtet hatte, gehörte zu den ersten, die Methoden entdeckten, mit denen die Nesster getötet werden konnten. Er war an mehreren spektakulären Aktionen beteiligt, er war fotogen, er hatte einen romantischen Freibeuternamen. Er war binnen weniger Monate zu Captain Johnny geworden – dem Mann der Stunde.

Erst als die Methoden des Tötens vergleichsweise einfach, vergleichsweise ungefährlich wurden, begann er sich Fragen zu stellen. Weshalb landeten die Nesster-Schiffe eines nach dem anderen an weit auseinanderliegenden Orten? Weshalb drehte der Schiffsantrieb kurz nach der Landung durch und zwang die Nesster, ihre Zuflucht aufzugeben, ohne Rücksicht darauf, wie feindselig die Umwelt sein mochte? Und um es ganz deutlich zu formulieren: Weshalb versagte eine Rasse mit dem technologischen Stand der Nesster bei der Besetzung eines unvorbereiteten Planeten auf derart klägliche Weise?

Die Antwort, als er sie fand, war schmerzlich. Captain Johnny, Supersoldat der Erde, hatte sich damit einen Namen gemacht, daß er unbewaffnete Familien von Einwanderern metzelte.

Wissenschaftliche Erkundungsteams hatten die Wahrheit langsam ans Licht gebracht. Die großen, zylindrischen Schiffe wiesen Meteoreinschläge auf, die erkennen ließen, daß sie seit nicht weniger als sechshundert Jahren unterwegs waren. Sie waren vollautomatisch – sie mußten es sein, denn die Generationen von Nessters, die während des Fluges gelebt hatten und gestorben waren, hätten nicht gewußt, wie sie bei einer Landung mit den Schiffen umgehen sollten. Die Wahrheit sah so aus: Die Nesster mochten häßlich, schwarz und tödlich sein, aber sie waren unschuldige Wesen, die blindlings ins Unglück rannten.

Und was Fortune vernichtet hatte, war die Entdeckung, daß die Wahrheit keine Rolle spielte. Die Nesster waren einfach – unannehmbar.

»Wie gefällt es Ihrer Frau auf Island, Colonel?«

»Meiner Frau gefällt es sehr gut«, sagte Fortune mit Bedacht. Er spürte kurz einen ängstlichen Stich, der seltsam wirkte, weil er mit den Nesster nichts zu tun hatte. Wenn die Zeitungen über Christine Bescheid wußten, konnte es ein Aufsehen geben, durch das Fortune von seinem Kommandoposten geschleudert wurde.

Er hatte die Versetzung zum Sektor N 186 beantragt, weil dort eine Nesster-Landung am wenigsten zu erwarten gewesen war. Es war ein Ort, wo er noch ein Scheit ins Feuer legen, Tee servieren und helle Vorhänge zuziehen konnte, um die Dunkelheit fernzuhalten. Es hatte nichts anderes für ihn zu tun gegeben, denn die Erde würde nicht damit aufhören, die Nesster zu töten, und die Nesster würden nicht aufhören, herzukommen. Seit fünf Jahren war alle vierundzwanzig Stunden ein Schiff gelandet, und noch immer erstreckte sich die Kolonne über das Sonnensystem hinaus, weiter, als selbst die fernsten Weltraumsonden der Erde reichten.

Schätzungen darüber, wie lange sich die täglichen Landungen fortsetzen konnten, schwankten beträchtlich – die niedrigste lag bei fünfzig Jahren, die höchste bei etwa zwölf Jahrhunderten. Ein paar Menschen auf der Erde zermarterten sich die Köpfe wegen des Nesster-Problems, aber viel mehr gaben ihre Söhne zum Militär. Die Nachfrage nach Soldaten war ungeheuer groß.

Als die Journalisten sich am Ende der Pressekonferenz zerstreuten, öffnete Fortune die rechte Schublade seines Schreibtisches. Darin lag eine flache Schachtel, – er bekam jeden Monat eine solche Schachtel von einer Süßwarenfabrik –, die mehrere Dutzend Schokoladensoldaten in glitzerndem Silberpapier enthielt. Schräg über die Brust eines jeden zog sich in gelbgeränderten roten Buchstaben der Name ›Captain Johnny‹.

»Ich glaube, es ist sehr gutgegangen, Sir«, meinte Griffin, als er zurückkam. »Man hat Sie nicht vergessen.«

»Manche Leute haben ein gutes Gedächtnis«, knurrte Fortune unwirsch. Seine Hand glitt wie aus eigenem Antrieb über die oberste Schicht der Schokoladesoldaten in der Schublade und brach ihnen der Reihe nach das Genick.

Um sechs Uhr rief Fortune zu Hause an und hörte eine unbekannte Männerstimme, die in präzisem, akzentlosem Englisch seine Rufnummer nannte.

Fortune fühlte sich plötzlich todmüde.

»Ich möchte Mrs. Fortune sprechen.«

»Augenblick, Colonel«, erwiderte die Stimme geschäftsmäßig. Es kam eine wattierte Stille, wie die, wenn jemand die Hand auf die Muschel legt, dann meldete sich lachend Christine.

»Hallo, Liebling«, sagte sie. »Was gibt es? Ich hoffe, du kommst nicht zu spät zur Party.«

»Nur aus Interesse – wer war das?«

»Sei doch nicht albern«, meinte Christine. »Du erinnerst dich an Pawel sehr gut. Du hast ihn bei öffentlichen Anlässen oft getroffen. Er ist eher gekommen, um mir bei den Vorbereitungen für den Abend zu helfen.« Fortune erinnerte sich. Pawel Efimow war Ukrainer und leitete das Internationale Gästehaus, das in Reykjavik für das zur Einheit gehörende UN-Personal eingerichtet worden war. Seine Bereitschaft, einen freien Nachmittag zu opfern, um Christine bei den Vorbereitungen zur Party zu helfen, erklärte, weshalb sie in den vergangenen drei Monaten soviel Zeit drüben im Gästehaus verbracht hatte. Oder war es umgekehrt?

»Ah, ja«, sagte Fortune. »Ich komme heute ein bißchen später. Christine – ich möchte kurz Bill Geissler besuchen.«

»Muß das sein, Liebling?«

»Ja, Christine. Es ist sehr wichtig. Sag Peter, daß ich später komme. Er soll nicht auf mich warten.«

Christine zog hörbar die Luft durch die Nasenlöcher und legte wortlos auf. Fortune verließ achselzuckend das Büro und marschierte durch den Korridor. Ein kalter, dunkler Wind zerrte ziellos an ihm, als er an den grünlich beleuchteten Hangars und Werkstätten der Einheit vorbeiging. Als er die Haube seines Diensthubschraubers geschlossen hatte, schaltete er sofort die Heizung ein und entspannte sich in der wellenweise ausströmenden, nach Gummi riechenden Wärme, bis ihm der Tower Starterlaubnis gab. In achthundert Fuß Höhe flog er nach Südwesten über die flackernden Lichter von Hafnarfjord und folgte dreißig Meilen der Küste, bevor er zu den vertrauten Lichtern von Bill Geisslers Betrieb hinuntersteuerte, die in der Dunkelheit wie ein Krummdolch blitzten.

Er stieg aus und ging zu Geisslers Büro, wobei ihm auffiel, daß die große Kanone aus ihrem Gehäuse gerollt worden war und beinahe senkrecht in den Himmel ragte. Das hieß, daß Geisslers Orbitalzustellung dabei war, wieder eine Ladung in eine Umlaufbahn zu schicken. Geissler war das einzige lebende Genie, das Fortune je kennengelernt hatte, und er sah gar nicht danach aus. Er war ein stämmiger, kleiner Mann mit schwarzem Haar und dem harten, dunkelhäutigen Gesicht eines mexikanischen Banditen. Vor drei Jahren hatte er Land an der Südwestspitze von Island gekauft, war mit zwei Frauen, mit denen er in wilder Ehe lebte, und einem 40-cm-Geschütz, das ehemals der Marine gehört hatte, eingezogen, hatte eine Werkstätte eingerichtet und seine *ménage à trois* seither damit finanziert, daß er Instrumentenkapseln in Umlaufbahnen schoß. Er war auf polare und polarnahe Umlaufbahnen für eine Reihe von Universitäten und neuentstandene Regierungen auf der ganzen Welt spezialisiert.

Geissler saß an seinem Schreibtisch mit der Glasplatte und markierte einen dunkelgrauen Lochstreifen mit dem Bleistift.

»Nur herein, John. Ich habe dich nicht erwartet. Was ist los? Bekommst du Nummer Siebzehndreiundfünfzig?«

»Es sieht so aus, Bill. Die Chancen stehen drei zu eins, aber ich habe da so ein Gefühl.«

»Ich auch, Freund – und ich irre mich nie. Du machst am besten Platz in deinem Garten.« Er schnaubte und schob die Lochstreifenspule weg. In der Werkstätte hinter der Glaswand des kleinen Büros überflutete ein elektrisches Schweißgerät plötzlich seine Umgebung mit glühenden Nadeln.

Fortune knöpfte seinen Rock auf und setzte sich.

»Hast du Zeit gehabt, die –«

Geissler streckte die Hand aus wie ein Verkehrsschutzmann.

»Was hast du vergessen, John?«

»Nichts. Ach, das! Was, zum Teufel, hat es für einen Sinn, dich solche Dinge zu fragen, wenn ich nicht weiß, ob die Antworten stimmen?«

»Frag mich trotzdem. Du weißt, daß es mir Spaß macht, zu üben.«

»Gut, gut. Wieviel ist –« Fortune nannte wahllos Ziffern – »973 827 mal 426 458?«

Geisslers Augen wurden einen Augenblick dunkel.

»415 296 314 766. Jetzt andere Zahlen.«

»Kannst du eine Nachricht zum Mars schicken?« Fortune sagte es zornig; er spürte, wie das Nesster-Schiff an einem unsichtbaren Draht entlangvibrierte, der an seinem Schädeldach befestigt war.

Geissler sah ihn zweifelnd an. »Könnte ich, aber ich wage nicht daran zu denken, was das kostet. Private Forschungsinstitute – dazu gehöre ich übrigens auch – können beim Cripple-Creek-Parabolspiegel Zeit kaufen, aber sie verlangen bei den derzeitigen Bahnpositionen ungefähr zwanzigtausend Kronen pro Minute, das sind etwa fünftausend Dollar, und wenn man Antwort haben möchte, kostet es ungefähr das Doppelte. Willst du tun, was ich vermute?«

Fortune nickte. »Ja. Es duldet keinen Aufschub. Ich möchte, daß sie unsere fünf Verdächtigen überprüfen.«

»Tja, selbst wenn ich die Bahndaten aufs Mindestmaß zusammendränge, wird die Sendung mindestens drei Minuten dauern, das sind sechzigtausend Kronen. Die Antwort wird natürlich nicht so lange dauern, aber ich glaube, daß es eine Mindestgebühr für eine Übertragung Mars–Erde gibt, wahrscheinlich noch einmal zwanzigtausend.« Geisslers braune Augen verengten sich beinahe in körperlichem Schmerz – er war nicht nur Genie, sondern auch Geschäftsmann. »Das ist viel Geld, um ein paar Elektronen in den Himmel zu spucken. Wenn du noch einen Monat warten kannst, glaube ich, vier von den Verdächtigen ausscheiden zu können.«

»Ich kann nicht warten.«

»Aber achtzigtausend Kronen! Ich weiß, du hast mit dem ›Captain Johnny‹ eine Menge verdient, John, aber wenn du so weitermachst, gehst du bankrott. Alles, was du mir zu tun gibst, auch diese Mars-Sendung, sollte von der UNO finanziert werden. Ich mache Kaffee. Überleg es dir.«

Fortune überlegte es sich, während er auf den Kaffee wartete. Er erinnerte sich daran, wie ihm zumute gewesen war, als man das erstemal die Theorie vertreten hatte, die Nesster-Kolonne werde durch Signale eines Spähsatelliten zur Erde gesteuert. Es war leicht, sich den langen Zug vollautomatischer Raumschiffe vorzustellen, wie er sich dem Sonnensystem näherte, wie das Flaggschiff eine Voraussonde in eine Umlaufbahn um jeden Planeten schickte und wie die Sonde, die um die Erde kreiste, plötzlich das Signal aussandte, das bedeutete – ja, diese Welt ist bewohnbar. Genauso hatten es schon immer Landstreicher gemacht, die Kreidezeichen an die Türpfosten von Häusern malten, wo man freundlich empfangen wurde. Alles, was man tun mußte, war also, dieses Kreidezeichen mit einem Orbitalabfanggerät auszuradieren, und die Landstreicher würden nicht mehr an die Tür kommen.

Man hatte auf hoher Ebene die Theorie überprüfen lassen, aber es hatte Hindernisse gegeben – und nicht das geringste davon war die Tatsache gewesen, daß 1983 die Zahl der die Erde umkreisenden Objekte von Menschenhand an die fünfzigtausend betrug. Nur ein Bruchteil davon waren brauchbare Satelliten, und der Großteil bestand aus Bruchstücken und Teilen der Trägerraketen, die sie in den Weltraum befördert hatten. Bei einigen der komplizierteren

Experimente waren bei einer Mission bis zu fünfzig Teile von Raketenantriebgehäusen und Absprengmechanismen freigesetzt worden, und das war auch der Grund dafür, daß schon Ende der sechziger Jahre die Zahl auf über tausend gestiegen war.

Das Gewirr von Weltraumabfall hatte es unmöglich gemacht, einen fremden Satelliten einfach zu orten, so daß man eine Reihe von Raumkapseln in ferne Präzessionsumlaufbahnen geschossen hatte, um mögliche Sendungen an die Nesster abzuhören. Sie hatten den unvermeidlichen Spitznamen bekommen, in diesem Fall PUH – Präzessiver Unbemannter Horchposten. Als damit nichts erreicht würde, gab man die Spähsatellitentheorie offiziell auf und konzentrierte die Forschungsarbeit in erster Linie wieder auf die bislang erfolglosen Bemühungen, ein Abfanggerät für die Weltraumtiefen zu konstruieren, das die Meteorschirme der Nesster-Schiffe zu durchdringen vermochte.

Fortunes Zeit vor dem Militärdienst, die er dem unmodernen Gebiet der Submillimeterbündelstrahlung gewidmet hatte, erweckte in ihm ein paar private Zweifel über die Wirksamkeit des Unternehmens PUH, aber gegen fünfzigtausend Schrottklumpen in Umlaufbahnen war nicht anzukommen. Dann hatte er eines Nachts in einer Bar in Reykjavik Geissler kennengelernt ...

Der Begriff der instinktiven Mathematik war für Fortune neu gewesen, aber nach Geisslers Worten besaß jeder Mensch diese Fähigkeit bis zu einem gewissen Grade. Bei guten Spielern zeigte sie sich als ›Glückssträhne‹, und es gab sie selbst beim mittelmäßigsten Schachspieler, der jeden Computer zu schlagen vermochte, weil die Maschine ihre Zeit damit zubringen mußte, methodisch ganze Serien von Zügen durchzuprüfen, die völlig logisch waren, von denen der menschliche Spieler aber instinktiv weiß, daß sie nicht gut genug sind. Geissler behauptete, der Unterschied zwischen ihm und allen anderen Menschen sei lediglich ein gradueller, aber er hatte garantiert, daß er den Nesster-Satelliten – falls es ihn gab – in einem Jahr finden würde, wenn er Zugang zu den Computeranlagen der Einheit bekäme.

Und Fortune hatte ihn auf der Stelle angeheuert.

»Tut mir leid, daß es nichts zu essen gibt«, sagte Geissler, als er den Kaffee auf den Schreibtisch stellte. »Außer, du kommst mit hinüber ins Haus und ißt mit uns zu Abend. Jenny und Avis würden sich freuen, wenn noch ein zweiter Mann dabei wäre.«

»Nimm davon einen.« Fortune zog drei Captain-Johnny-Schokoladen heraus. Ihre Köpfe hingen herunter und wurden nur noch vom Silberpapier festgehalten.

»Nein, danke. Weshalb ißt du dauernd diese Dinger, John? Das Gewicht, das du mit dir herumschleppst –«

»Rings um jeden mageren Menschen gibt es einen dicken, der hereinmöchte«, erwiderte Fortune, zufrieden kauend. »Jetzt zu dem Signal nach dem Mars. Wir brauchen doch nicht zu erklären, was vorgeht, oder? Die Armee hat etwas gegen Kommandeure, die Forschung betreiben.«

»Nein, das geht schon in Ordnung. Wenn die Spähsatellitentheorie zutrifft, können wir zweierlei unterstellen. Einmal, daß einer von unseren fünf Verdächtigen den Nessters gehört, und zum zweiten, daß jeder Planet im Sonnensystem einen gleichartigen Satelliten in einer Umlaufbahn ähnlich dem des unseren hat. Ich kann fünf Reihen Orbitalelemente ans Marsobservatorium schicken und sie legitim überprüfen lassen – ich könnte durchaus an einem der vielen alten Marssonden interessiert sein.«

»Wird es lange dauern?«

»Ich wüßte nicht, warum. Die wissenschaftliche Kolonie ist jetzt seit über einem Jahr etabliert, und es kann sein, daß diese Daten sogar gespeichert sind. Nein, lange wird es nicht dauern. Ich rufe dich an.«

Fortune trank aus, stand auf und knöpfte seinen Mantel zu.

»Tut mir leid, daß ich nicht zum Essen bleiben kann. Christine gibt eine von ihren Partys.« Er lachte kurz. »Ich glaube, es ist Nietzsches Geburtstag.«

Sie standen einen Augenblick an der Tür und beobachteten drei Techniker, die eine schimmernde Miniaturrakete aus der Werkstätte zum Geschütz rollten, die sie ins Beinahe-Vakuum feuern würde, bevor ihr Motor zündete.

»Das ist dieses Jahr der dritte cislunare Start für die Universität von Nikaragua«, sagte Geissler befriedigt. »Und das kostet sie eine Menge Geld – selbst mit Trägerraketen von der Stange. Ich hatte vergessen, wie das mit Christine und Nietzsche ist, John. Komisch, was? Du mußt beinahe so etwas wie ein Übermensch gewesen sein, als sie dich geheiratet hat.«

Fortune erinnerte sich zu spät daran, daß Geisslers intuitive Begabung nicht einfach eine Art mathematischer Abstraktion war. Er schlug dem kleineren Mann kräftig auf die Schulter, mit der vagen Vorstellung, den geistigen Kontakt durch einen Kurzschluß unterbrechen zu können.

»Du weißt nicht, was du da eben gesagt hast, Bill.«

Er ging zurück zu seinem Hubschrauber und war sich bewußt, daß wieder Zeit vergangen und das Eintreffen des Nesster-Schiffs 1753 näher gerückt war. Ein plötzlicher Hungerkrampf ließ ihn nach Schokolade greifen, aber seine Tasche war leer, und das Gefühl der Enttäuschung überwältigte ihn so sehr, daß er erschrak. Ziehen wir die Sache mal ans Licht, nahm er sich vor. Mein Unbewußtes sagt sich: Kinder essen Süßigkeiten, also werde ich, wenn ich Süßigkeiten esse, ein Kind sein, und wenn ich ein Kind bin, gibt es das Nesster-Problem nicht. Mein Bewußtsein ist aber nicht so dumm – es weiß, daß ich mich nicht zu einem Kleinkind zurückentwickeln kann, also werde ich das lassen und wieder ein normaler Erwachsener sein. Das ist also abgemacht. Ich fühle mich schon wohler ...

Der einzige Haken dabei war, er hatte immer noch Hunger, und in der Dunkelheit glich der Hubschrauber mit dem runden, verglasten Dach und dem spitz zulaufenden Heck plötzlich einer Urkaulquappe. Fortune fand sich damit ab, daß er nicht wieder zu einem hilflosen, schuldlosen Baby werden konnte, und trotzdem befriedigte es ihn auf seltsame Weise, daß er in die empfangsbereiten Höhlungen der Wolken hinaufgetragen wurde.

Das Haus leuchtete wie ein Lampion. Fortune ging zwischen den vielen geparkten Autos hindurch und sah, daß eines davon einen kleinen Vogelbeerbaum umgestoßen hatte. Es sah so aus, als würde Christines Party erfolgreich sein.

Er sperrte auf, ohne bemerkt zu werden, ging hinauf und zog unter Ächzen seine Uniform aus und Hose, Hemd und Pullover an. Im Zimmer seines Sohnes ging er auf Zehenspitzen herum und räumte Spielsachen auf, dann kauerte er einen Augenblick neben dem Bett und starrte mit einer Art warmen Staunens in das Gesicht des schlafenden Dreijährigen.

Im orangerot beleuchteten Wohnraum saßen oder standen an die zwanzig Leute herum und tranken und erfüllten die Umgebung mit der aggressiven und gleichzeitig ein wenig verkrampften Atmosphäre einer Party im Anfangsstadium. Seine Frau und Pawel Efimow unterhielten sich ernsthaft in einer Ecke. Christine Fortune war eine hochgewachsene Brünette mit muskelhartem, schlangenhaftem Körper und dem Talent, selbst wenn sie ganz angezogen war, so zu wirken, als habe sie nicht genug an. Sie brachte Fortune ein volles Glas.

»Entschuldige die Verspätung«, sagte er.

Christine blickte mit einer Andeutung von Zorn auf seine legere Kleidung – es war, als sei für sie die Uniform noch das einzige, was von ihm geblieben war.

»Ich sehe, du hast dich umgezogen, Liebster. Ich habe dich nicht hinaufgehen hören.«

»Ich habe meine Hundemarke noch um – wenn das etwas nützt.«

»Versuch nicht, witzig zu sein, Liebster«, antwortete sie. »Dazu fehlen dir die Mittel. Jetzt komm und lern unsere Gäste kennen.« Fortune ging langsam mit ihr durch das Zimmer und ließ sich vorstellen. Die Leute waren so ziemlich dieselben wie immer bei Christines kleinen Festlichkeiten; Schriftsteller, die nie etwas schrieben, Maler, die nichts malten, unbekannte Berühmtheiten. Die meisten waren davon beeindruckt, Captain Johnny kennenzulernen, wie er leibte und lebte, und er spürte in Christine eine innere Reaktion darauf. Sie preßte mit beiden Händen seinen linken Arm an sich, stolz und besitzergreifend, und trotz allem genoß er die Berührung. Als sie die Runde hinter sich hatten, blieb er an der Bar stehen und füllte sein Glas noch einmal.

»Sag mal«, fragte er leise, »ist außer uns beiden jemand hier, der auf dieser Seite des Eisernen Vorhangs geboren worden ist?«

Christine lachte fröhlich.

»Wach auf, Alter. Der Kalte Krieg ist seit Jahren vorbei. Das ist immerhin etwas, wofür wir uns bei den Nessters bedanken können – die Menschen denken einfach nicht mehr so wie früher. Wie passé kann man sein?«

Fortune sah stirnrunzelnd in sein Glas.

»So schnell verändert sich nichts. Wenn die Landungen morgen aufhören, würden die meisten Leute hier mit der ersten Düsenmaschine in Richtung Osten fliegen.« Er trank einen großen Schluck und starrte Efimow über den Rand seines Glases hinweg an.

»Guten Abend, Colonel«, sagte Efimow und stellte sich ganz nah neben Christine. Er war so groß wie Fortune, aber schlank und rank wie ein Tennismeister.

»Ah, da bist du ja, Pawel«, sagte Christine und lehnte sich ein wenig an ihn. »Johnny hat Angst, daß ich ihn überprüfen lasse.«

Efimow legte den Arm um ihre Hüfte und lächelte herausfordernd.

»Sicher nicht! Man braucht den Colonel nur anzusehen, um zu wissen, daß er keine geheimen Machenschaften betreibt.«

Fortune spürte, wie sein Herz langsam und schwer zu hämmern

begann, so daß sich die Haare an seinen Schläfen sträubten. Christine hatte früher zwei Freunde gehabt, die beide beinahe rührend dankbar für Fortunes Interesselosigkeit gewesen waren, aber dieser Mann war von einer anderen Sorte. Vielleicht hatte sich ihn Christine gerade aus diesem Grund ausgesucht.

»Ganz richtig«, erwiderte Fortune ruhig. Er fühlte Christines Blick auf sich. »Ich halte von Mantel- und Degenstücken nicht viel, weil ein Degen für mich keine Waffe ist. Wenn ich aus einem mittelalterlichen Arsenal wählen müßte, würde ich mich für einen Streitkolben entscheiden.«

»Zu primitiv und schwerfällig«, sagte Efimow. »Ich wäre für ein –«

»– Rapier«, ergänzte Fortune. »Ja. Das dachte ich mir – es klingt so romantisch. Was meinst du, Christine? Wie sähe Mr. Efimow mit Allongeperücke und hohen Stiefeln aus?« Er lachte unangenehm und fragte sich, weshalb er sich die Mühe machte.

»Haben Sie die Nachricht von der heutigen Landung gehört?« sagte Efimow, der plötzlich das Thema wechselte. »Das Schiff ist im Loch Ness in Schottland heruntergegangen, nur ein paar Meilen vom allerersten Landeplatz entfernt. Wir hatten natürlich wieder einen vollständigen Sieg, aber es war ein seltsamer Zufall, nicht?«

Fortune nickte und begriff plötzlich, daß er seit über neun Stunden nichts Richtiges mehr gegessen hatte. Er sah sich die kleinen Bissen und Pastetchen am Büffet an, dann ging er in die vergleichsweise ruhige Küche und machte sich Kaffee und Schinkenbrote. Als der Kaffee fertig war, nahm er seine Delfter Tasse vom Haken, wobei ihm kaltes Wasser in die Hand lief. Christine lehnte es ab, die Delfter Tasse richtig abzuwaschen oder zu trocknen, da es genug Wegwerfgeschirr gab. Fortune schimpfte halblaut vor sich hin, säuberte die Tasse, setzte sich an den Tisch und beschloß plötzlich, seinen Kontostand zu überprüfen, um zu sehen, was die Marsübertragung anrichten würde.

Er kehrte zurück ins Wohnzimmer, zwängte sich durch das Gedränge, ging durch die Halle und betrat sein Arbeitszimmer. Christine und Efimow sahen ihn überrascht an, dann begann Efimow zu lächeln.

»Wir dachten, Sie liegen schon im Bett, Colonel. Christine sagt mir, daß Sie sich bei Partys nie amüsieren.«

»Was willst du, Liebling?« sagte Christine gereizt. »Pawel und ich haben über das Honorar für heute nachmittag gesprochen.«

»Wenn ihr jungen Leute allein sein wollt, dann sucht euch einen anderen Unterschlupf«, sagte Fortune kurz. »Ich habe zu arbeiten.«

Efimow lächelte immer noch, aber sein Blick zuckte kurz zu Fortunes Schreibtisch hinüber. Fortune folgte dem Blick. Die oberste Schublade stand offen, der Schlüssel, den er oben in der Uniformhose gelassen hatte, steckte. Fortune atmete tief ein. Er wußte, daß Christine und er am Krisenpunkt angelangt waren.

»Komm, Pawel.« Christine zerrte an Efimows Ärmel. »Ich brauche etwas zu trinken.«

»Nicht so schnell«, fauchte Fortune und riß sie an der Schulter herum. »Was hast du an meinem Schreibtisch zu suchen?«

Christine starrte ihn einen Augenblick kalt an, dann wurde ihr Gesicht plötzlich fremd.

»Nimm deine Hand weg«, schrie sie. »Soll ich es dir sagen? Also gut, du egoistischer, fetter, nutzloser – Ich habe Pawel gesagt, wie du mich behandelst, und er konnte es einfach nicht glauben. Er konnte nicht glauben, wieviel von unserem Geld, *meinem* Geld, du diesem gräßlichen kleinen Geissler gegeben hast. Wofür hältst du dich eigentlich? Satelliten orten! Computeranlagen einsetzen! Weshalb gehst du nicht –?«

Efimow zog sie einen Schritt zurück, trat vor sie hin und sah Fortune mit einer Mischung aus Befriedigung und Verachtung an.

»Sie verschwinden jetzt«, sagte Fortune. »Ich lehne es ab, um Christine zu raufen. Sie ist kein Besitztum. Aber Sie sind an meinem Schreibtisch gewesen, und das ist eine andere Sache.«

»Es wäre dumm von Ihnen, zur Gewalt zu greifen, Colonel. Vor allem deshalb, weil Sie so lange mit Schokolade trainiert haben.« Efimow duckte sich, und Fortune fiel ein, daß der Mann im Gästehaus als Boxlehrer tätig war.

Christine ging zur Tür. Fortune stürzte ihr nach und sah Efimow einen schnellen linken Haken abfeuern. Er nahm den Schlag bewußt hin, fing ihn mit der dicken Fettschicht über den Rippen auf, packte Efimows Handgelenk mit beiden Händen, beugte sich zurück und schwang den anderen wie einen großen Hammer. Efimows Füße trippelten über den Boden, als er rückwärts an die Wand schoß. Er war völlig außer Atem, als er zurückprallte, aber Fortune versetzte ihm trotzdem einen Faustschlag unter die Rippen.

»Was hast du getan?« Christine kniete vor dem Regungslosen.

Fortune ging in die Hocke und zog eines der Lider Efimows hoch. Er berührte den Augapfel, und der zitterte sofort.

»Nichts passiert«, sagte Fortune und fragte sich, wie es jetzt weitergehen würde.

»Pawel will, daß ich ihn heirate, verstehst du? Er möchte, daß ich mit ihm fortgehe.« Christine schien nur mit sich selbst zu sprechen.

»Christine –«, sagte Fortune, aber das Telefon auf seinem Schreibtisch schrillte. Er nahm den Hörer ab und hörte eine Männerstimme, die ihn verlangte. Er erkannte die Stimme seines Adjutanten, Captain Baillie.

»Hier Fortune«, sagte er tonlos.

»Ah, hallo, Sir«, erwiderte Baillie mit ungewohnter Erregung. »Ich dachte, Sie möchten so schnell wie möglich informiert werden. Wir haben eben die Bestätigung vom UN-Kommando Nord. Das Nesster-Schiff Siebzehndreiundfünfzig wird ganz sicher in unserem Sektor landen.«

»Danke für den Anruf, Brett. Ich komme sofort.« Fortune legte auf. Er hatte sich gefragt, was nun geschehen würde. Jetzt wußte er es.

Die Einheit wurde in Alarmzustand versetzt, und Fortune traf instinktiv die letalen Maßnahmen, über die er in seiner Stellung zu entscheiden hatte.

Der Voralarmzustand hatte drei Tage gedauert, von dem Augenblick an, als die Radarstützpunkte auf dem Mond vorausgesagt hatten, daß das Nesster-Schiff 1753 in einem der drei nordwestlichen Atlantik-Sektoren landen würde. Als der große, schwarze Zylinder an der Mondbahn vorbeiflog, waren die variablen Faktoren ausgeschieden worden, bis das Kommando Nord genau wußte, wann und wo das Schiff landen würde. In diesem Augenblick wurde der Sektor N 186, auf normalen Karten als Island ausgewiesen, in Großalarm versetzt, und man traf Vorbereitungen für das große Töten in vierzig Stunden.

Fortunes Kommando bestand aus fünfhundert Kombattanten, zweihundert Mann Flug- und Bodenpersonal für die fünfzehn Senkrechtstarttransporter der Einheit und aus dreihundert Mann Techniker, Büroangestellte, Lagerarbeiter, Köche, Putzer, Fahrer etc. Das bedeutete, daß für jeden Mann, der wirklich kämpfte, ein zweiter zur Unterstützung bereitstand, ein für eine moderne technische Armee sehr gutes Verhältnis. So stromlinienförmig die Organisation der Einheit auch war, sie für den großen Hammerschlag vorzubereiten erforderte viel Arbeit.

Fortune war lange Zeit auf den Beinen gewesen, als er in Richtung Süden auf der nach Hafnarfjord führenden Straße heimfuhr. Die Nachmittagssonne griff durch Reiche weißer Wolken herunter, und an den grünen Hängen schimmerten Schafe wie Kiesel. Es war ein Tag, an dem Nesster einfach nicht real sein konnten – und doch, dachte Fortune, würden am Nachmittag des folgenden Tages annähernd achthundert von ihnen aus ihrem Schiff auf diese Insel strömen. Sie würden sterben, aber deswegen waren sie um nichts weniger wirklich. Es gab keine Alternative, als sie zu töten, aber das Gemetzel wurde dadurch um nichts angenehmer. Fortune würde keine Waffe anrühren müssen, aber seine Schuld war deswegen nicht geringer.

Als er den großen Wagen in die Einfahrt lenkte, kickte Peter einen großen, rosaroten Ball im Garten herum, und das hieß, daß Christine noch da war. Er hatte sie seit dem Debakel in seinem Arbeitszimmer am vergangenen Abend nicht mehr gesehen und halb damit gerechnet, sie nicht mehr vorzufinden. Christine und er kamen nicht besonders gut miteinander aus, aber er hatte das Gefühl, daß die Familie nach wie vor von Bedeutung war. Selbst die Nesster hatten Familiengruppen und versuchten, sie zu erhalten, wenn ...

Fortune drückte mit dem Handballen auf den Hupenhebel. Morgen würde es schlimm werden, zu schlimm, als daß man daran denken durfte, außer wenn es absolut nötig war. Er ging ins Haus, winkte Peter zu und fand Christine im Wohnzimmer. Sie rauchte eine schwarze Zigarette, reinigte ihre Schreibmaschine mit einer Zahnbürste und kniff die Augen zusammen.

»Peter hat heute früh seinen Brei hineingeschüttet«, sagte sie. »Ich glaube, er gewöhnt sich nie daran.«

Das Normale tat gut. Fortune wollte in den vorgestrigen Tag tauchen und ihn um sich hüllen.

»Hat Bill Geissler angerufen?«

»Nein, sollte er denn?«

»Sozusagen.«

»Hat er aber nicht.«

Fortune starrte zum Fenster hinaus.

»Es tut mir leid wegen gestern abend –«

»Entschuldige dich nicht, bitte. Ich habe es schon vergessen.«

»Manche Papiere in meinem Schreibtisch –«

Christine hob den Kopf und sah ihn mit offener Abneigung an.

»Ich weiß Bescheid über deinen Schreibtisch, Liebling. Niemand darf deinen Schreibtisch anrühren.«

»Die Menschen sind kein Besitztum, Christine«, sagte er hilflos. »Wir können uns später unterhalten. Ich lege mich ein paar Stunden schlafen.« Fortune ließ seine Mütze in einen Sessel segeln und stapfte hinaus. In der Halle blieb er wie angewurzelt stehen und starrte auf das Telefon in seinem Arbeitszimmer. Christine war linkshändig, und es war eines seiner triumphalsten kleinen Geheimnisse, daß sie nicht zu wissen schien, wie sie den Hörer auflegte, nämlich verkehrt. Der Hörer lag jetzt verkehrt, und Fortune wählte, einer Eingebung folgend, Geisslers Nummer.

»Verdammt noch mal, John, wo bist du denn gewesen?« rief Geissler. »Hast du meine Nachricht nicht bekommen?«

Fortune schluckte krampfhaft.

»Du weißt ja, wie Christine ist. Sie vergißt alles.«

»Daß ich nicht lache. Ich habe jedenfalls eine Neuigkeit für dich. Es war die Nummer Vier, das Ding mit der streng polaren Umlaufbahn. Beim Mars gibt es einen Satelliten mit genau der gleichen Bahn. Man brauchte nicht einmal nachzuprüfen, die Daten waren gespeichert.«

Fortunes Stirn war eiskalt.

»Nummer Vier! Das ist einer der Satelliten, der offiziell Rußland zugeschrieben wird, nicht?«

»Natürlich. Ist ja klar, aber wenn du in den russischen Unterlagen nachschaust, wird er dort den Staaten England oder Frankreich zugeschrieben –«

»Bill, hör auf. Ich habe einen neuen Vorschlag für dich. Wieviel, um ihn abzuschießen?«

Es blieb lange Zeit still.

»Ich weiß, was du möchtest, John«, sagte Geissler schließlich ruhig, »aber das ist nicht mehr nötig. Du kannst damit zur UNO gehen –«

»Das würde Wochen dauern – ich rede von heute nacht.«

»Das ist illegal.«

»Einen Nesster-Satelliten abzuschießen? Oder weißt du es nicht genau?«

»Sicher weiß ich es genau.«

»Oder du kannst es gar nicht.«

»Du brauchst nicht zu versuchen, mich anzustacheln, Dicker. Das wirkt nicht. Wenn ich so etwas jemals machen würde, dann wegen der Reklame.«

Aufsehen wird es genug geben, dachte Fortune, während die Panik in ihm hochsprudelte. Ich muß den Rückzug antreten, solange noch Zeit ist.

»Das hört sich schon besser an«, meinte er. »Fang an, alles vorzubereiten. Ich komme, so schnell ich kann.«

Er legte auf und sah Christine an der Tür stehen. Sie wirkte seltsam klein und besiegt.

»Du bist immer ungeduldig gewesen, John – das ist das einzige an dir, was sich nicht geändert hat. Du hast versucht, dich zu Tode zu essen, aber das dauert zu lange –«

»Du verstehst das nicht, Christine.«

»Was ich nicht verstehe, ist folgendes: Wenn du das Unternehmen morgen nicht erträgst, weshalb tust du dann nicht etwas, was für mich und Peter weniger vernichtend ist? Die übliche Methode ist doch die, sich in den Fuß zu schießen, oder?«

»Du bist so weit entfernt von mir, daß Worte dich gar nicht erreichen, Chris. Warum kannst du das nicht sehen? Nesster sind –«

»– auch Menschen«, unterbrach ihn Christine. »Mit dir kann niemand reden, John. Du findest keinen Kontakt. Nesster sind Menschen. Menschen sind kein Besitztum. Ein Schluß, der nirgendwo hinführt.«

Fortune trat auf sie zu und griff ungeschickt nach ihren Schultern. Er zog sie an sich, und sie wehrte sich nicht, drehte aber ihren Kopf zur Seite, als er sie küssen wollte.

»Na hör mal, Liebling«, sagte sie kalt, »das nützt nur im Fernsehen etwas. Ich lasse das nicht zu, weißt du.«

»Ich weiß, daß es nicht geklappt hat«, sagte er verzweifelt, »aber wenn wir beide je etwas gehabt haben – du mußt mir die nächsten paar Stunden geben.«

Fortune drehte sich um, ging davon, nahm seine Mütze mit und stürmte hinaus in die kühle, neutrale Helligkeit des Nachmittags. Als der schwere Wagen mit heulender Turbine breitseits auf die Straße fegte, riskierte Fortune einen Blick zurück durch die Ebereschen. Christines gelbes Kleid schimmerte durch das Fenster seines Arbeitszimmers. Sie stand am Telefon.

Geisslers wichtigstes Betriebsgerät war eine veraltete 40-cm-Kanone, die zur Küstenverteidigung gedient hatte. Das Geschütz war, wie beim Verschießen von Forschungsprojektilen üblich, um zusätzliche eindreiviertel Zentimeter aufgebohrt worden. Für manche Unternehmen verwendete man Geschosse mit zwanzig Zentimeter

Durchmesser, deren Flossen genau in das Geschützrohr paßten. Man zentrierte sie durch Stopfmaterial aus Kunststoff, und eine kreisrunde Schieberplatte aus Stahl hielt die Treibgase unter ihnen im Rohr zurück, so daß Mündungsgeschwindigkeiten von über fünftausend Fuß in der Sekunde erreicht wurden. Andere Aufgaben erforderten Projektile mit Volldurchmesser, deren Flossen ausgeklappt wurden, sobald sie das Rohr verlassen hatten. In allen Fällen zündeten die Projektilmotoren nahe dem Scheitelpunkt und jagten die Geschosse wirksam in eine Umlaufbahn, nachdem die dichteren Luftschichten überwunden waren. Das System war billig und zuverlässig, und trotz der Beschleunigung von mehreren tausend g waren Methoden entwickelt worden, die vielfältige Experimente zuließen.

Fortune stand unsicher in Geisslers aseptisch aussehendem Labor für die Montage von Nutzlasten. In dem staubfreien Overall, den er hatte anziehen müssen, gab es keine Taschen, und weil er seine Hände nirgends unterbringen konnte, wollte er unbedingt rauchen oder essen. Geissler stand neben ihm, ähnlich gekleidet, das dunkle Banditengesicht zerfurcht von Sorgenfalten, während die beiden Techniker die Ladung prüften.

»Ich bin kein Elektroniker«, sagte Geissler, »aber nehmen wir an, du hast recht und das Projekt PUH hat Übertragungen von dem Nesster-Satelliten einfach nicht wahrgenommen. Kannst du sicher sein, daß es genügt, ihn abzuschießen? Vielleicht strahlt jeder Spähsatellit an einem Planeten ein ›Kommt her‹ oder ›Bleibt weg‹ aus, und dann würde das Ende für das ›Kommt-her‹-Signal nicht genügen, die Landungen zu unterbinden. Das Schweigen könnte als Senderausfall oder Meteoreinschlag gedeutet werden.«

Fortune schüttelte den Kopf.

»Erstens sind die Schiffe vollautomatisiert und unabhängig, und wenn sie überhaupt Auslegungen vornehmen, dann nicht auf der Grundlage dessen, was mit anderen Schiffen geschehen ist, die in der Reihe Jahre voraus gewesen sind. Es ist eine einfache Reaktion auf das ›Kommt her‹-Signal. Kein Signal, keine Reaktion.«

»Ja, aber es könnte nicht genügen, dem Signal ein Ende zu setzen«, sagte Geissler beharrlich. »Angenommen, wie gesagt, daß es –«

»Ich glaube nicht, daß es ein ›Bleibt weg‹-Signal gibt. Das ist eine Frage der Zuverlässigkeitsmaßstäbe. Unsere eigenen Maßstäbe haben sich in den letzten fünfundzwanzig Jahren ungeheuer verbessert, aber selbst wenn wir jetzt ein ähnliches Spähsatellitenunternehmen starten wollten, *müßten* wir zwei Signale haben. Wir könnten unserer eigenen Technik nicht so weit vertrauen, daß wir nur ein Ein-Signal-System benutzen, in dem ein Satellit, der in eine Umlaufbahn um einen unbrauchbaren Planeten eintritt, einfach stumm bleibt. Das Schweigen könnte die Folge eines Defektes sein, so daß wir ein eindeutiges ›Bleibt-weg‹-Signal verlangen würden. Die Nesster haben aber keine Zuverlässigkeitsbedenken, nicht wenn sie solche Schiffe bauen können. Ein Ein-Signal-System ist für sie die einfachste und logischste Form. Sie haben keine –«

»Ich bin überzeugt, ich bin überzeugt!« schrie Geissler. »Hör endlich auf. Außerdem sind es keine zwei Stunden mehr bis zum großen Knall – wir werden die Antwort bald wissen.«

Fortune schaute zum Fenster hinaus, durch sein eigenes Spiegelbild hindurch. Ein scharf umrissener, winziger Mond raste hoch oben dahin, und ein böiger, regenschwerer Wind war aufgekommen.

»Mach dir keine Sorgen um das Wetter«, meinte Geissler. »Das Geschoß hat diese Schichten in ein paar Sekunden hinter sich – das ist eben der Vorteil eines Geschützstarts. Und was die Kosten angeht –« Das Wandtelefon läutete. Er nahm ab, lauschte eine Weile stumm und sagte dann: »Danke, Süße. Ich sage ihm Bescheid.« Er hängte ein.

Das ist für mich, dachte Fortune. Es wird etwas passieren, von dem ich mir wünsche, daß es nicht passiert. Er zog die Brauen hoch.

»Das war Jenny. Sie sagt, am Haupttor hält ein Turbojeep der Armee.«

Fortune ging durch die Reinluftschleuse des Labors in die eigentliche Werkhalle und zog den Overall aus. Der Gedanke war für ihn schwer zu verdauen, aber der Welt gegenüber galt er nun als Deserteur. Es war kein Desertieren im Angesicht des Feindes gewesen, wenngleich man unter den besonderen Umständen der ›Nesster‹-Invasion auch darüber diskutieren konnte. Das Erstaunliche war, daß man ihm so schnell dahintergekommen war. Er hatte das Hauptquartier um halb zwei Uhr verlassen, weil er dringend Schlaf brauchte, und Captain Baillie das Kommando übergeben; und jetzt, nur sieben Stunden danach, hatte ihn ein Fahrzeug der Armee bei Geissler aufgespürt.

Man mußte bei ihm zu Hause wegen einer wichtigen Entscheidung angerufen und von Christine erfahren haben, was sie wußte. Oder vielleicht hatte sie die Initiative ergriffen und selber angerufen. Trotzdem sah das vor dem Tor vorgefahrene Vehikel einfach nicht nach Baillie aus, denn der Captain war ein vorsichtiger Mann und hätte darauf bestanden, mit Fortune selbst zu sprechen, bevor er einen Colonel festnahm.

»Was willst du tun, John?«

»Ich weiß nicht genau. Ich brauche ein Gewehr. Deine Swift genügt.«

Geissler schüttelte den Kopf.

»Ich bin schon zu weit eingestiegen. Wenn ich dir auch noch eine Waffe leihe –«

Fortune zog eine Handvoll Geldscheine heraus und stopfte sie in Geisslers Brusttasche.

»Es ist nicht deine Waffe. Ich habe sie dir vor Wochen abgekauft – hol sie schon!« Sie gingen zwischen den Lagerschuppen die leichte Anhöhe hinauf, wo Geisslers weißer Bungalow auf den Atlantik hinaussah. Während Geissler hineinging, um das Gewehr zu holen, stand Fortune auf der Treppe und blickte zum weit entfernten, beleuchteten Zaun hinüber. Das Geschütz befand sich am Ende einer breiten Landzunge, und auf dem Landweg war es nur über einen schmalen Schotterweg zu erreichen. Geissler hatte einen hohen Stahldrahtzaun über die Landzunge gespannt, mit einem Fernbedienungstor dort, wo der Weg hineinführte. Vom Bungalow bis zum Tor waren es achthundert Meter, aber der Hupenton des wartenden Turbojeeps wurde vom Wind herübergetragen, vermischt mit dem Rauschen der Brandung.

Geissler kam mit dem Gewehr heraus und drückte es Fortune in die Hand.

»Das Zielfernrohr ist auf dreihundert Meter eingestellt«, sagte Geissler dumpf. »Du mußt ein bißchen tiefer halten.«

»Ich habe nicht vor, die Waffe zu gebrauchen«, versicherte ihm Fortune. »Sie ist nur eine Rückversicherung. Du brauchst nur dafür zu sorgen, daß du den Satelliten triffst.« Er hängte sich die Waffe über die Schulter und ging den mondbeschienenen Weg entlang, in den Wind gebeugt. Als er in den gelblichen Schein der Lampen trat, stieg eine hochgewachsene Gestalt in Zivil aus dem Fahrzeug. Sie kam ihm bekannt vor.

Es war Pawel Efimow.

Fortunes erster Gedanke war: Ich hätte dich gebraucht, Christine! Dann, als sein Verstand sich durchsetzte: Was, zum Teufel, wird hier gespielt? Er sah sich den grünen Turbojeep genauer an und bemerkte, daß er nicht von der Einheit stammte, sondern ein halbmilitärisches Fahrzeug des UNO-Gästehauses in Reykjavik war.

»Sie schon wieder, Efimow?« Fortune sagte es gelangweilt, aber er spürte, wie die Schnalle des Gewehrgurts in seine Finger schnitt, und lockerte den Griff. Zeit war vonnöten, nicht Aktion.

Efimow trat auf ihn zu. Sein schmales Gesicht wirkte im grellen Licht skeletthaft. Er hob die Hand mit einem Dokument.

»Ich habe hier eine Einstweilige Verfügung des Bezirksmagistrats. Sie ist auf Antrag meiner Botschaft gegen Geissler erlassen worden. Seinem Unternehmen wird verboten, gegen das internationale Recht zu verstoßen, indem ein Satellit gestartet wird, ohne daß acht Tage vorher die vollständigen Orbitaldaten eingereicht worden sind.«

»Sie hat es Ihnen also gesagt?«

Efimow lächelte schwach.

»Persönliche Dinge lassen wir aus dem Spiel, Fortune. Bitte, weisen Sie Mr. Geissler an, das Tor zu öffnen, sonst muß ich Gewalt anwenden.«

Fortune schüttelte den Kopf.

»Mr. Geissler ist im Augenblick so beschäftigt, daß er mit keinem Menschen sprechen kann, aber wir unterhalten uns gern mit Ihnen in«, er schaute auf die Uhr »in neunzig Minuten.«

»Die Angelegenheit ist ernst, Colonel. Mr. Geisslers Betrieb könnte auf Dauer geschlossen werden.«

»Sollten Sie nicht lieber die Polizei holen?«

»Die kommt noch«, sagte Efimow.

»Was haben Sie eigentlich mit der Sache zu tun, Efimow?«

Efimow atmete tief ein und trat ans Tor.

»Sie vergessen, Colonel, ich weiß genau, weshalb dieses Geschoß gestartet wird. Der Satellit, um den es geht, gehört meinem Land.«

»Ich höre beinahe die Balalaikas«, sagte Fortune, »aber Sie wissen so gut wie ich, daß die Frage des Eigentümers sehr strittig ist.«

»Recht bleibt Recht«, gab Efimow zurück, »gleichgültig, wem der Satellit gehört.«

Fortune ging plötzlich ein Licht auf, und er verstand den anderen so gut, daß er sich sekundenlang beinahe physisch durch Efimows Augen sah.

»Es ist nicht leicht mit Christine, wie, Efimow? Sie würden nie durchhalten, wissen Sie. Sie genießt die Eifersucht, wie Sie den Wodka. Es ist ihretwegen, nicht?«

»Wir lassen die persönlichen Beziehungen aus dem Spiel, Colonel. Ich will nur eine unüberlegte Handlung Mr. Geisslers verhindern, die sehr schädlich für ihn sein würde.«

»Es ist wegen Christine«, sagte Fortune. »Ich bezweifle nicht, daß Sie wirklich eine Art Agent sind – aber Sie machen das, weil ich Christines Mann bin. Sie machen es, weil unser kleines Duell gestern abend nicht nach Ihrem Wunsch verlaufen ist.«

»Öffnen Sie jetzt das Tor?« fragte Efimow. »Oder soll ich durchfahren?«

Fortune nahm wortlos das Gewehr von der Schulter und lud durch.

»Ich glaube nicht, daß Sie so weit gehen würden, tatsächlich jemanden zu töten, Colonel.« Efimow ging zum Jeep zurück und stieg ein. Eine Sekunde später heulte die Turbine auf, und Steine spritzten unter den Reifen weg, als das Fahrzeug anrollte. Fortune zielte auf den unteren Rand der runden Einlaßöffnung und drückte ab. Das Fahrzeug bäumte sich auf und kam zum Stehen, als die zerschossenen Rotorblätter durch die Turbine fetzten und den Motor zerstörten. Es roch nach Kerosin, und Efimow sprang heraus.

»Das war nicht gerade klug, Colonel.« Er wirkte eigenartig unberührt, beinahe fröhlich.

Fortune lud wieder durch. Er fragte sich, ob er so dumm und kindisch aussah, wie er sich fühlte. Er war zu weit gegangen, um noch umkehren zu können, und trotzdem war etwas schiefgelaufen. Die Reihe gelber Lampen von Nirgendwo nach Nirgendwo, das Tor und der demolierte Turbojeep bildeten eine sinnlose Kulisse für ein sinnloses Spiel. Er setzte sich vorsichtig auf einen regennassen Felsblock, kaute Schokolade und beobachtete Efimow, der lässig hin- und herging.

Hinter Fortune funkelten die Lampen der Geschützstellung vor der Schwärze des Meeres. Bis zum Start blieben noch immer fünfundsiebzig Minuten. Soviel er sehen konnte, stand alles im Patt – und trotzdem wirkte Efimow wie ein Mensch, der geduldig auf etwas wartet, was eintreffen muß.

Ein paar Minuten später sah Fortune weit entfernt Lichter am Ufer. Sie wurden heller, bis er die großen Umrisse eines Polizeikreuzers sehen konnte, der wie ein Motorboot in schwerer Dünung auf dem Weg heranschwankte. Efimow hatte nicht geblufft. Er hatte die zivile Polizei wirklich verständigt, aber selbst wenn sie bewaffnet war, würden die Beamten eine natürliche Abneigung dagegen zeigen, ein Tor zu durchbrechen, das von einem Wahnsinnigen mit einem großkalibrigen Gewehr verteidigt wurde. Und genau das war er, dachte Fortune. Er legte sich hinter den Felsblock, machte es sich bequem und beobachtete Efimow durch das Zielfernrohr.

Der Polizeikreuzer hielt fünfzig Meter hinter dem Turbojeep, und die Lichter erloschen. Efimow lief darauf zu, stieg ein und warf die Tür hinter sich zu. Fortune wartete, die Hand am Abzug, aber die Minuten verrannen, und nichts geschah. Er begann sich zu entspannen und stellte sich vor, daß Efimow die zögernden Polizeibeamten bedrängte, als ihm auffiel, daß der Funkmast des Polizeifahrzeugs ausgefahren war.

Natürlich! Seine Leute im Hauptquartier hatten nicht gewußt, wo er sich befand, und bis vor einer halben Stunde hätte es auch nicht viel genützt – oder geschadet, je nach dem Standpunkt –, wenn er es ihnen gesagt hätte. Die Nesster-Landung rückte näher, aber Fortune hatte Captain Baillie das Kommando überlassen, und er konnte Geissler besuchen, wann es ihm paßte. Eine wilde Behauptung, er sei desertiert, hätte nur zu einigen Telefongesprächen des phlegmatischen Baillie geführt.

So war die Lage vor einer halben Stunde gewesen.

Seitdem hatte Fortune Efimow mit einer Waffe bedroht, ein amtliches UNO-Fahrzeug demoliert und lag hinter einem Felsblock, um der Polizei den Zutritt zu verwehren. Wenn Baillie diese Nachrichten über Funk erhielt, würde er sofort eingreifen müssen.

Schlagartig spürte Fortune die erdrückende Last des Nesster-Schiffes 1753 auf seinem Rücken, und es war jetzt schon sehr nah. Er fluchte verzweifelt vor sich hin und richtete das Fadenkreuz des Zielfernrohrs auf den Sockel des Funkmastes. Der Mast war schlecht beleuchtet, er verlor ihn in der Dunkelheit immer wieder, und seine Hände waren taub von der Kälte. Er gab vier Schüsse ab, bevor der Stahlmast verschwand, und außerdem wußte er, daß es schon zu spät gewesen war. Seine Uhr zeigte, daß noch fünfzig Minuten blieben.

Das Polizeifahrzeug blieb nach dem Verlust des Funkmastes bewegungslos stehen. Fortune hatte halb mit Vergeltung gerechnet und blieb steif liegen. Er spürte die Kälte am Boden und versuchte sich vorzustellen, was auf dem Stützpunkt los war. Der Regen ließ keinen Augenblick nach, und der böige Wind stellte für Flugkörper eine zusätzliche Gefahr dar, aber an Baillies Stelle hätte er einen Hubschrauber geschickt, der hinter dem Zaun landen konnte. Ein Hubschrauber hätte sofort eine Entscheidung herbeigeführt.

Um Null minus dreißig Minuten heulte am Geschütz eine Sirene, und er schaute über die Schulter. Das Geschützrohr ragte in den

Himmel, was bedeutete, daß Geschoß und Treibmittel geladen waren. Man mußte nun nur noch auf den richtigen Augenblick warten, um die Rakete in ihr Element zu befördern, weit hinauf über das armselige menschliche Durcheinander. Christine und er waren fertig miteinander – das war wohl klar, aber was sollte mit Peter geschehen? Konnte es sein, daß der Junge mit Efimow als Vater aufwachsen würde? Wieder vergingen Minuten, und er sah Efimows Gesicht sich hinter der Windschutzscheibe bewegen. Sie werden ungeduldig, dachte Fortune, vielleicht unternimmt Baillie nichts. Es war eine lange Zeitspanne ...

Um Null minus achtzehn hörte er in der Ferne den Hubschrauber.

Er kam von Osten, flog tief und beschrieb über dem Tor einen Bogen. Fortune wartete darauf, daß er in seiner Nähe landete, und überlegte sich, wie er die Ereignisse am besten aufhalten konnte, aber der Helikopter zögerte und schwebte dann zum Geschütz hinüber. Das war schlecht – Fortune hatte erwartet, daß sie es nur auf ihn abgesehen hatten, nicht, daß sie den Abschuß unterbinden wollten, der, wenngleich illegal, das Militär nichts anging. Vielleicht hatte man von oben nicht erkennen können, was eigentlich los war. Fortune stand auf, der Hubschrauber stieg mit beinahe komischer Schnelligkeit senkrecht empor und sank dann auf das Gras hinunter. Im selben Augenblick leuchteten die Scheinwerfer des Polizeifahrzeugs wieder auf, und der Motor heulte.

Efimow blieb noch immer ausreichend Zeit, an das Geschütz zu gelangen.

Fortune sah einen Offizier und Soldaten mit Karabinern aus dem großen Hubschrauber springen. Er konnte nicht auf seine eigenen Leute schießen, und trotzdem würden sie binnen Sekunden auf ihn zustürmen. Seine gefühllosen Beine gaben nach, als er zu laufen begann, instinktiv fort von dem Geschütz. Er trampelte durch das Gras und konzentrierte sich darauf, bei jedem Schritt seine Knie durchzudrücken, aber das glich einem schwierigen Kunststück, und zunächst kam er nur durch eine groteske Kombination von Knien und Laufen von der Stelle. Bis Fortune das Tor erreichte, konnte er sich fast normal bewegen, aber als er sich hinüberschwang, glitten seine Hände an den glatten Rohren ab, er verlor das Gleichgewicht und stürzte hinüber. Im Fallen sah er, wie Männer aus dem Polizeiwagen sprangen, dann schien eine Frau seinen Namen zu rufen.

Er landete auf dem Gesicht, stand auf, spuckte Blut, verließ den Weg, zwang seine Beine, ihn weiterzutragen. Hinter sich hörte er, wie die Soldateen über das Tor kletterten. Er versuchte, schneller zu laufen. Efimow tauchte aus der Dunkelheit auf, rammte ihn mit der Schulter, und er war beinahe froh, als er zu Boden stürzte. Dann rissen die Soldaten sie auseinander.

»Danke, meine Herren«, sagte Efimow höflich. »Wenn Sie den Colonel ein paar Minuten festhalten würden, ich habe mit Mr. Geissler etwas zu erledigen. Leider bleibt nicht viel Zeit.«

Der Sergeant richtete die Waffe auf Efimow.

»Sie bleiben, wo Sie sind.«

»Lassen Sie mich vorbei«, brüllte Efimow. »Ich muß durch das Tor.«

»Das würde ich Ihnen nicht raten, solange der Captain nicht zustimmt.« Die Karabinermündung blieb auf Efimow gerichtet, und die Polizisten standen unsicher herum.

Fortune legte die Hand auf die gebrochene Nase und wandte sich dem Tor zu. Er sah, daß Baillie einer Frau hinüberhalf. Sie trug einen Militärmantel, aber er erkannte Christine. Sie gingen um den Turbojeep herum und auf die Gruppe zu.

Baillie salutierte stramm.

»Alles in Ordnung, Sir?«

Fortune nickte dumpf – nichts war in Ordnung, alles war unsinnig, und was machte Christine hier?

Efimow zog das Dokument aus der Tasche und hielt es Baillie unter die Nase.

»Captain, Sie müssen Ihre Leute anweisen, mich durchzulassen. Sie können mir sogar helfen –«

»Meine Leute haben ihre Befehle«, sagte Baillie knapp. »Drehen Sie Ihre Taschen um!«

»Sie sind wohl verrückt geworden! Wie komme ich dazu?«

Baillie ließ sich nicht beirren. »Sie sind heute nachmittag in Colonel Fortunes Haus gewesen und wurden von Mrs. Fortune beobachtet, als Sie aus dem Apparat ein Abhörgerät entfernten, das Sie vor einiger Zeit angebracht hatten, offenkundig, um militärische Informationen zu erhalten.«

Efimow wurde bleich. »Na gut. Ich gebe zu, daß ich das Gerät eingebaut habe, aber was für militärische Geheimnisse könnte ich hier schon erfahren? Haben Sie meine Nachricht nicht erhalten? Der Mann hier ist dabei, illegal einen Satelliten zu vernichten, der Besitz der –«

»Ah, ja«, sagte Baillie. »Ich glaube, da war etwas mit dem Start einer Rakete ohne Voranmeldung. Ich werde das umgehend prüfen lassen – vermutlich Anfang nächster Woche.«

Fortune sah Baillie plötzlich mit ganz anderen Augen. Der leidenschaftslose Captain verstieß seinetwegen gegen alle möglichen Vorschriften. Christine hat recht gehabt, dachte er, ich kann mich nicht mitteilen. Auf einmal bemerkte er, daß Christine neben ihm stand. Er legte den Arm um ihre Schultern und fragte sich, wie schnell die Jahre der Kälte überbrückt werden konnten.

»Du hast dein Gesicht ja schön zugerichtet«, meinte sie.

Er grinste schief, unter Schmerzen, aber zufrieden. Sich mitzuteilen war gar nicht so schwer, wenn man es einmal begriffen hatte.

Dreihundert Meilen über dem Nordpol fand Geisslers Geschoß sein Ziel.

Der großartig konstruierte fremde Mechanismus, der seit fünf Jahren alle dreiundneunzig Minuten eine Millisekunde lang ein Signal gegeben hatte, verstummte endlich.

An Bord des Nesster-Schiffes 1753 gab es keine Enttäuschung, als es den Kurs änderte, denn die Insassen hatten von der bevorstehenden Landung nichts gewußt und außerdem längst vergessen, wie sie vor der Reise gelebt hatten. Ruhig schlug die riesige Raumschiffflotte den Weg zum nächsten geeigneten Stern ein. Die nächste Wegstrecke würde achthundert Jahre in Anspruch nehmen, aber die Nesster waren geduldig.

Und sie bauten sehr geduldige Maschinen.

In einem anderen Zeitstrom

Abe Short hatte seine Schlafzimmertür abgesperrt und tat etwas, wovon niemand etwas wissen sollte, als er den schwersten Schock seines Lebens erlitt.

In dem einen Augenblick war er völlig allein – und den Bruchteil einer Sekunde später stand ein wahnsinniger Wissenschaftler neben der Kommode und starrte ihn durch dicke Brillengläser an.

Obwohl Abe noch nie einen wahnsinnigen Wissenschaftler gesehen hatte, erlaubte ihm sein scharfer Verstand, den Beruf des kleinen Mannes sofort zu erraten. Der erste Hinweis war, daß der Fremde einen merkwürdig aussehenden Metallgürtel über einer ausgebeulten Tweedjacke trug, ein Zubehör, das ihm einen recht exzentrischen Anstrich verlieh.

Das zweite Anzeichen war die Art seines Eintreffens. Niemand hätte auf konventionelle Weise ins Schlafzimmer gelangen können, ohne daß Abe es bemerkt hätte. Der kleine Mann hatte ganz plötzlich Gestalt angenommen, mit einem knallenden Geräusch und der Andeutung eines elektrischen Knisterns, und Abe hatte sogar ein Fauchen verdrängter Luft gehört. Nur ein wahnsinniger Wissenschaftler konnte so etwas bewerkstelligt haben.

Abe legte sein Fernglas auf das Fensterbrett und tat so, als habe er nicht auf das Verhalten des Wachmannes an der Bank auf der Straßenseite gegenüber geachtet. Als er sich von seinem Schock erholte, beschloß er, den Eindringling streng nach seiner Person, den Motiven und Methoden des Eindringens zu befragen.

»Was soll'n das?« fauchte er zornig. »Was soll'n das?«

»Wie interessant«, sagte der wahnsinnige Wissenschaftler. »Ich habe damit gerechnet, daß diese Wohnung im Betazeitstrom leer ist. Es wundert mich, daß jemand für eine derart bescheidene Unterkunft Zweihundertfünfzig im Monat bezahlt.«

Abe spürte, daß man ihn beleidigt hatte.

»Lassen Sie meine Wohnung in Ruhe. Sagen Sie mir lieber, wie Sie hereingekommen sind.«

»Ich war die ganze Zeit hier –«

»Sie waren nicht hier!«

»– aber im Alphazeitstrom«, fuhr der kleine Mann ruhig fort. »Ich habe die in diesem Gürtel eingebauten Geräte dazu benützt, einen Chrono-Bewegungsimpuls in seitlicher Richtung zu erzeugen, und mich von der Alphazeit in die Betazeit transferiert. Die Nomenklatur ist natürlich ganz willkürlich gewählt. Wenn Sie es vorziehen, können Sie auch Ihren Zeitstrom als Alpha und den meinen als Beta betrachten.«

Abe schüttelte ungeduldig den Kopf.

»Kapiere ich nicht.«

»Es gibt keinen Grund, warum Sie es begreifen sollten, aber ich werde ohnehin nur ein paar Minuten in diesem Zeitstrom sein, weil es sich um einen ersten Besuch handelt, und da kann es nichts schaden, Sie an meinem Triumph teilnehmen zu lassen. Ich heiße übrigens Kincade.« Der kleine Mann zog eine Schublade ein kurzes Stück aus der Kommode und setzte sich auf die Kante. »Sie sind mit der Theorie vielfacher Wahrscheinlichkeitswelten vertraut?«

»Hn?«

»Man nahm früher an, daß es eine große Zahl von gering abweichenden Zeitströmen gibt, erzeugt durch Entscheidungspunkte. Sie kennen die Idee – daß in einer anderen Existenz Kolumbus umkehrte, bevor er Amerika entdeckte, daß in noch einer anderen Deutschland den Krieg gewonnen hat, und so weiter. Manche recht bedeutende Denker glaubten an diese Theorie, obwohl sie unausweichlich zur Doktrin der Unendlichen Redundanz führt – und das ist natürlich reiner Unfug.«

»Hn?«

»Nun, aus der Theorie ergibt sich, daß es ein zweites Universum gibt, identisch mit diesem in jeder Einzelheit, außer daß«, Kincade sah sich mit seinen durch die Gläser vergrößerten Augen um, »der Brandfleck von einer Zigarette hier an der Kommode zwei Hundertstel eines Zentimeters weiter links ist. Ein Universum, wo der Brandfleck noch weiter links ist. Und noch eines, in dem er ein wenig kleiner ist oder eine etwas andere Form hat. Man verbraucht Milliarden Universen, nur um die Milliarden möglicher Abarten eines kleinen Brandflecks unterzubringen. Das ergibt keinen Sinn, oder?«

»Nein.« Abe sagte es mit Nachdruck.

»Ich habe die ganze Theorie überarbeitet. Ich konnte beweisen, daß es nur zwei Wahrscheinlichkeitswelten gibt, zwei Zeitströme, die beide aus einem einzigen, entscheidenden Entschlußpunkt in unserer Geschichte entstanden sind. Einige Forschungen in diesem Zeitstrom sollten zeigen, wie dieses ungeheuer wichtige Ereignis aussah, aber das kann bei meinem nächsten Besuch stattfinden.

Wenn Sie mich jetzt entschuldigen.« Kincade griff nach einem

Schalter an der Schnalle seines Gürtels, aber es gelang ihm nicht, ihn zu betätigen.

Abe sprang durch das Zimmer und schlug ihm den einzigen massiven Gegenstand auf den Schädel, den er finden konnte, nämlich das Fernglas. Zum Glück – von Abes Standpunkt aus – war es sehr stabil und vermochte Kincade auf zufriedenstellende Weise in Schlaf zu versenken. Er fesselte den Bewußtlosen mit einem Strick, dann nahm er ihm den Metallgürtel ab. Er war schwer, fühlte sich warm an und schien von pulsierendem Leben erfüllt zu sein.

Eine Stunde später öffnete ein kleiner Tabakladen, einen Häuserblock von der Wand entfernt. Abe, der durch die Schlitze seiner Jalousie hinaussah, konnte die Morgensonne auf der Glastür des Ladens blitzen sehen und nickte zufrieden.

»Sehen Sie den Tabakladen da drüben?« meinte er. »Da wird Tabak verkauft, aber das ist nicht alles. Der Besitzer ist gleichzeitig der Buchmacher hier. Was halten Sie davon?«

Kincade, der eben wieder zu sich kam, krächzte heiser.

Abe akzeptierte das als ausreichende Antwort auf eine rhetorische Frage.

»Wissen Sie, was jetzt passiert? In zehn Minuten wird der dicke Wachmann von der Bank gegenüber loslatschen und ein paar kleine Wetten abschließen, wie jeden Freitag vormittag. Und dann kassiere ich ab. Was sagen Sie dazu, Professor?«

Kincades Lippen bewegten sich, aber er brachte keinen Ton heraus.

»Ich habe draußen einen guten Wagen«, fuhr Abe fort, »aber jetzt weiß ich einen besseren Fluchtweg – und den verdanke ich Ihnen. Hoffentlich sind die Kopfschmerzen nicht so schlimm, Professor.«

Er schnalzte mitfühlend mit der Zunge und legte seine Arbeitskleidung an. Sie bestand aus einem handgestrickten blauen Pullover mit besonders hohem Rollkragen, den er über das Gesicht ziehen konnte, und einem Schulterhalfter mit einer echt aussehenden Spielzeugpistole. Er zog eine Jacke darüber, legte den Metallgürtel an und griff nach der Leinentasche, in der er große Geldbeträge zu transportieren pflegte.

»Was – was haben Sie vor?« lallte Kincade.

»Ich überfalle eine Bank.«

»Aber mein Chrono-Gerät!«

»Sie meinen den Gürtel? Das ist mein Fluchtweg, Professor. Sie haben sich vorhin mit Ihrem Geschwätz amüsiert. Der einzige Grund, warum Sie mir das alles erzählt haben, war, daß Sie meinten, ich verstehe nichts, aber ich bin nicht blöd, Professor. Ich brauche nur das Geld zu holen, die Bank zu verlassen, den Schalter zu drehen, und dann verschwinde ich in einen anderen Zeitstrom, wo niemand die Bank beraubt hat – also werde ich auch nicht gesucht. Ich habe die Pinke, und keiner ist hinter mir her, um sie mir wieder abzujagen.«

Kincade schüttelte den Kopf. »Es klappt vielleicht nicht bei Ihnen.«

»Was soll'n das heißen?« Abe sah ihn finster an, atmete tief ein und drehte den Schalter am Gürtel. Er spürte eine seltsame Empfindung, wie einen leichten elektrischen Schlag, und Kincade verschwand. Einen Augenblick lang glaubte Abe, der kleine Mann habe ihn hereingelegt, dann bemerkte er, daß die Bettdecke eine andere Farbe zeigte. Er war im anderen Zeitstrom. Aus dem Nachbarzimmer drang ein Geräusch herüber, so daß Abe, ohne Zeit zu verlieren, den Schalter zurückdrehte, das Prickeln spürte und grinste, als Kincade im einzigen Stuhl des Zimmers auftauchte.

»Ich wußte, daß es klappt, Professor.« Er klopfte mit Besitzerstolz auf den Gürtel. »Mit dem Ding da scheffle ich ein Vermögen.«

Kincade wehrte sich erfolglos gegen seine Fesseln. »Das habe ich nicht gemeint. Ihre persönlichen Weltlinien mögen nicht stark genug voneinander abweichen, daß Sie Kapital daraus schlagen könnten –«

»Geben Sie es auf, Professor – mit den großen Worten können Sie mich nicht beeindrucken.« Abe schloß die Tür seines Schlafzimmers und trat in den Korridor hinaus. Er hatte mehr Zeit in der Wohnung verbracht, als vorgesehen, und würde sich beeilen müssen, um eingreifen zu können, sobald der Wachmann gegangen war.

Als er auf die Straße hinaustrat, sah er als erstes, daß der Wachmann im Tabakladen verschwand. Er hatte also schon ein paar Minuten verloren. Abe tanzte ungeduldig auf der Verkehrsinsel herum, während der starke Verkehr ihn daran hinderte, hinüberzugelangen, aber dann fiel ihm ein, daß er sich ja gar nicht zu beeilen brauchte. Schließlich hatte er ja den idealen Begleiter des Bankräubers – einen Gürtel, der ihm die augenblickliche Flucht ermöglichte.

Er erreichte den Gehsteig, schlenderte gemächlich unter das altmodische Vordach der Bank und schaute hinein. Er sah keine Kunden, und die vier Angestellten hinter dem Schalter waren alle von der Sorte, die er bevorzugte – nicht so jung, daß sie unbesonnen reagieren würden, nicht so alt, daß sie ihre Pflichten unsinnig ernst nehmen würden. Er zog den Kragen über das Gesicht, riß die Spielzeugpistole heraus und stürmte durch die Tür.

»Das ist ein Überfall«, rief er. »Stopfen Sie gebrauchte Scheine in die Tasche, dann passiert keinem was.« Er schwang die Tasche über das Gitter, wedelte drohend mit der Kunststoffpistole und nahm wohlwollend zur Kenntnis, daß die Angestellten sofort gehorchten. Alle vier begannen Geld in die Tasche zu stopfen, und einer ging sogar so weit, aus dem Innenraum mehr Geld zu holen.

Abe wartete, solange er sich getraute, war aber vernünftig genug, zu begreifen, daß er die Bank verlassen mußte, bevor er sich in den anderen Zeitstrom verfügte. In derselben Bank mit einer Tasche voll Beute und einer Waffe in der Hand im Alphazeitstrom aufzutauchen, konnte ihn in große Schwierigkeiten bringen. Er mochte niedergeschossen werden, bevor jemandem auffiel, daß er keinen Bankraub begangen hatte.

»Das genügt«, fauchte er durch die feuchte Wolle seines Rollkragens. Er nahm die volle Tasche an sich, ging schnell zur Tür und trat hinaus. Sein Wagen stand auf der anderen Seite, und die Straße war leer. Abe schwang die Tasche auf die Schulter und lief über den Gehsteig – gerade als rechts von ihm eine blaue Uniform auftauchte.

»Halt, Freundchen«, rief der Wachmann verblüfft, während er nach seinem Revolver griff.

Leb wohl, dachte Abe selbstzufrieden. War nett, dich zu sehen. Er drehte den Schalter am Metallgürtel.

Abe wurde von einem harten Schlag an den Rippen getroffen, der ihn aus der Bahn brachte, und er prallte direkt mit dem Betonmast einer Straßenlaterne zusammen. Als er benommen zu Boden ging, begriff Abe, daß er erfolgreich in die Alphazeit gelangt, aber mit einem Mann zusammengestoßen war, der sich dort schon befand. Beide Männer lagen hilflos und keuchend vor der Bank.

»Sie blöder –« Abes Stimme erstarb, als er sah, daß der Mann, mit dem er zusammengeprallt war, einen blauen Rollkragenpullover mit dem Kragen über dem Gesicht trug, in der einen Hand eine Spielzeugpistole, in der anderen eine Leinentasche hatte. Er war mit sich selbst zusammengestoßen!

»Sie blöder –« Die Stimme des anderen Abe erstarb auch, und seine Augen weiteten sich.

»Halt, ihr beiden«, rief der Wachmann verblüfft, während er nach seinem Revolver griff.

Abe griff nach dem Schalter an seinem Gürtel, aber der Gürtel pulsierte nicht mehr, und ein dünner Rauchfaden kräuselte sich aus ihm hervor. Außerdem, so erinnerte er sich mürrisch, erwartete ihn in dem Zeitstrom, den er eben verlassen hatte, ein Wachmann mit gezogenem Revolver.

»Aber woher bist du denn gekommen?« fragte der andere Abe wütend durch das Gitter der Nachbarzelle. »Warum hast du daherkommen und mir alles verderben müssen, nachdem ich die Bank wochenlang beobachtet habe?«

»Das ist ja der Haken«, erwiderte Abe. »Der Professor wollte mir klarmachen, daß mein anderes Ich vielleicht dasselbe treibt wie ich. Unsere zwei Weltlinien wichen nicht genügend voneinander ab, daß ich hätte Kapital aus der Sache schlagen können.« Er blickte wieder auf die Zeitung, die ihm ein Polizeibeamter freundlicherweise hereingebracht hatte.

Die Schlagzeile lautete: ›Bankraub durch eineiige Zwillinge gescheitert‹. Darunter stand: ›Beute in doppelter Höhe sichergestellt, Bankdirektor verblüfft‹.

»Ich komme immer noch nicht mit«, murrte der andere Abe.

»Das hängt alles mit der Doktrin der Unendlichen Redundanz zusammen«, antwortete Abe. »Zu kompliziert für einen Kerl wie dich.«

Er drehte sich mit dem Gesicht zur Wand und versuchte zu schlafen.

Kommunikation

Es gab in der wöchentlichen Routine von Hank Ripleys Arbeit nur eine einzige schöpferische Phase, und er bewältigte sie am liebsten Freitagabend gegen neun Uhr.

Bis dahin hatte er drei oder vier Gläser getrunken und konnte spüren, wie sich ihm das Wochenende eröffnete – zwei Tage therapeutischen Nichtstuns; trotzdem war er mit seiner Arbeit noch so verbunden, daß er sich an die Einzelheiten der Woche erinnern konnte. Sein Geschick, Menge und Art der Einzelheiten auszuwählen und in seinem Bericht zu verarbeiten, war, nach Ripleys Einschätzung, der Hauptgrund dafür, daß er weiter im Angestelltenverhältnis beschäftigt wurde. Seit über zwei Jahren hatte die Zweigniederlassung in Vancouver Mitteilungen über Computerverkäufe erhalten, die bevorstanden, die er in Angriff genommen hatte oder die ihm gerade entgangen waren, weil die Anforderungen des Kunden und die Serie Logikon 20/30 sich nicht miteinander vereinbaren ließen. Die Berichte waren nicht frei erfunden – er nannte den Namen eines Kunden nie, wenn er ihn nicht wirklich besucht hatte –, aber sie waren dazu bestimmt, zu verbergen, daß Hank Ripleys Eignung, Computer zu verkaufen, praktisch nicht vorhanden war.

Es war einige Minuten vor neun Uhr, als er seine Reiseschreibmaschine auf den Tisch stellte, zwischen eine Packung Zigaretten und ein Glas Whisky. Er starrte an die Decke und wartete auf eine Eingebung, als es läutete. Er erwartete keinen Besuch, also beschloß er, das Läuten nicht zu beachten – der Bericht war zu wichtig. Es gab Zeiten, zu denen er Schuldbewußtsein empfand, weil er die schlechteste Leistung in der ganzen kanadischen Organisation erbrachte, aber er tröstete sich mit dem Gedanken an den unbezahlbaren Einfallsreichtum, den er für seine Berichte aufgewendet hatte. Jeder kluge Kopf in Vancouver, der sich die Mühe machte, Ripleys Unterlagen zu studieren, würde Dutzende von genau geschilderten Fällen finden, in denen aufgezeigt wurde, wann Hardware oder Software von Logikon den Anforderungen von Kunden nicht zu entsprechen vermochten. Derselbe kluge Kopf mochte sich fragen, weshalb in einer Ecke von Alberta so viele merkwürdige Unternehmer vorhanden waren, aber die Lektion war da, um gelernt zu werden.

Ripley sammelte sich und ließ seine Phantasie spielen, als es wieder, diesmal anhaltender, läutete. Er zischte verärgert, öffnete die Tür und sah einen Mann um die Fünfzig vor sich, der einen changierenden Geschäftsanzug trug und eine schwach leuchtende Aktentasche bei sich hatte. Der Fremde hatte einen dunklen Teint und braune Augen mit grauen Cholesterinringen um die Pupillen.

»Mr. Ripley?« sagte er. »Entschuldigen Sie die Störung.«

»Versicherungen?« Ripley drückte die Tür hastig zu. »Ich bin versichert und habe zu tun.«

»Nein, ich bin kein Versicherungsvertreter.«

»Na ja, ich hänge auch sehr an meiner Religion«, log Ripley. »Ich bin nicht zu bekehren, also hat es keinen Sinn, hier noch länger –«

»Sie begreifen nicht.« Der Fremde lächelte. »Ich möchte einen Computer kaufen.«

»Sie möchten –« Ripley öffnete die Tür wie ein Automat und bat den Mann herein. Er unterdrückte ein Gefühl der Unwirklichkeit, betrachtete den Besucher von hinten und stellte fest, wie die Jackenschultern elegant abfielen, wie sich die schwarzen Haare über dem Kragen ein wenig kräuselten. Ripley hatte eine Theorie, wonach alle reichen und mächtigen Männer schwarze Haare hatten, die sich im Nacken leicht kräuselten. Er gewann das Gefühl, im Glück zu sein, für ihn eine ganz ungewohnte Empfindung.

»Ich heiße Mervyn Parr.« Der Besucher legte die Aktentasche auf einen Stuhl und sah sich befriedigt in Ripleys wenig eindrucksvoller Wohnung um.

»Es ist ein Vergnügen, mit –« Ripley verstummte einen Augenblick. »Nehmen Sie Platz. Trinken Sie etwas.«

»Ich rühre Alkohol nie an«, sagte Parr freundlich und setzte sich. »Aber gönnen Sie sich ruhig selbst ein Glas.«

»Nein, danke.« Ripley hob bei diesen Worten sein Glas, bemerkte, was er tat, und stellte es wieder weg. Er nahm eine Zigarette und sog daran, bis sie sich entzündete . . .

Parr sah ihm nachsichtig zu.

»Sie fragen sich vermutlich, weshalb ich so zu Ihnen komme?«

»Nein! Nein! Das heißt – ja. Ich wäre mit Vergnügen zu Ihnen gekommen und hätte das Logikon-Angebot während der Betriebsstunden unterbreitet. Nicht, daß ich etwas dagegen hätte, wohlgemerkt –«

»Mein Büro ist in Red Deer.«

»Oh.« Ripley fühlte, wie ihn das Glück im Stich ließ. »Das ist nördlich von Calgary, nicht? Da müßten Sie mit unserem Repräsentanten für Alberta Mitte sprechen.«

»Ich will nicht mit Ihrem Vertreter für Alberta Mitte sprechen, Mr. Ripley. Ich möchte einen Computer von Ihnen kaufen.« Parrs Stimme hatte einen sonoren Ton, der Ripley an irgend etwas aus seiner Kindheit erinnerte.

»Die Firma wünscht das nicht.«

»Die Firma wird von diesen Dingen nichts erfahren. Ich verwende eine fiktive Adresse hier in Lethbridge.«

»Aha«, sagte Ripley düster.

Parr lachte laut und zeigte kräftige graue Zähne.

»Entschuldigen Sie, Mr. Ripley. Ich bin etwas ungezogen gewesen – ich habe Katz und Maus mit Ihnen gespielt. Die Sache ist die, daß ich der Neuen Universität von West-Kanada angehöre. Meine Fakultät braucht einen Computer für eine neuartige soziologische Untersuchung mit Red Deer als Mittelpunkt.«

»Ich begreife immer noch nicht, weshalb Sie zu mir gekommen sind.«

»Das ist ganz einfach. Sie haben ein Einmannbüro hier im Süden. Meine Untersuchung muß streng geheim durchgeführt werden, weil sonst die Ergebnisse wertlos wären – der Versuch, Partikeln zu beobachten, Sie verstehen, Unbestimmtheitsrelationen –, und wenn ich mit einem großen, sehr aktiven Büro verhandeln müßte, würde früher oder später etwas bekannt werden. Jetzt sehen Sie, weshalb ich – wir lieber mit Ihnen zusammenarbeiten wollen.«

»Aber wie ist es mit dem Service?«

»Nun, Mr. Ripley, ich habe angenommen, daß Sie bereit wären, den Service für mich zu leisten, falls er notwendig werden sollte. Soviel ich weiß, sind Sie qualifizierter Wartungsmonteur, und eine private Vereinbarung könnte für uns beide sehr günstig sein.« Parr blickte beziehungsvoll auf das ärmliche Mobiliar.

»Da ist die Frage der Zahlungsweise. Unsere Buchhaltung –«

»Bar«, sagte Parr kurz.

Ripley hob sein Glas und trank einen großen Schluck.

»Tja, ich weiß nicht –«

»Mr. Ripley!« Parr schüttelte verwundert den Kopf. »Ist Ihnen klar, daß Sie der schlechteste Verkäufer der Welt sein müssen? Wenn ich mit diesem Vorschlag zu einem anderen Logikon-Vertreter gegangen wäre, säße ich jetzt schon da und würde Verträge unterzeichnen.«

»Tut mir leid.« Ripley ermannte sich. »Es war der Hinweis auf

Barzahlung.« Er lachte verlegen. »Noch niemand hat bisher davon gesprochen, einen Computer zu *bezahlen*. In der Zentrale wird es Aufregung geben.«

»Das macht nichts, solange Sie dichthalten. Können wir jetzt das Geschäftliche besprechen?«

»Aber sicher, Mr. Parr.« Ripley zog seinen Stuhl näher heran, wobei ihm auffiel, daß Mr. Parr an einem Finger einen weißen Streifen hatte, wo er sonst wohl einen Ring trug. »Würden Sie mir etwas über die zu verarbeitende Datenmenge, die erwartete Leistung und dergleichen sagen?«

»Gern. Die Bevölkerung von Red Deer ist schon beinahe auf zweihunderttausend angewachsen, und wir haben sie für unsere Untersuchung ausgewählt, weil sie ein gutes Beispiel für das ist, was die Soziologen einen Bereich zweiter Größenordnung nach der Willis-Klassifizierung nennen. Sagt Ihnen das etwas?«

»Nein, leider nicht.«

»Macht nichts – das ist eine reine Methodenfrage. Die Universität wird das gesellschaftliche Wollen und die Wechselbeziehungen in dem fraglichen Gebiet gründlicher untersuchen, als das je zuvor geschehen ist. Dazu werden wir Daten über alle Männer, Frauen und Kinder in dem betreffenden Bereich sammeln.«

»Was für Daten?«

»Ganz normale. Alter, Geburtsort, Größe, Gewicht, Hautfarbe, Beruf –«

»Größe und Gewicht?« sagte Ripley erstaunt.

»Wichtige soziologische und physiologische Kriterien, mein Freund. Bedeutsam auch für Computererkennung von Personen, deren Bilder nicht gespeichert sind oder deren Aussehen sich verändert haben mag.«

»Augenblick«, sagte Ripley. »Wie soll diese Untersuchung durchgeführt werden?«

Parr betrachtete ihn prüfend.

»Wenn die Informationen, die ich Ihnen jetzt gebe, weitergereicht werden, ist unsere Abmachung hinfällig. Verstanden?«

»Durchaus.«

»Es wird eine begrenzte Anzahl von Kontrollpunkten geben – zu Beginn vermutlich nur einen –, welche Anlagen für automatisches Fotografieren, Messen und Wiegen der Personen besitzen, die dort hindurchgehen. Der Computer muß Personen erkennen und auf Befehl alle vorhandenen Daten liefern.«

Ripley trank wieder einen Schluck Whisky.

»Das ist ganz einfach – das Problem ist, Ihre zweihunderttausend Fotos zu beschaffen.«

»Es sind keine zweihunderttausend. Zu Anfang werden es nur ein paar tausend sein. Wir werden alle Mittel einsetzen, das auszuweiten, aber wäre es in der Zwischenzeit – durch Quervergleiche, Deduktionen, was auch immer – möglich, daß der Computer Personen auf Anhieb ohne Fotos identifiziert?«

»Wie meinen Sie das?«

»Nun, nehmen wir an, Person A sei eine junge, dem Computer schon bekannte Frau, der auch gespeichert hat, daß ihre Mutter einsdreiundfünfzig groß ist, achtundvierzig Kilo wiegt und ein Muttermal an der Stirn hat. Wenn Person A mit einer unbekannten Person B, die diesen Daten über die Mutter entspricht, durch den Kontrollpunkt geht, wäre der Computer dann in der Lage, Person B zu identifizieren, sie für künftige Gelegenheiten zu fotografieren und die verfügbaren Daten auszudrucken?«

»Das könnte er. Das Programm wäre einfach umfangreicher.« Ripley rieb sich das Kinn. »Ich verstehe, weshalb Sie das Unternehmen geheimhalten wollen. Die Menschen würden es meiden wie die Pest.«

»Genau.«

Ripley atmete tief ein und beschloß, das ganze Geschäft noch einmal aufs Spiel zu setzen.

»Ich persönlich bin auch nicht begeistert davon.«

»Weshalb? Es ist doch nicht ungesetzlich, wenn Soziologen das Verhalten von Menschen studieren.«

»Schwer zu sagen. Wenn Ihr Kontrollpunkt zentral gelegen ist, wird die Maschine praktisch jeden Bewohner von Red Deer kennenlernen. Das Beispiel, das Sie angeführt haben, war in Ordnung – eine junge Frau in Begleitung ihrer Mutter –, aber nehmen wir an, der Computer achtet auf Geschäftsleute, die spät abends mit ihren Sekretärinnen unterwegs sind, und auf dergleichen mehr?«

Parr zuckte die Achseln.

»Erpressung? Aber Sie sollten doch wissen, daß in einem Computer gespeicherte Daten sicherer aufgehoben sind als alle Akten in ihren Schränken.«

»Das weiß ich.«

»Dann glauben Sie also, *ich* könnte ein paar kleine Erpressungen im Sinn haben?« Parr schien nicht beleidigt zu sein.

»Nein. Was Sie erfahren würden, wäre nicht sehr brauchbar, jedenfalls nicht so wertvoll, daß Ihre Kosten dadurch hereingebracht würden.« Ripley zündete sich wieder eine Zigarette an und fragte sich, wie Vancouver reagieren würde, wenn er andeutete, daß ein Bargeschäftskunde nicht solide sei. »Es ist nur –«

»Es ist nur die Vorstellung eines computerisierten Großen Bruders, der das Leben einer ganzen Stadt bespitzelt, nicht wahr, Mr. Ripley? Glauben Sie mir – meine Kollegen haben alle ethischen Fragen geprüft, aber wir wollen das Verhalten des Großstadtbewohners ganz neu analysieren, und der Nutzen daraus überwiegt die Nachteile durch ein theoretisches Eindringen in Privatsphären bei weitem.« Parr lächelte wieder. »Außerdem haben wir erst Neunzehnhundertzweiundachtzig.«

»Ha! Sehr gut, Mr. Parr.« Ripley versuchte zu lachen, aber er hatte eben die sonore Sprechweise des anderen unterbringen können. Mervyn Parr sprach eher wie ein Geistlicher und nicht wie ein Dozent. Es gab keinen Grund, weshalb er nicht auch Laienprediger sein konnte, aber Ripleys Unbehagen wuchs. Er griff trotzdem nach seinen Unterlagen.

»Für den Zweck, an den Sie denken«, sagte er im besten Sachverständigenton, »empfehle ich Ihnen den Logikon Dreißig. Ich muß das von Ihnen erwähnte System erst gründlich prüfen, versteht sich, aber ich bin überzeugt, daß das Modell Dreißig für Sie die –«

Parr hob die Hand.

»Wieviel?«

»Grundpreis sechzigtausend Dollar.« Ripley schluckte. Er hätte doch besser mit Logikon 20 anfangen und sich hocharbeiten sollen.

»Gemacht!« Parr griff nach seiner Aktentasche und öffnete sie.

Sie enthielt dicke Bündel von Banknoten. Sie wirkten dicker als normal, weil jeder Schein früher zu einem kleinen Viereck zusammengefaltet gewesen und wieder geöffnet worden zu sein schien. Aber Parr hatte in der Tasche offenbar Geld genug, um mehr Computer zu kaufen, als Ripley in seinem ganzen Leben je an den Mann gebracht hatte.

Am Montag morgen fuhr Ripley zur Bank und zahlte sechzigtausend Dollar auf das selten gebrauchte Geschäftskonto ein, anschließend begab er sich in sein Büro, wo er die Nummer von Logikon in Vancouver drückte und mit Sara Peart, der Sekretärin des Verkaufsleiters für den Absatzbereich West, verbunden wurde.

»Hallo, Sara«, sagte er. »Hier ist Hank.«

»Was für ein Hank?«

»Hank Ripley. Aus Lethbridge. Sagen Sie mir bloß nicht, daß Sie meinen Namen vergessen haben.«

»Ich war nicht sicher, ob Sie noch für uns arbeiten, das ist alles.«

»So scharf wie eh und je, Sara. Ist der Alte da?«

»Sind Sie sicher, daß Sie ihn am Montag früh stören wollen?«

»Ich störe ihn nicht. Ich will nur hören, ob er mir einen Logikon Dreißig sofort liefern kann.«

»Sie wollen sagen, Sie haben einen Computer verkauft?« Es klang ungläubiger als eigentlich notwendig, und Ripley begann die Schnur zu drosseln, die ihre Stimme zu ihm trug.

»Natürlich habe ich einen verkauft. Haben Sie meinen letzten Bericht nicht gelesen, vom Freitag abend?«

»Ich interessiere mich wenig für Märchen.«

Bevor Ripley etwas antworten konnte, knackte es in der Leitung, und er war mit Boyd Devereaux verbunden.

»Schön, von Ihnen zu hören, Hank – manchmal habe ich das Gefühl, daß Sie uns hier ein bißchen vernachlässigen.«

»Guten Morgen, Boyd«, sagte Ripley aufgeregt. »Ich habe ein Bargeschäft für einen Logikon Dreißig abgeschlossen. Kann ich die Maschine gleich bekommen?«

»Ein Bargeschäft?« sagte Devereaux nach einer kleinen Pause.

»Ja. Das Geld ist seit einer halben Stunde auf dem Firmenkonto.«

»Na, das ist ja großartig, mein Junge – ich wußte doch, daß ich im Recht war, als ich Sie bei den letzten Verkaufsleiterbesprechungen verteidigt habe.«

»Danke, Boyd.«

»Wer ist der Kunde? Ich erinnere mich nicht, etwas gesehen zu haben –«

»Mervyn Parr – ich habe ihn in meinem letzten Bericht erwähnt. Ich bin schon seit Wochen hinter dem Mann her, Boyd, aber die Chancen waren so winzig, daß ich keine Lust hatte, ihn als potentiellen Kunden anzugeben, bis ich meiner Sache sicher war.« Ripley schwitzte bei dem Bemühen, freischöpferisch eine ganze Fallgeschichte zu liefern, und zeichnete das Bild eines kauzigen Ölmagnaten, dessen Hobby höhere Mathematik sei und der sich privat einen Computer zulegen wollte, seitdem er Ripley bei einer exklusiven Cocktailparty kennengelernt hatte. Als er fertig war, blieb es am anderen Ende der Leitung still, und er fragte sich, ob er nicht zu weit gegangen war.

»Hank, mein Junge, das ist wunderbar«, sagte Devereaux schließlich. »Wissen Sie, was ich tun werde?«

»Äh – nein, Boyd, weiß ich nicht.«

»Ich sorge dafür, daß Sie zu etwas Anerkennung kommen. Der junge Julian Roxby, unser PR-Chef, sucht für unsere Hauszeitschrift einen guten Stoff über die Prärieprovinzen. Ich sorge dafür, daß er einen Reporter und einen Kameramann nach Lethbridge schickt und Ihren Abschluß knallig herausstreicht. Sie und dieser Parr auf einem Bild, der Logikon Dreißig in seinem Wohnzimmer auf der Ranch –«

»Das können wir nicht tun«, japste Ripley entsetzt. »Tut mir leid, Boyd. Keinerlei Aufsehen – Mr. Parr besteht darauf.«

»Das ist nicht so gut, Hank.«

»Es läßt sich nicht ändern. Mr. Parr ist sehr öffentlichkeitsscheu. Fast ein Einsiedler, könnte man sagen. Er möchte die Anlage sogar selbst bei mir abholen, damit niemand unseren Lastwagen bei ihm sieht.«

»Sind Sie sicher, daß sein Steckenpferd Mathematik ist?« fragte Devereaux argwöhnisch.

»Tja, ich kann mir nicht vorstellen, daß er mit einem Logikon Dreißig etwas Unmoralisches tut. Ha-ha! Außer, er kommt auf einen Trick mit dem Schnelldrucker.« Ripley lachte dumpf, dann fiel ihm, zu spät, ein, daß Devereaux sich um ein Amt der Sozialkreditpartei bewarb und streng puritanisch dachte.

»Ich frage mich, wie wirksam unser Orientierungslehrgang bei Ihnen gewesen ist, Hank«, sagte Devereaux kalt. »Ich wünsche, daß Sie mit Ihrem Freund, Mr. Parr, sprechen und seine Zustimmung für volle Publicity nach innen und außen einholen. Ist das klar?«

»Ich werde sehen, was sich tun läßt.«

Als Ripley endlich auflegen konnte, hatte er das Gefühl, einen anstrengenden Arbeitstag hinter sich zu haben – und dabei hatte der Vormittag eben erst begonnen.

Der Computer wurde am Mittwoch geliefert, und eine Stunde später rief Parr an. Er äußerte sich erfreut über die schnelle Lieferung, hängte aber ein, bevor Ripley ihn wegen der Verkaufsreklame befragen konnte.

Es war kurz vor Mittag, als die Tür aufging; Parr kam herein. Er trug diesmal einen anderen, aber ebenso teuren dunklen Anzug. Als er die große Kiste sah, zeigte er zufrieden seine grauen Zähne.

»Guten Morgen, Mr. Parr«, sagte Ripley herzlich. »Na, da ist sie – die kompakteste EDV-Anlage der Welt.«

»Fangen Sie nicht damit an, sie mir jetzt anzupreisen.« Parr sagte es kalt, ohne jede freundliche Betonung. »Sie haben eine komplette Bedienungsanleitung dabei?«

»Gewiß. Es sollte keine Schwierigkeiten geben –«

»Helfen Sie mir, die Kiste zum Wagen zu schleppen.«

»Gern – aber da ist noch ein Punkt –«

»Nun?« sagte Parr ungeduldig.

»Es handelt sich um die Publicity für das Geschäft. Logikon verfolgt da eine entschiedene Politik.«

Parr seufzte.

»Geben Sie mir bitte mein Geld zurück. Meine Fakultät wünscht keine nachprüfbaren Kredittransaktionen.«

»Ich – es ist keine ganz starre Geschäftspolitik! Ich wollte das Thema nur erwähnen.« Ripley begann zu schwitzen.

»Helfen Sie mir, die Kiste zu tragen.«

»Gern.« Ripley entschied, daß er alles getan hatte, was Logikon von ihm verlangen konnte. Er stemmte sich gegen den Plastikwürfel, der auf den Rollen leicht beweglich war, und Parr dirigierte ihn zum Lift. Am rechten Ringfinger zeigte sich noch immer ein weißer Streifen. Auf der Straße schoben sie die Kiste zu einem blauen Lieferwagen mit der Beschriftung ›Rockalta Selbstfahrer Vermietung‹. Sie beförderten die Kiste hinein und schlossen die Hecktüren. Parr unterschrieb wortlos den Lieferschein und wandte sich ab.

»Es war ein Vergnügen, mit Ihnen ins Geschäft zu kommen, Mr. Parr.« Ripleys Ironie schien unbemerkt zu bleiben, und er ging ins Haus zurück. An der Tür blieb er stehen und schaute sich um. Parr hatte sich eben ans Steuer gesetzt und mit einer Hand eine schraubende Bewegung an der anderen vollführt. Der Wagen rollte davon, bevor Ripley begriff, daß Parr sich einen Ring angesteckt hatte. Er ging zu seinem Büro hinauf und dachte angestrengt über Mr. Mervyn Parr nach. Was für einen Grund konnte Parr haben, Ripley den Ring vorzuenthalten? Und weshalb zog sich ein Akademiker wie ein Industrieller an und sprach wie ein Prediger? Ripley suchte die Rufnummer der Neuen Universität von West-Kanada heraus und rief bei der Fakultät für Soziologie an. Zehn Minuten später hatte er mit fast ebenso vielen Leuten gesprochen und erfahren, daß es weder unter den Hochschullehrern noch unter dem Personal einen Mervyn Parr gab.

Er erkundigte sich bei dem Mietwagenunternehmen, wobei er sich am Telefon als Polizeibeamter ausgab, und bekam zu hören, daß ein blauer Lieferwagen an einen Mr. Melvyn Parminter aus Red Deer, Champlain Avenue 4408, vermietet worden sei.

Ripley lehnte sich zurück. Er wußte Parrs richtigen Namen und seine Anschrift, aber nicht, weshalb Parr/Parminter insgeheim einen Computer gekauft hatte und ihn dazu verwenden wollte, eine ganze Stadt zu bespitzeln.

Der Sonntagvormittag war frisch und klar, erfüllt von dem strahlenden Glanz, den die Sonne nach Ripleys Erfahrung nur zeigte, wenn nicht gearbeitet zu werden brauchte. Nach dem Frühstück saß er eine halbe Stunde herum und tat so, als wolle er nicht die lange Fahrt nach Red Deer unternehmen, dann ging er zum Parkplatz hinunter und setzte sich in seinen Wagen. Selbst dann wollte er sich noch nicht recht eingestehen, daß er einen ganzen Tag damit zubringen würde, Detektiv zu spielen und das auch noch zu genießen. Er rauchte eine Zigarette, wartete ein paar Minuten, säuberte sich die Fingernägel und fuhr dann betont unbekümmert los.

Auf der Straße, ohne die forschenden Blicke seiner Nachbarn, für die sein Junggesellendasein eine persönliche Beleidigung zu sein schien, verlor sich seine Unsicherheit. Er fuhr nach Fort McLeod und rollte durch die Prärie, wo die Rinderherden sich die Landschaft mit geduldigen, unbemannten Bohrtürmen teilten. Mittags war er in Red Deer, aß bescheiden in einem Imbißlokal und ermittelte, daß die Champlain Avenue das Herzstück einer vornehmen Wohngegend im Norden der Stadt war. Zwanzig Minuten danach parkte er in der Nähe des durch Bäume abgeschirmten Hauses von Melvyn Parminter.

Sechs Stunden später stand er immer noch dort, hatte kein Anzeichen von Leben gesehen und verlor seine Begeisterung. Er war mehrmals ausgestiegen, hatte es aber nicht gewagt, Parminters Grundstück zu betreten. Jetzt war er müde, gelangweilt und hungrig, und was das Schlimmste war, es war ihm eine ganz vernünftige Erklärung für Parminters Verhalten eingefallen. Angenommen, er betätigte sich in einer Branche mit hohem Konkurrenzdruck, in der ein neuer Anwendungsbereich für einen Computer ihm einen Vorteil verschaffen würde? Die Forderungen wirtschaftlicher Sicherheit konnten einen Menschen dazu veranlassen, sich so merkwürdig zu benehmen wie ein Verbrecher oder ein feindlicher Agent.

Ripley beschloß, noch zehn Minuten zu warten, bevor er heimfuhr. Er näherte sich dem Ende der dritten Zehn-Minuten-Periode, als eine große, graue Limousine zur Ausfahrt herausglitt und verschwand. Parminter saß am Steuer. Ripley ließ den Motor an und nahm die Verfolgung auf. Die Limousine war sehr schnell, und Ripley mußte sich sputen. Er holte bis auf zweihundert Meter Abstand auf und folgte dem Fahrzeug durch die Stadt nach Süden. Der Wagen bog in eine Allee ein und rollte in die Einfahrt eines großen Holzhauses, das von der Straße weit zurückgesetzt war.

Ripley hielt und stieg aus. Es wurde schnell dunkel, die Luft roch nach staubigem Laub und leichter Fäulnis, und plötzlich beunruhigte es ihn, daß er sich in Parminters private Angelegenheiten einmischte, statt zu Hause zu sitzen und zu pokern. Er zögerte einen Augenblick, dann machte er in der Einfahrt ein Schild aus. Die Straße war leer, aber er schaute sich vorsichtig um, bevor er sich näher heranwagte. Das Schild hatte die Form eines aufgeschlagenen Buches und verkündete: ›Tempel des Lebendigen Geistes, Red Deer. Pastor: M. Parmley‹.

Ripley sah sich das düstere, alte Haus an – es sah genauso aus, wie er sich den Tempel einer verrückten Sekte immer vorgestellt hatte – und blickte wieder auf die alte Schrift. War Pastor M. Parmley nur eine andere Manifestation von Mervyn Parr/Melvyn Parminter? Und wenn ja, wozu brauchte er einen Computer . . .? Ripley entsann sich plötzlich der Geldscheine – jede einzelne Banknote schien einmal ganz klein zusammengefaltet gewesen zu sein. Eine seltsame Idee tauchte in ihm auf. Es war ein unangenehmer Gedanke, und wenn er auf dem richtigen Weg war, wollte er mit Pastor Parmley nichts mehr zu tun haben. Ripley fröstelte, als ihm auffiel, daß einer der hohen Sträucher neben dem Schild die Umrisse eines Menschen hatte. Er wandte sich ab, als der Strauch zu sprechen begann.

»Wie schade«, sagte er. »Müssen Sie wirklich schon gehen?«

»Mr. Parr«, entfuhr es Ripley. »Wie nett, Sie – ich meine, ich bin zufällig vorbeigekommen –«

»Gewiß, gewiß – und wenn Sie schon hier sind, müssen Sie doch auch einen richtigen Besuch machen.«

»Ein andermal vielleicht.« Ripley drehte sich um und wollte davonhasten, aber plötzlich preßte sich ein muskulöser Unterarm auf seine Kehle, und sein linker Arm wurde ihm auf den Rücken gedreht.

»Zwingen Sie mich nicht, Ihnen den Arm zu verdrehen«, murmelte Parminter.

»Sehr gut«, sagte Ripley und fragte sich, wie lange seine Schulter das aushalten würde. »Was bilden Sie sich eigentlich ein? Hören Sie – ich bin zufällig für einen Tag in Red Deer, und –«

»Und den verbringen Sie vor meinem Haus.« Parminter zwang Ripley, den schwarzen Tunnel der Einfahrt hinaufzugehen.

»Oh. Wie haben Sie das bemerkt?«

»Ich habe Sie erwartet. Die Rockalta-Leute haben mich zu Hause angerufen, weil Sie am Telefon behauptet hatten, mein Lieferwagen sei an einem Unfall beteiligt gewesen, und es gab nur eine Person, die diese Geschichte erfunden haben konnte. Sehr geschickt.«

»Danke.«

»Ja – ich habe Sie unterschätzt, Mr. Ripley. Ich frage mich, wieviel Sie erraten haben.«

»Alles, glaube ich.«

»Sehr bedauerlich – für Sie. Ich kann Sie nicht frei herumlaufen lassen.«

»Kommen Sie nur nicht auf dumme Gedanken«, warnte ihn Ripley. Er suchte nach einer überzeugenden Drohung, als sie das Haus erreichten. Die Tür stand offen. Parminter stieß Ripley hinein und knipste das Licht an. Sie standen in einer großen Halle mit schweren Möbeln.

»Sie sind zu einem günstigen Zeitpunkt gekommen«, meinte Parminter. »Ich habe das ganze System noch nicht in Betrieb genommen und wäre dankbar für die Meinung eines Mannes, der von Computern mehr versteht als ich.«

»Sie können –« Ripleys Arm knackte, als der Druck sich verstärkte. »Was soll ich tun?«

»Schon besser.« Parminter ließ Ripley los und staubte sich die Hände ab. Er trug einen massiv goldenen Ring, der – wie das Schild – die Form eines aufgeschlagenen Buches hatte, auf dem Symbole eingraviert waren. »Die Tür ist abgesperrt, also versuchen Sie nicht, zu fliehen.«

»Ich und fliehen?« Ripley massierte sich den Arm.

»Springen Sie auf und ab.«

Ripley sprang in die Höhe und spürte, wie der Boden unter ihm nachgab.

»Sie stehen auf einer Wiegebrücke, die Ihr Gewicht auf fünfzig Gramm genau angibt. Und hier ist die Kamera.« Parminter trat an einen Schmuckspiegel. »Einwegspiegel, versteht sich.«

»Aha. Und wo ist der Computer?«

»Hier.« Parminter öffnete eine Tür auf der rechten Seite und führte Ripley in ein Zimmer, wo der Computer an der Wand stand. Ein paar Kabel verschwanden durch ein Loch im Fußboden.

»Sieht ganz normal aus«, meinte Ripley. »Was ist das?« Er deutete auf eine kleine Kamera am Drucker der Anlage.

»Fernsehmonitor. Kommen Sie mit.« Parminter kehrte in die Halle zurück und betrat einen anderen Raum. Er war groß und hoch, die Wände durchgehend von dunkelgrünen Vorhängen verhüllt. In der Mitte stand ein langer Tisch, umgeben von Stühlen. Der Stuhl an der Schmalseite des Tisches war so schwer und vergoldet, daß er beinahe wie ein Thron aussah. Unmittelbar davor lag eine Kugel aus poliertem Kristall in einem Elfenbeingestell, das die Form von zwei gewölbten Händen hatte. Parminter setzte sich auf den großen Stuhl, drückte auf eine Taste unter dem Tisch, und die Kristallkugel begann grünlich zu leuchten.

»Was halten Sie davon?« fragte Parminter mit Besitzerstolz.

Ripley starrte in die Tiefen der Kugel und sah ein verzerrtes Abbild des Computer-Druckers.

»Hübsch. Sehr hübsch.«

»Das finde ich auch. In der spiritistischen Welt ist ein Vermögen zu machen, wenn man es richtig anstellt«, erläuterte Parminter. »Aber es gibt Risiken. Einer meiner Kollegen erklärte seinen Zuhörern, er könne aus der Weisheit aller Zeiten schöpfen, um jede Frage zu beantworten, und er sah dumm aus, als irgendein Schlaukopf ihn nach der Hauptstadt von Nord-Dakota fragte.

Mit Hilfe Ihrer kleinen Maschine hätte er die Frage beantworten können, aber das sind eigentlich nicht die Informationen, die ein praktizierender Spiritist braucht. Der Sinn der Geschichte ist der, daß niemand ein Medium etwas fragen wird, was man ebensogut in einem Lexikon finden kann.«

»Wie lange, glauben Sie, können Sie mich hier festhalten?« fragte Ripley dumpf.

»Die Daten, die ein Berufsmedium braucht, sind persönlicher, privater. Wenn hier eine ältere Witwe hereinkommt, kann ich versuchen, kalt aus ihr schlau zu werden und ihr Vertrauen zu gewinnen, aber die Menschen sind zu materialistisch und zu skeptisch geworden, als daß man sie leicht einfangen könnte.

Von jetzt an wird der Computer, wenn die Witwe hereinkommt – und sie weiß, daß sie mich noch nie gesehen hat, daß sie ganz impulsiv hergekommen ist, weil eine Freundin es ihr geraten hat –, mir ihren Namen verraten. Wichtiger noch, er liefert mir den Namen ihres lieben Verstorbenen, sein Alter, seinen früheren Beruf, die Namen anderer toter Verwandter und so weiter. Ich sehe sie an und sage: ›Guten Abend, Mary – ich habe eine Nachricht von Wilbur für Sie.‹ Können Sie sich vorstellen, wie das wirkt?«

»Ich habe in meinem ganzen Leben noch nie etwas so Unmoralisches gehört. Wie lange wollen Sie mich hier festhalten?«

»Gar nicht unmoralisch! Gewöhnliche Medien geben den Menschen Hoffnung – ich werde ihnen Gewißheit geben können.«

»Gewißheit verkaufen, meinen Sie wohl.«

»Es ist unmöglich, das Glück, das ich den Alten, den Einsamen, den Trauernden bringen werde, in Geld auszudrücken. Außerdem bin ich Geschäftsmann. Ich arbeite seit Jahren darauf hin, investiere meine Gewinne, beraube mich des Vergnügens, alle die heimlich zusammengefalteten Scheinchen auszugeben, die bei der Kollekte gespendet werden. Haben Sie eine Ahnung, wieviel es mich, abgesehen von den Kosten des Computers und der anderen Ausrüstung, gekostet hat, Datenbänder zusammenzustellen? Ich habe Dutzende von Leuten für mich arbeiten lassen, die Adreßbücher kodiert, in Standesämtern sich bemüht, Untersuchungen angestellt haben –«.

»Ich nehme an, Sie werden Ihr Geld zurückbekommen«, meinte Ripley ätzend. »Ist der Spiritismus nichts anderes als Betrug?«

»Was denken Sie? Wenn man tot ist, ist man tot – und so gehört es sich auch.« Parminter kehrte zu seinem Hauptthema zurück. »Aber Sie dürfen mich nicht als gewöhnlichen Hochstapler einstufen, Mr. Ripley – ich bin ein Pionier. Ich habe etwas aufgebaut, was es noch nicht gegeben hat: ein Computermodell der menschlichen Beziehungen, die einer Großstadt ihre Gemeinschaftsidentität verleihen. Familienbande, geographisch entstandene Freund- und Feindschaften, Geschäftsbeziehungen – alles in diesem Bereich ist Teil einer riesigen, körperlosen Matrix, und ich habe sie hier auf Magnetband.« Parminters Augen leuchteten. Er griff unter den Tisch, und man hörte eine Reihe von leisen Schaltgeräuschen, die anzeigten, daß er den Computer in Betrieb nahm.

Ripley wurde sich der absoluten Notwendigkeit bewußt, das Weite zu suchen. Er wich langsam zurück und versuchte gleichzeitig, Parminter abzulenken.

»Die Kristallkugel paßt aber nicht recht dazu, oder? Ich dachte, das sei nur etwas für Wahrsager.«

Parminter lachte heiser.

»Nicht nur Seher verwenden sie – die Kugel soll der Brennpunkt für alle Arten besonderer Kräfte sein. Außerdem, glauben Sie, daß

Mary sich darüber Gedanken machen wird, wenn ich ihr die Nachricht von Wilbur übermittle?«

»Ich finde es trotzdem nicht richtig.« Ripley erreichte die Tür, und durch die Anspannung begann seine Stimme zu krächzen, was Parminter veranlaßte, den Kopf zu drehen. Der große Mann schnellte mit erschreckender Geschwindigkeit aus dem Stuhl. Ripley fuhr herum und rannte los, aber er hatte erst einen Schritt getan, als zwei Hände sich von hinten um seinen Hals schlossen und ihn ins Zimmer zurückzogen. Er wehrte sich erfolglos gegen die übermächtige Kraft des anderen.

»Es tut mir leid«, sagte Parminter ruhig, »aber ich lasse mir von einem kleinen Spitzel nicht das ganze Spiel verderben.«

»Ich verrate nichts«, stieß Ripley hervor.

»Sie erpressen mich auch nicht?« Parminter verstärkte den Druck. Er preßte nicht Ripleys Luftröhre zusammen, blockierte aber größere Blutgefäße. Vor Ripleys Augen tanzten schwarze Punkte, die an den Rändern farbig schimmerten. Er schaute sich nach einer Waffe um ... nichts zu sehen ... er konnte nicht einmal um Hilfe schreien ... hören würde ihn ohnehin niemand ... niemand außer die Leute am Tisch ...

Leute am Tisch?

Parminter ächzte plötzlich, und auf einmal war Ripley frei. Er fiel keuchend auf die Knie, während sein Blick die Gruppe am Tisch erfaßte. Es war etwa ein Dutzend Männer und Frauen, manche in deutlich altmodischer Kleidung. Alle wirkten an den Rändern verschwommen und undeutlich, wie auf Watte projizierte Bilder.

»*Nein!* O nein!« Parminter sank neben Ripley auf die Knie. »Das kann nicht sein.« Er preßte die Handknöchel auf bebende Lippen und schüttelte den Kopf.

Einer der Männer am Tisch deutete auf Parminter.

»Kommen Sie zu uns«, sagte er mit trüber Stimme. »Es gibt Dinge, die wir wissen wollen.«

»Geht weg«, stöhnte Parminter. »Euch gibt es nicht.«

»Aber, mein Freund –« Der verschwommene Mann stand auf, kräuselte sich wie eine Figur in einem dreidimensionalen Plastikbild und kam auf Parminter und Ripley zu. Seine Augen waren dunkle Löcher, die in ein anderes Kontinuum führten. Parminter kroch davon, raffte sich auf und lief hinaus. Die Haustür fiel krachend hinter ihm zu. Ripley und der körperlose Mann sahen einander an.

»Sie«, sagte der Mann. »Wissen Sie, wie man mit der Maschine umgeht?«

»Ich – ja«, sagte Ripley tonlos.

»Das ist gut. Bitte, setzen Sie sich oben an den Tisch.«

Ripley stand auf und ging mechanisch zu dem großen Stuhl. Ein Dutzend durchsichtige Gesichter wandte sich ihm zu, als er sich setzte, und er entdeckte, daß sie erwartungsvoll aussahen, nicht drohend. Er fühlte sich etwas wohler, als er langsam zu begreifen begann.

»Das ist ein großer Augenblick«, erklärte der Sprecher der Gruppe. »Die Kommunikation zwischen den beiden Ebenen der Existenz ist immer schwierig und unsicher gewesen. Die wenigen echten Medien, die es noch gibt, sind so – untüchtig, daß es sich kaum lohnt, sich mit ihnen abzugeben. Wir können uns nur immer für ein, zwei Minuten materialisieren«, sagte er nörgelnd, »und Sie können sich nicht vorstellen, wie enttäuschend es ist, sich der Mühe zu unterziehen und es dann mit einer älteren Dame zu tun zu bekommen, die plötzlich ohnmächtig wird.« Die undeutlichen Züge wurden lebhaft. »Aber jetzt ist endlich ein wirksames System entwickelt worden, eine Sammlung von Informationen über geliebte Menschen auf der anderen Seite des Schleiers, nach denen wir uns alle sehnen. Die Informationen werden schnell und einfach verfügbar sein, vorausgesetzt, es gibt eine Person, die mit der Maschine umgehen kann. Sie stehen uns doch zur Verfügung, nicht?«

»Ich –« Ripley brachte nichts heraus.

»Mit dem Spiritismus ist viel zu verdienen«, sagte der Sprecher drängend. Die anderen undeutlichen Gestalten nickten nachdrücklich. Ripley schaute sie an, dachte an sein armseliges Dasein als Verkäufer, und plötzlich war die Entscheidung ganz leicht für ihn, auch wenn er sich noch mit Parminter würde einigen müssen.

»Ich bin hier, solange Sie mich brauchen«, sagte er. Die Erklärung wurde mit Freude aufgenommen.

»Das ist großartig«, sagte der Sprecher. »Und jetzt möchte ich die erste Frage stellen, da ich das Ektoplasma schneller verbraucht habe als die anderen. Ich heiße Jonathan Mercer und habe Ecke Tenth und Third Avenue gewohnt. Ich möchte gerne wissen, ob meine Tochter Emily den jungen Buchhalter geheiratet hat und ob Cousine Jean sich scheiden lassen konnte.«

Ripley legte die Finger auf die Tastatur unter dem Tisch und wandte sich mit dem Ausdruck eines Mannes, der endlich die Erfüllung gefunden hat, an den Computer.

Der glücklichste Tag deines Lebens

Jean Bannion preßte ihren jüngsten Sohn an sich und versuchte die Tränen zurückzuhalten.

Der Achtjährige schmiegte sich an ihre Schulter. Seine Stirn fühlte sich trocken und kühl an, und seine Haare rochen nach der frischen Luft und erinnerten sie an Wäsche, die man eben vom Freien hereinbringt. Sie fühlte, wie ihre Lippen zu zittern begannen.

»Schau sie dir an«, sagte Doug Bannion ungläubig. »Fängt an zu weinen! Was würde sie denn machen, wenn Philip jahrelang auf die Schule gehen müßte?« Er sah sie an, tätschelte seiner Frau den Kopf und wirkte belustigt und professoral. Die beiden älteren Jungen lächelten.

»Mutter verausgabt sich gefühlsmäßig immer«, meinte der zehnjährige Boyd.

»Sie hat eine Neigung zur seelischen Selbstvernichtung«, sagte der elfjährige Theodor.

Jean funkelte sie hilflos an; sie erwiderten ihren Blick mit weisen Augen, erfüllt von der Eigenschaft, die Jean am stärksten haßte, seitdem sie die Königliche Straße zurückgelegt hatten – ihrer verdammenswerten, augenzwinkernden Güte.

»Jungs!« sagte Doug Bannion scharf. »Zeigt mehr Respekt vor eurer Mutter.«

»Danke«, sagte Jean, ohne Dankbarkeit zu empfinden. Sie begriff, daß Doug die Söhne nicht aus Rücksicht auf ihre Gefühle gerügt hatte, sondern um mögliche Makel zu beseitigen, die sich in ihren Charakteren entwickeln mochten. Ihre Arme schlossen sich fester um Philip, und er bewegte sich unruhig, was sie daran erinnerte, daß sie ihn in ein paar Jahren ohnehin verloren hätte.

»Philip«, flüsterte sie gequält in sein Ohr. »Was hast du gestern im Kino gesehen?«

»Pinnochio.«

»War das nicht lustig?«

»Also, weißt du, Jean!« Doug Bannion trennte sie beinahe grob. »Komm, Philip – du darfst an deinem einzigen Schultag nicht zu spät kommen.«

Er nahm Philips Hand, und sie gingen über den schimmernden, ein wenig federnden Boden der eisgrünen Empfangshalle in der Königlichen Straße. Jean sah sie Hand in Hand zu den Gruppen anderer Kinder und Eltern treten, die sich der Induktionsanlage näherten. Philips Füße schleiften ein wenig, in der Art, die sie so gut kannte, und sie spürte mit plötzlicher Besorgnis, daß er sich vor dem, was bevorstand, fürchtete, aber er schaute sich nicht nach ihr um.

»Na also«, sagte der zehnjährige Boyd stolz. »Hoffentlich bringt Papa ihn morgen mit – ich könnte ihn gebrauchen.«

»In meinem Büro ist mehr Platz«, sagte der elfjährige Theodor. »Außerdem ist nächste Woche die letzte Lesung des neuen Gesetzes über Treuhänderverpflichtungen, und ich werde mit einem Dutzend Entschädigungsklagen beschäftigt sein. Ich brauche ihn also dringender als du.«

Sie waren beide Juniorpartner in Doug Bannions Anwaltskanzlei. Jean Bannion blickte kurz in die ruhigen, weisen Gesichter ihrer Kinder und empfand Angst. Sie drehte sich um und ging blindlings davon, während sie versuchte, zu verhindern, daß sich ihr Gesicht zur Babymaske des Weinens verzerrte. Überall standen Gruppen von Eltern – gelassen, von ruhigem Triumph erfüllt –, und ihr Anblick führte dazu, daß Jean die Kontrolle noch mehr verlor.

Schließlich wählte sie den einzigen Ausweg. Sie lief in die verlassene Vorführungshalle, wo die stolze Geschichte der Akademie in leuchtenden dreidimensionalen Projektionen und ruhigem, mechanischem Flüstern erzählt wurde.

Die erste Darbietung bestand aus zwei Wortgruppen; blaßgrüne Buchstaben, die vor einem mitternachtsblauen Hintergrund in die Luft schimmerten. Als der Gleitweg Jean daran vorbeiführte, las sie: ›Lernen muß man durch Studium erwerben, kann sich nicht auf den Sohn vererben. – Gay‹ und ›Wenn Gay uns jetzt nur sehen könnte. – Martinelli.‹

Die nächste Vorführung zeigte ein Porträt von Edward Martinelli, dem Gründer der Akademie und Leiter des wissenschaftlichen Forschungsteams, das den Hirnrindenmanipulationskomplex vervollkommnet hatte. Eine Aufzeichnung von Martinellis Stimme, einige Monate vor seinem Tod aufgenommen, tönte mit der beängstigenden Vertrautheit genau gezielter Schallwellen in Jeans Ohr.

»Seitdem das Wissen die Hauptwaffe in der Rüstkammer des Menschen geworden ist, sein Hauptverbündeter im Kampf ums Überleben, haben die Menschen nach Wegen gesucht, den Lernprozeß zu beschleunigen. Um die Mitte des zwanzigsten Jahrhunderts hatte die Komplexität des menschlichen Lebens den Punkt erreicht, wo Angehörige akademischer Berufe ein Drittel ihres nutzbringenden Lebens in der unproduktiven Datenaufnahmephase verbrachten –«

Jeans Aufmerksamkeit irrte von den präzise gesprochenen Worten ab – sie hatte die Aufzeichnung schon zweimal gehört, und die leidenschaftslosen technischen Details würden ihr nie etwas bedeuten. Die zusätzlichen Mittel, die in der Akademie angewendet wurden – Vielschichtenhypnose, psychoneurale Drogen, elektronische Modifizierung der Proteinbahnen im Gehirn, mannigfache Aufzeichnungen –, waren im Vergleich mit dem Endergebnis unwichtig für sie.

Und das Ergebnis war, daß jedes Kind, vorausgesetzt, es besaß den erforderlichen Intelligenzgrad, in etwa zwei Stunden alles formelle Wissen – das in zehn Jahren konventioneller Oberschule und Universität erworben worden wäre – eingepflanzt bekommen konnte.

Um dafür in Frage zu kommen, benötigte ein Kind einen Intelligenzquotienten von nicht unter 140 und Eltern, die auf einmal bezahlen konnten, was zehn Jahre konventioneller Ausbildung gekostet hätten. Deshalb waren die Gesichter der Eltern in der Empfangshalle so stolz gewesen. Deshalb hatte sogar Doug Bannion, der es sich zur Gewohnheit machte, phlegmatisch zu erscheinen, mit den harten, glitzernden Augen eines Menschen umhergeblickt, der Erfüllung gefunden hat.

Er hatte drei makellose Söhne gezeugt, jeder mit einem Intelligenzquotienten der Genieklasse, und sie erfolgreich durch die Auswahlmethoden der Königlichen Straße gesteuert, die vielen den Weg versperrten. Nur wenige Männer hatten soviel erreicht; wenige Frauen hatten die Ehre, an einer solchen Leistung beteiligt zu sein . . .

Aber weshalb mußte das mir passieren? fragte sich Jean. Meinen Kindern? Oder weshalb konnte ich nicht einen Verstand haben wie Doug? Damit die Königliche Straße mir die Kinder näherbringt, statt sie . . .

Während der Gleitweg sie lautlos herumführte, schlossen sich die Darbietungen nahtlos aneinander und flüsterten von der Überlegenheit der Königlichen Straße gegenüber dem alten, endlosen, unsinnigen System der Ausbildung. Sie erzählten ihr von dem ungeheuren Glück des kleinen Philip, genau zu dem Augenblick geboren zu sein, in dem er, gestützt auf einen Gipfel menschlicher Technologie, in zwei kurzen Stunden ein Prädikatsexamen in Jura ablegen konnte.

Aber Jean, die in ihrem Gefängnis der Verzweiflung eingesperrt war, hörte nichts davon.

Als die Examensfeier vorbei war, entschuldigte sich Jean bei Doug und den beiden älteren Jungen. Bevor sie protestieren konnten, verließ sie hastig das Auditorium und ging zum Wagen zurück. Der sonnenheiße Kunststoff der hinteren Sitzbank fühlte sich unter dem dünnen Kleid unangenehm sengend an.

Sie zündete sich eine Zigarette an und starrte über die anderen Autos hinweg, bis Doug und die drei Jungen kamen. Doug setzte sich ans Steuer, und die Jungen stiegen lachend und miteinander rangelnd neben ihm ein. Jean fühlte sich ausgeschlossen. Sie konnte ihren Blick nicht von Philip lösen. Äußerlich war die Veränderung, die in seinem Gehirn vorgegangen war, nicht zu bemerken. Er sah aus wie jeder normale, gesunde, achtjährige Junge ...

»Philip!« entfuhr es ihr.

»Was ist, Mutter?« Er drehte den Kopf, und Theodor und Boyd, die den Ausruf ebenfalls gehört hatten, folgten seinem Beispiel. Drei rosige, beinahe gleichartige Gesichter sahen sie mit ruhiger Neugier an.

»Nichts, ich –« Jeans Kehle schnürte sich zu.

»Jean!« Doug Bannions Stimme klang rauh und verärgert. Seine Fingerknöchel wurden weiß.

»Schon gut, Papa«, sagte der zehnjährige Boyd. »Für die meisten Frauen ist die Durchtrennung der psychologischen Nabelschnur ein ausgesprochen traumatisches Erlebnis.«

»Mach dir keine Sorgen, Mutter«, sagte Philip. Er tätschelte Jeans Schulter wie ein Erwachsener.

Sie schob seine Hand weg, während ihr die Tränen heiß über das Gesicht liefen, und diesmal konnte sie sie nicht zurückhalten, denn sie wußte, ohne ihn anzusehen, daß die Augen ihres achtjährigen Sohnes weise und gütig und alt sein würden.

Versuchsstation

1

Hinterher fiel es Garnett schwer, zu entscheiden, was ihn mehr erschreckt hatte – das Flugzeug oder die Stimme.

Es war ein kristallklarer Vormittag im Vorfrühling gewesen. Die grünen, weiten Flächen des Flugfeldes hatten sich in die Ferne erstreckt wie die sonnigen Kricketwiesen der Jugendzeit. Garnett verfolgte vom bequemen Wagen aus, wie das Flugzeug, das fünf Jahre lang sein Leben beherrscht hatte, durch eine fortgeschrittene Phase des Flugerprobungsprogramms geführt wurde. Als die Maschine sich näherte, mit der bedrohlichen Stille der Überschallgeschwindigkeit, zeigten ein paar Hasen, die im Gras gesessen hatten, eine Vorahnung und hetzten davon.

»Hochziehen bei etwa acht g.« Die Stimme des Testpiloten Bill Makin klang fern und so, als gehörte sie nicht dazu, aus dem Lautsprecher in Garnetts Fahrzeug.

Das Flugzeug stieß in die dichtere Luft über dem Boden, und die unsichtbaren Kraftfelder, die seine Tragflächen waren, nahmen plötzlich eine geisterhafte Sichtbarkeit an, als die Luftfeuchtigkeit in der Druckwelle zu flatternden grauen Streifen kondensierte. Die Maschine richtete sich am anderen Ende der Startbahn einen Augenblick lang waagerecht aus, dann stieg sie in unfaßbarer Steilheit empor.

Wenn die Tragflächengeneratoren jetzt versagen, dachte Garnett, der sich kurz einem melodramatischen Gedankenspiel hingab, landen zwanzig Tonnen Edelstahl auf meinem Wagen. Ich wäre mausetot.

»Da stimmt etwas nicht!« Makins Stimme klang scharf. »Ich verliere die Tragflächen!«

Die Fetzen grauen Nebels, die, einem Walkürenmantel gleich, an den unsichtbaren Tragflächen geflattert hatten, verschwanden schlagartig. Garnett starrte ungläubig hinauf, als der massive Rumpf unter die vorgesehene Flugbahn sank und dann auf einmal, ganz Schwere, deutlich und unwiderruflich abstürzte. Sprengladungen rissen den Mittelteil auf, und das kostbare Cockpit schleuderte sich empor, ungestüm den Selbstmordpakt aufkündigend, in den der Rest der hinabfegenden Maschine jetzt verwickelt war.

Garnett hieb mit dem Handballen auf den Anlasserknopf, aber

der warme Motor überhörte verstockt sein Stichwort. Garnett blickte über die Schulter. Der Rumpf stürzte, sich überschlagend, auf ihn herab, so nah, daß er die Nietenreihen erkennen konnte. Der Anlasser surrte nutzlos – und dann hörte er die Stimme.

Sie sagte: »Hilf mir da heraus, Xoanon.«

Garnett hatte noch einen Sekundenbruchteil Zeit, sich zu wundern, bevor er in einer Explosion aus Schall, Schmerz und Dunkelheit aus dem sonnigen Frühlingsmorgen weggefegt wurde.

2

Das Zimmer war klein, aber luftig, und die Stühle besaßen die makellose Wölbung nie benützter Möbel. Garnetts Bett war so aufgestellt, daß er hinter dem Laub von Ulmen die fernen Hänge des Penninischen Gebirges sehen konnte.

Nur ganz widerstrebend und über Wochen hinweg hatten die Drogen den Griff um sein Gehirn gelockert. Er nahm wahr, wie sein Verstand von unten herauf klar wurde, wie ein Glas Sprudelwasser, und bei diesem Prozeß eskalierten langsam die Gedanken. Zuerst konnte er wenig mehr tun, als den Rhythmus des Krankenhausalltags verfolgen, dann befaßte er sich mit seinen persönlichen Angelegenheiten, und etwas später nahm er die Fäden seiner Arbeit wieder auf. Eine Weile war die Erkenntnis, daß er Eigentümer und Chefingenieur der Pryce-Garnett-Flugzeugwerke war, weniger wichtig als die Tatsache, daß wochenlanges Liegen dauernde Schmerzen ausgerechnet in den Fersen hervorgerufen hatte. Aber mit der Zeit hörte das Wissen auf, eine Art ferner Wegmarkierung zu sein, an der er sich orientierte, und es tauchte das vage Gefühl auf, daß es angenehm sein mochte, wieder an die Arbeit zu gehen. Es mochte erfreulich sein, und doch gab es irgendwo ein störendes Element ...

»Wenn Sie keine Milch trinken, muß ich Ihnen Kalziumtabletten geben.« Janice Villiers sagte es achselzuckend und schaute sich uninteressiert um. Sie war die Diätspezialistin in der teuren Klinik, in der er sich wiedergefunden hatte, und Garnett stand unter dem Eindruck, daß sie die Stellung durch einen Irrtum erhalten hatte. Sie hatte dichtes, schwarzes Haar, einen kleinen Fehler in einem Auge und war sexuell sehr anziehend, was im krassen Gegensatz zur professionellen Blaßheit des anderen Personals stand.

»Ich brauche keine Milch«, sagte er. »Meine Knochen sind in Ordnung.«

»Ich denke nicht an die Knochen, sondern an Ihre Nerven. Sie müssen recht stabil sein, weil Sie sich so gut erholt haben, aber Ihr Nervensystem ist schwer mitgenommen. Wollen Sie eine Zigarette?«

»Rauchen Sie bei anderen Patienten auch?« fragte er.

Janice lächelte und erwiderte seinen Blick. Ihre Augen waren von einem kräftigen, klaren Grau, aber der Fehler in dem einen verlieh ihr einen verschwörerischen Ausdruck. Sie schüttelte den Kopf.

»Wie kommen Sie darauf, daß Sie es sich hier leisten können?«

Janice zündete sich achselzuckend ihre Zigarette an.

»Hatten Sie Angst, als Sie das Flugzeug auf Ihren Wagen stürzen sahen?«

»Ist das nicht eine – eher private Frage?«

»Dachten Sie, daß Sie sterben müßten?«

Garnett schüttelte unsicher den Kopf und erinnerte sich. *Hilf mir da heraus, Xoanon.* Es war eine ruhige, klare, ganz normale Stimme gewesen – abgesehen von der Tatsache, daß sie keinen Besitzer zu haben schien. Er hatte Geschichten mit dem abgenützten literarischen Trick gelesen, daß ein Mensch in Panik Schreie gehört und erst danach begriffen hatte, daß es seine eigenen waren, aber das war hier ganz anders gewesen. Er gehörte nicht zu den Leuten, die beten, und selbst wenn – er kannte keine Gottheit mit dem Namen Xoanon.

»Angenommen, Sie wären gestorben«, sagte Janice beharrlich. »Haben Sie schon darüber nachgedacht, was Sie auf der anderen Seite am liebsten vorfinden würden?«

Garnett lachte verblüfft.

»Also, wissen Sie! Haben Sie Broschüren darüber gelesen, wie man ein interessanter Gesprächspartner wird?« Wie bei ihren früheren Besuchen gab er es endlich auf, etwas anderes als die zeitlose Beziehung Mann–Frau zu suchen. »Also gut, was möchten Sie finden?«

»Ich möchte in einer großen Halle mit einer gewölbten grünen Decke erwachen«, sagte sie, »aber so groß und so hoch oben, daß sie nebelhaft aussieht. Und ich möchte einem weisen alten Mann gegenübersitzen, der mir eine Art Kopfhörer abnimmt. Und ich wünsche mir, daß er sagt: ›So, das war eine Probe des Lebens auf Sol Drei. Wenn du diesen Planeten wirklich studieren möchtest – es gibt hunderttausend Millionen dieser Leben zu durchleben . . . Oder möchtest du lieber eine andere bewohnte Welt des Universums besuchen?‹«

Garnett blinzelte.

»Das ist nicht übel – sind Sie Schriftstellerin?«

»Nein. Ich mache mir nur Gedanken über das Sterben. Ich bin nicht dafür geschaffen, glaube ich.« Sie lächelte und strich eine Aschenflocke von ihrem weißen Kittel.

»Janice«, sagte er unsicher und gebrauchte zum erstenmal ihren Namen. »Ich komme in ein paar Tagen hier heraus, und ... Hätten Sie Lust, mit mir einmal zu Abend zu essen?«

Sie sah zu ihm auf, anscheinend erfreut, aber zögernd.

»Ich gehe noch an Krücken«, sagte er schnell und kam sich taktlos vor, »aber wo man mir die Schädelplatte eingesetzt hat, wachsen bereits die Haare wieder nach. Ich werde nicht immer mit dieser Tonsur herumlaufen, wissen Sie.«

Janice lächelte schwach, stand auf und drückte ihre Zigarette aus.

»Danke«, sagte sie. »Hört sich gut an. Unterhalten wir uns später darüber.« Sie ging hinaus und schloß leise die Tür.

Garnett ließ sich zurücksinken. Er las eine Weile in dem Bericht aus der Fabrik, dann kam Schwester McFee, um sein Bett zu machen. Sie war eine mütterliche Frau mit roten Unterarmen und leichtem schottischem Akzent.

»Ich habe mit der Diätspezialistin gesprochen«, sagte er beiläufig, »und ich –«

»Ah, sie macht Visiten bei Ihnen, wie?« Schwester McFee zog die Bettdecke zurück. »Ich habe mich schon gefragt, wann sie zu Ihnen kommt.«

»Was heißt das?«

»Es heißt, daß es Ihnen besser gehen muß.« Schwester McFee boxte die Kissen zurecht und sagte nichts mehr. Garnett schlief, als sie gegangen war. Im Lauf des Nachmittags tat sein Gehirn, das so lange gezögert hatte, den entscheidenden Schritt unter der Drogenglocke hervor.

Er erwachte in panischer Angst.

Ein Blick auf die Uhr zeigte ihm, daß es kurz vor vier Uhr war. Er zog den Bildsprecher vom Nachttisch auf seinen Schoß und tastete die Nummer des Werks ein. Nach kurzer Zeit erschien das Gesicht der Telefonistin.

»Hallo, Connie«, sagte Garnett brüsk. »Geben Sie mir Mr. Dermott.« Er wartete ungeduldig. Ian Dermott war sein Geschäftsführer und gehörte dem Unternehmen schon lange an. Er war nur Garnett gegenüber verantwortlich, weil die Pryce-Garnett-Flugzeugwerke einen Sonderfall in der Branche darstellten; sie befanden sich in Privatbesitz. Als Clifford Pryce, der Erfinder der Generatortragfläche, 1978 gestorben war, hatte er Garnett das Unternehmen vermacht, zusammen mit einem System juristischer Sicherungen, um zu verhindern, daß er Fremdgeld hereinnahm. Allerdings war neues Kapital nicht erforderlich gewesen – der Pryce-Garnett-Orbital-Interzeptor T 6 war von Anfang an ein sicherer Sieger gewesen.

Der Hauptantrieb des T 6 war ein Wasserstoffdüsenmotor mit ionenverstärktem Schub, aber das entscheidende Verkaufsargument war die Pryce-Tragfläche – das unsichtbare, stahlharte Kraftfeld, das beim Langsamflug eine Ausdehnung von zehn Metern erreichen und sich verkürzen konnte, je schneller die Maschine wurde. Bei Mach 8 wurden die Tragflächengeneratoren ganz abgeschaltet, so daß der dahinfegende, weißglühende Rumpf sich allein in der Luft halten konnte, auch ohne Flügelstummel. Während der Forschungs- und Entwicklungsarbeit hatte es wegen der unvorstellbaren Präzision, die bei der Tragflächenelektronik erforderlich war, Verzögerungen gegeben. Man hatte die Probleme schließlich bewältigt, und als Privatfirma, die durch Gewinne aus militärischen Aufträgen finanziert wurde, entwickelte das Unternehmen jetzt ein größeres Tragflächensystem mit Generatoren, die auch für eine Passagiermaschine ausreichten.

Das war der Grund für Garnetts Panik.

»Hallo, Tony.« Dermotts Gesicht erschien auf dem Bildschirm. »Was gibt es denn? Warum holen Sie nicht Schlaf auf? Sie werden ihn brauchen, wenn Sie zurückkommen.«

»Hallo, Ian. Entschuldigen Sie die Unterbrechung, aber es ist wichtig, und ich möchte, daß Sie sofort das Nötige veranlassen.«

Dermott rückte seine Brille zurecht.

»Natürlich, Tony. Worum geht es?«

»Ich storniere das Zwanzig-Meter-Tragflächen-Projekt.«

Dermott senkte den Kopf ein paar Sekunden, dann sah er mit kaltem Blick auf.

»Tut mir leid, Tony. Das können Sie nicht machen.«

Die Worte schockierten Garnett. Er hatte erwartet, daß der andere Überraschung oder auch Ärger verraten würde, aber nicht das.

»Ich mache es aber«, sagte er. »Ich habe es schon gemacht. Das Projekt ist gestorben, seitdem ich Ihnen Bescheid gegeben habe.«

»Tony, fühlen Sie sich wirklich wohl? Sie können das einfach nicht tun, wissen Sie.«

Garnett atmete tief ein. »Die Arbeitsgruppen für Konstruktion, Produktion, Tests, Einkauf und Planung haben ihre Arbeit sofort einzustellen.«

»Herrgott noch mal, Tony! Warum? Sagen Sie mir bloß, warum?«

»Weil wir Geld damit verlieren. Wir können das Ding nicht verkaufen. Brauchen Sie einen besseren Grund? Bis jetzt haben wir fast eine Million Pfund in diese Tragfläche gesteckt – Geld, das ich gegen die Forschungs- und Entwicklungskosten für die T-Sechs-Tragfläche abschreiben muß.«

»Aber wir sind doch einer Meinung gewesen, daß die große Tragfläche genau das ist, worauf die Zivilluftfahrt wartet.«

»Stimmt«, sagte Garnett grimmig, »aber nicht mit unseren Zuverlässigkeitsfaktoren. Unser Luftfahrtüberwachungsamt ebenso wie das der Amerikaner hat immer eine tödliche Unfallhäufigkeit von eins in hundertmillionen Flügen als vernünftiges Ziel aufgestellt, auch wenn in der Praxis eins zu zehnmillionen hingenommen werden. Übersichtlicher ausgedrückt, ist das eine Unfallhäufigkeit von einmal zehn hoch minus sieben. Wir haben vier Jahre gebraucht, um mit der kleineren T-Sechs-Tragfläche Null Komma neun zwei mal zehn hoch minus sechs zu erreichen, was gerade noch beim Militär zu verantworten ist, aber weit unter den Erfordernissen der zivilen Maßstäbe liegt. Jetzt wollen wir die zwanzig Meter lange Tragfläche produzieren, die halb so zuverlässig ist wie die T Sechs, nicht für den militärischen, sondern für den zivilen Markt! Das ergibt doch keinen Sinn.«

Dermott sah ihn ungeduldig an.

»Aber das ist doch nichts Neues, Tony. Die Zahlen sind alle gründlich besprochen worden. Gedge und die anderen vom Sicherheitsteam sind überzeugt –«

»Wenn sie großes Glück haben«, unterbrach ihn Garnett, »schaffen sie es für den militärischen Maßstab in fünf, für den zivilen in zehn Jahren. Inzwischen wären die Entwicklungskosten astronomisch hoch, und wir würden noch immer die erste Maschine verkaufen müssen. Die Öffentlichkeit wird nichts von einer unsichtbaren Tragfläche halten, die verschwindet, wenn es einen Stromausfall gibt.«

Dermotts Gesicht glättete sich plötzlich erleichtert.

»Das ist es also«, sagte er leise. »Sie haben sich von dem Unfall nicht erholt! Ich bin wirklich erschrocken. Tony, der Prototyp, der auf Ihren Wagen gestürzt ist, probierte ein neues System aus – Sie erinnern sich an den neuen, leichten Wechselstromgenerator von Schuylers –, und das ist natürlich ein Teil, den wir nicht mehr –«

»Was soll das?« schrie Garnett. »Wollen Sie mir einreden, der Unfall habe meinen Verstand angegriffen? Meine Entscheidung hat nichts mit meiner persönlichen Erfahrung zu tun.«

»Betrachten Sie es so, Tony. Vor dem Unfall sind Sie derjenige gewesen, der das Projekt vorangetrieben hat, gegen alle Einwände. Sie haben einige unserer besten Ingenieure gehen lassen, weil sie dagegen gewesen sind. Jetzt, nach dem Unfall, wollen Sie einfach aufhören. Was für einen anderen Schluß –?«

»Ian! Ich spreche jetzt als Eigentümer der Pryce-Garnett-Flugzeugwerke zu Ihnen. Sie müssen sofort die Arbeit einstellen lassen oder kündigen. Wofür entscheiden Sie sich?«

»Ich denke gar nicht daran, mir so etwas –« Dermott verstummte, und sein Gesicht schien sich in den Tiefen des winzigen Fernsehschirms zu kräuseln. Er schwieg einen langen Augenblick, dann sagte er mit dumpfer Stimme: »Entschuldigen Sie, Tony. Ich hätte nicht so mit Ihnen reden dürfen. Sie haben natürlich völlig recht – das sind Ihre Entscheidungen, und es war unverzeihlich von mir ... Ich gebe sofort die nötigen Anweisungen.«

Garnetts Zorn hatte sich so gesteigert, daß er dem plötzlichen Umschwung nicht folgen konnte.

»Sorgen Sie dafür!«

Er schaltete ab, warf das Gerät auf den Nachttisch und bemerkte erst jetzt, daß er zitterte und am ganzen Körper schweißbedeckt war. Er legte sich zurück und starrte an die Decke. Aus weiter Ferne hörte er Kinderlachen. Nach einer Weile wurde er müde. Als er im Einschlafen war, dachte er wieder an die Stimme. Er hatte noch nie von einem Xoanon gehört, nicht von einem Namen. Es gab einen Gegenstand, der Xoanon hieß. Das seltsame, selten gebrauchte Wort bedeutete ein primitives Götterbildnis, eine Statuette, die angeblich vom Himmel gefallen war.

Garnett lächelte schwach, als ihn der Schlaf übermannte. Gelegentlich mochte ein Flugzeug vom Himmel fallen, aber das war alles.

3

Es war einfach eine Frage des Maßstabs.

Die auf seinem Schreibtisch liegende Fotografie war eine gewöhnliche, für die Öffentlichkeit bestimmte Aufnahme. Sie zeigte eine neugewählte Schönheitskönigin des Werkes vor dem Fließband, auf dem die großen, unfertigen Maschinen emporragten, mürrisch vor sich hin brütend, weil sie noch nicht fliegen konnten. Garnett starrte das Bild an und spürte, daß sein Herz erregter schlug. Das war die Antwort, wenn er nur an sie glauben konnte.

Er hatte über einen Monat gebraucht, um zu argwöhnen, daß mit dem Unternehmen etwas nicht stimmte, und einen weiteren, während er erfolglos versucht hatte, den Finger auf den wunden Punkt zu legen, aber es gab praktisch keine konkreten Hinweise.

Das Gefühl war so unklar, daß Garnett es nur mit dem unterschwelligen Impuls des Erkennens vergleichen konnte, den er verspürte, wenn man ihm jemanden aus seiner Heimatstadt Portsmouth vorstellte. Er hatte diese Erscheinung immer damit erklärt, man müsse, wenn man viele Jahre in einem Ort lebt, praktisch alle Einwohner einmal zu Gesicht bekommen, und sie seien in den tieferen Schichten der Erinnerung alle verzeichnet. Sein Verdacht dem Unternehmen gegenüber war ebenso vage, beruhte auf ähnlichen instinktiven Reaktionen.

Er lehnte sich in seinem Sessel zurück, zündete seine Pfeife an und starrte die Wand an. Große Tropfen Augustregen klatschten in unregelmäßigen Abständen an die Scheiben. Seit dem Morgen, an dem er beinahe sein Leben verloren hätte, waren vier Monate vergangen. Hinterher hatte er erfahren, daß der Rumpf seinen Wagen nicht berührt, die Steuerbordhöhenflosse aber das Dach aufgerissen und das schwere Fahrzeug wie eine Streichholzschachtel weggeschleudert hatte. Obwohl ihn das ein Stück seines Schädels gekostet und er sich beide Arme und ein Bein gebrochen hatte, versicherten alle Leute Garnett, er könne von Glück sagen, lebend davongekommen zu sein. Er gab es zu, aber in den Wochen der Rekonvalenszenz hatte es ihn an die Arbeit gedrängt. Sobald es ihm gelungen war, die Ärzte zu überreden, war er in den Betrieb zurückgekommen, zunächst am Stock, und als er bemerkt hatte, daß er, schon von Natur aus nicht einmal mittelgroß, dadurch noch kleiner erschien, bald ohne Stütze.

Er war zu früh zurückgekommen, gab Garnett im stillen zu, als er den Rauch in sich hineinsog, aber in gewisser Weise waren die vergangenen beiden Monate unschätzbar wertvoll gewesen. Wäre er so gesund gewesen, daß er sich ganz in die komplizierte, anstrengende Arbeit hätte stürzen können, wären ihm die subtilen, kaum wahrnehmbaren Unterströmungen kaum aufgefallen. So hatte er die Tage jedoch vergleichsweise untätig verbringen müssen und zum erstenmal einen ruhigen, leidenschaftslosen Blick auf sein Unternehmen werfen können.

Er hatte mit McIntyre, dem Leiter der Druckerei, vereinbart, daß von allem, was durch die Maschinen lief, ein Exemplar an ihn gehen sollte. Der Strom von Verkaufs- und technischen Broschüren, von Handbüchern, Berichten und Memoranden hatte jeden Tag eine mehrstündige Lektüre erfordert. Obwohl ihm das ganze Unternehmen gehörte, hatte Garnett sich stets als Flugzellenspezialisten betrachtet, der er gewesen war, als Pryce ihn zu sich geholt hatte, und er war nie dazu gekommen, mehr als einen Bruchteil der internen Veröffentlichungen des Werkes zu lesen. Die Menge allein war verblüffend – Berichte des Arztes, des Sicherheitsbeauftragten, der Verkaufsgruppen, der verschiedenen Projektmanager, des PR-Chefs, der Produktionszentralen, der Personalabteilung, der Planungsbüros, des Einkaufsleiters. Experimentallabor, Flugtests, Windtunnel, Kantine, Feuerwehr. Gehälter, Zeichenbüros, Fotografie, Ersatzteile, Transporte, Wartung. Bruchbelastung, Lager, Analyse, Zuverlässigkeit, Werkzeuge ...

Garnett begriff, daß ein Großteil seiner Abteilungsleiter mit Vergnügen Berichte schrieb, während andere sich kurz faßten. Manche Bereiche funktionierten besser als andere. Konstant blieb das aber merkwürdigerweise nicht – geschwätzige Leute wurden plötzlich wortkarg, tüchtige Gruppen nachlässig und umgekehrt. Aus dem Papierberg begann sich ein Bild herauszuschälen, aber es war wie ein Fernsehbild mit wahllos vertauschten Zeilen. Es enthielt viele Informationen, aber Garnett fehlte der Schlüssel dazu. Er hatte lediglich ein undeutliches Gefühl, so unbestimmt, daß er mit niemandem darüber zu sprechen wagte. Die einzige nahezu konkrete Tatsache war, daß die Gesamtleistung sich vermindert zu haben schien, aber das ließ sich als vorübergehende Fluktuation oder als Folge seiner eigenen Abwesenheit erklären – bis er die Fotografie gesehen hatte.

Ein erstarrter Augenblick in der Zeit war im Bild festgehalten, und in diesem einmaligen Augenblick war ein halbes Dutzend Flugzeugmonteure hinter dem lächelnden Mädchen vorbeigegangen. Es waren alles ganz normale Männer, aber einer trug eine Tragflächenmontageplatte, die zu groß für ihn war. Es war ein kleiner Mann, aber daran lag es nicht. Sie wäre auch für einen großen Mann viel zu groß gewesen – es war eine Platte, die ausschließlich für die stornierte 20-m-Tragfläche verwendet werden konnte!

Die Konsequenzen waren so ungeheuerlich, daß Garnett sich einfach weigerte, über sie nachzudenken, bevor er sich vergewissert hatte.

»Ich bin im Zeichenbüro Drei«, sagte er, als er hinausstürmte. Miß Fleet, seine Sekretärin, und ihre beiden Assistentinnen starrten ihm verblüfft nach. Er fuhr mit dem Lift zum dritten Stock des Technikbaus und betrat die Gruppe Koordinierung hinter den Zeichensälen. Die Angestellten in grauen Kitteln erschraken und gingen ihm aus dem Weg, als er Registerbücher und Gesamtpläne herausriß. Garnett kannte sich in dem komplizierten System aus und brauchte nur wenige Minuten, um die Nummer der Montageplatte festzustellen. Sie war Anfang des Jahres in Auftrag gegeben worden, aber bevor sie in die Werkstätte gekommen wäre, hatte man das Projekt abgeblasen. Für das Unternehmen durfte die Platte nur auf dem Papier existieren.

Garnett verließ das Büro und ging nachdenklich die Treppe hinunter. Eine Möglichkeit wäre gewesen, den Werkmeister ausfindig zu machen, der die Produktion dort leitete, wo die Platte hergestellt worden war, und ihn zu fragen, was er sich eigentlich einbilde. Garnett hätte es am liebsten getan, dachte aber an die Motive. Die Firma als Ganzes hatte nur eine sehr ferne und geringe Aussicht, aus dem 20-m-Tragflächen-Projekt jemals Gewinne zu erzielen, so daß Einzelpersonen, die sich insgeheim damit befaßten, sinnlose Arbeit leisteten. Werkspionage? Unsinnig, weil Pryce seinerzeit darauf bestanden hatte, sein System in allen Einzelheiten der Öffentlichkeit vorzulegen. Außerdem arbeiteten Spione nicht auf diese Weise.

Der Regen hatte aufgehört, als Garnett den Technikbau verließ, und es roch nach feuchtem Staub. Er ging auf die Haupthallen zu. Die Frage war ja auch, wie viele Leute beteiligt waren und wer sie waren. Der Monteur, der die Platte getragen hatte, war ein kleines Glied in einer langen Kette. Dann kamen der Vorarbeiter und der Werkmeister; im Einkauf mußte jemand den teuren Spezialstahl in Auftrag gegeben haben; im Lager mußte er eingetroffen und ausgegeben worden sein; mindestens zwei Mann im Schablonen- und Arbeitsvorbereitungsbüro mußten eingeweiht gewesen sein, also auch deren Meister; in der Buchhaltung mußte jemand das Unternehmen so gut wie möglich gedeckt haben, auch wenn es auf die

Dauer vor der Geschäftsführung nicht geheimgehalten werden konnte...

Ian Dermott!

Garnett erinnerte sich an Dermotts unerwartete und gänzlich uncharakteristische Reaktion an dem Tag, an dem er ihn aus der Klinik angerufen hatte, um das Tragflächenprojekt einzustellen.

Garnett trat in die vergleichsweise dunkle Halle und ging zwischen den computergesteuerten Fräsmaschinen durch die Halle. Obwohl die Firma achttausend Leute beschäftigte, hatte er den Monteur auf dem Foto halb erkannt, weil er einer der wenigen Männer in der Fabrik war, die Garnett an Größe nicht überragten. Keine noch so starke Selbstdisziplin hatte ihn je daran hindern können, auf andere Männer seiner Körpergröße besonders zu achten, sich in dieser Hinsicht mit ihnen verwandt zu fühlen und sie dafür zu hassen.

Er schritt auf die Versuchswerkstätte zu und sagte sich, daß er eigentlich auf Umwegen vorgehen sollte, aber sein Zorn überwältigte ihn.

Ein Elektrokarren rumpelte durch die dicken Gummitüren, und Garnett folgte ihm, so daß das laute Klatschen der sich schließenden Türen ausblieb. Er schaute sich um und sah den kleinen Monteur in einer Ecke sitzen. Garnett ging auf ihn zu. Der Monteur hörte seine Schritte und drehte sich um. Seine Augen weiteten sich, und er erstarrte auf seinem Hocker.

Eine klare Reaktion, dachte Garnett zufrieden.

»Ich möchte mit Ihnen reden«, sagte er.

Das ölverschmierte Gesicht des anderen blieb starr.

»Gehen wir ins Büro«, knurrte Garnett ungeduldig.

An den Mundwinkeln des Monteurs zeigte sich Speichel. Er sank langsam vornüber auf die Werkbank, daß die zwischen seinen Lippen klebende Zigarette an seinem Gesicht zerdrückt wurde, und rutschte seitwärts auf den Boden. Ein paar von seinen Kollegen kamen herbeigelaufen, als Garnett ihn auffing.

»Rufen Sie beim Werksarzt an«, sagte er. »Tragt ihn ins Büro.« Raine, der Leiter der Versuchswerkstatt, kam heraus und beaufsichtigte den Transport. Garnett wunderte sich über die Ungeschicklichkeit der Männer, bis ihm auffiel, daß der Monteur noch immer in Sitzhaltung war, mit steifen Armen und Beinen. Er wartete, bis ein junger Arzt und zwei Pfleger mit einer Tragbahre erschienen. Der Arzt sah Garnett erstaunt an, schickte die Leute hinaus und begann den Monteur zu untersuchen.

Garnett spürte eine Berührung am Ärmel. Ein junger Bursche im grünen Overall starrte ihm ins Gesicht.

»Entschuldigen Sie, Sir. Ich heiße Jack Elkin. Das ist mein Onkel im Büro. Victor Elkin. Was hat er denn? Ich bin gleich hergekommen, als ich hörte, daß er zusammengebrochen sein soll.«

»Ich weiß es nicht«, erwiderte Garnett. »Warten Sie lieber auf den Arzt. Er will sich vielleicht wegen früherer Erkrankungen Ihres Onkels erkundigen.«

Der junge Mann zögerte.

»Tja, Epileptiker oder so was ist er nicht, aber in den letzten zwei Monaten hat er sehr viele Überstunden gemacht – seitdem die Firma ihn auf den Sonderlehrgang nach Harlech geschickt hat. Vielleicht ist er überarbeitet.«

Garnett zog die Brauen zusammen.

»Wohin hat ihn die Firma geschickt?«

»Nach Harlech, Sir.«

»In Wales, meinen Sie?« Garnett kam sich albern vor.

»Ja, Sir. Er hat nie davon gesprochen, und ich kenne nicht einmal die Namen der anderen, die dabei gewesen sind. Ich nahm an, daß es sich um geheime Dinge handelt, weil doch die Raketenstellungen von Aberporth und Ty Croes in der Nähe sind.«

»Ganz richtig«, sagte Garnett. Er ging in das Büro zurück und sah, daß man Elkins Gliedmaßen gestreckt hatte.

Der Arzt stand auf.

»Ich muß ihn ins Krankenhaus bringen. Puls, Atmung, Temperatur und Blutdruck sind praktisch normal, aber er ist im Koma. Es kommt einem so vor, als sei sein Gehirn abgeschaltet worden. Haben Sie –?«

»Kommen Sie später in mein Büro«, sagte Garnett. »Ich muß gehen.«

Er ging eilig zum Technikbau zurück und spürte, wie die Erschöpfung seinen Körper übermannte. In seinem Arbeitszimmer rief er Miss Fleet herein.

»Hat die Firma, seitdem ich in der Klinik war, ein Büro in oder bei Harlech eingerichtet oder Unterkünfte für Sonderlehrgänge besorgt?« fragte er.

»In Harlech?«

»Ja.«

»Keinesfalls, Mr. Garnett.« Sie winkte ab und kam zur Sache. »Ich habe eine Liste von Leuten, die inzwischen angerufen haben, und Mr. Moller war einen Augenblick hier.«

»Danke«, sagte er müde und griff nach seiner Pfeife. »Das wäre alles.« Als sich die Tür hinter ihr geschlossen hatte, spürte er, wie Angst in ihm aufstieg. Sein kurzer Blick auf die geheime Organisation in seinem Unternehmen war erschreckend gewesen, und er war überzeugt davon, daß Elkins plötzliche Lähmung für sie nur eine Art Lockerungsübung war. Elkin direkt anzupacken war kein Fehler gewesen, sondern – er suchte nach einem passenden Ausdruck – ein nicht-kybernetischer Schachzug. Die Anwendung der Kybernetik bei der Steuerung der Arbeitsvorgänge im Flugzeugbau war ein Thema, über das Garnett früher ein Buch geschrieben hatte, und einer der ersten Absätze gewann jetzt eine ganz neue Dimension.

›Eine Flugzeugfabrik ist eine Maschine zur Herstellung von Flugzeugen, und es kann katastrophal sein, die Produktion steigern zu wollen, indem man sich einzeln mit dieser oder jener Abteilung befaßt – man muß in jeder Beziehung die Maschine suchen und zerstören, die die Herstellung von Flugzeugen verhindern will und wie ein Schmarotzer im Unternehmen mitlebt.‹

Sich auf Elkin zu stürzen war dasselbe gewesen, als hätte er an einer einzelnen Abteilung herumgebastelt, aber ein guter Kybernetiker packte den Tiger niemals beim Schwanz, nicht, ohne ihn auch fest bei den anderen Gliedern gepackt zu haben. Garnett griff nach Millimeterpapier und zeichnete ein Blockdiagramm des Unternehmens, wie er es sah. In das oberste Kästchen schrieb er Ian Dermotts Namen, in das unterste Victor Elkin, dazwischen setzte er Fragezeichen in Abteilungen, die beteiligt sein mußten. Abgesehen von der Fotografie hatte er nichts vorzuweisen als ganz persönliche Erfahrungen, das wußte er, und die Aufnahme besaß einen dementsprechenden Wert. Er griff danach und starrte sie an.

Es verging eine unfaßbar lange Zeit, bis sein Herz wieder schlug.

Die Schönheitskönigin lächelte noch immer, aber die Männer hinter ihr trugen nichts mehr in den Händen!

Der naheliegende Schluß, zu dem jeder vernünftige Mensch kommen mußte, war, daß Garnett einen dummen Fehler gemacht hatte. Er war zu früh wieder an die Arbeit gegangen und stand noch immer unter einer starken Nervenbelastung. Garnett lächelte schief, beinahe dankbar dafür, daß alle Zweifel ausgeräumt waren. Er griff nach dem Stift, zeichnete in sein Diagramm noch ein Kästchen und schrieb hinein: ›C. Moller, Cheffotograf‹. Chris Moller mußte seinen Fehler erkannt und ein Foto gebracht haben, das ein paar Sekunden vor oder nach dem wichtigen gemacht worden war. Wieder kaum ein konkretes Indiz, aber für Garnett reichte es. Ich mag zwar klein sein, dachte Garnett, aber ich habe noch keinen getroffen, der so groß gewesen wäre, daß er auf mir hätte herumtrampeln können. Er stand auf und hinkte im Büro herum, bis er sich so weit beruhigt hatte, daß er Pläne machen konnte. Der nächste Schritt war klar: Er mußte nach Harlech.

Er griff nach dem Bildsprecher und drückte die Nummer der Carvill-Klinik. Während er darauf wartete, mit Janice Villiers verbunden zu werden, ließ seine Zuversicht nach. Seitdem er die Klinik verlassen hatte, war er zweimal mit ihr essen gewesen, aber es hatte ihn nicht befriedigt, und das dritte Zusammensein konnte man nur als Fiasko bezeichnen. Von Anfang an hatte sie von ihren Affären erzählt, und die Wirkung auf Garnett war die gewesen, daß er in unbezähmbaren Zorn geriet. Trotzdem hatte er diesem Zorn nicht Ausdruck verleihen können und statt dessen ihre seltsame Art, sich zu unterhalten, angegriffen.

»Wenn man mit Ihnen redet«, hatte er kalt erklärt, »kommt man sich vor, als stehe man dabei, während jemand von einem dieser gräßlichen Kalender einen Tag nach dem anderen abreißt.« Sie hatte ihm in die Augen gesehen und wissend, aber traurig gelächelt. Danach war es vorbeigewesen. Garnett hatte das Gefühl gehabt, eine Tür zugeschlagen zu haben.

»Hallo, Jan.« Er versuchte gleichmütig zu sprechen, als Janices Gesicht auf dem Bildschirm erschien.

»Hallo, Tony. Wie geht es Ihnen?«

»Ganz gut. Ich trinke regelmäßig meine Milch. Sie – sie scheint gut für die Nerven zu sein.«

»Mir fällt es auch schwer, mich zu entschuldigen«, sagte sie lächelnd. »Was gibt es, Tony?«

»Ich muß morgen nach Wales. Ich komme am Wochenende zurück und wollte wissen, ob Sie nicht mitfahren können.« Er wartete, aber sie war nett und erklärte sich sofort bereit, mitzukommen. Als alles vereinbart war, lehnte Garnett sich zurück und starrte auf den Teppich. Er freute sich, aber gleichzeitig störte ihn die Erkenntnis, wieviel ihm Janice Villiers bedeutete, die schwarzhaarige Fremde, die fünf peinliche Zentimeter größer war als er. An der Oberfläche plante er eine beiläufige ›Affäre‹, aber es gab einen beunruhigenden Faktor, der nicht zu übersehen war.

Vor zehn Minuten hatte er entschieden, daß der nächste Schritt die Fahrt nach Harlech sein mußte, und zwar mit kalter Logik –

aber das stimmte nicht! Es gab ein halbes Dutzend Möglichkeiten, hier im Betrieb nachzuforschen.

Er konnte die Reise noch immer absagen, wußte aber, daß er es nicht tun würde.

Hormone sind miserable Kybernetiker, dachte er zufrieden.

4

In Garnetts großartigem, wenn auch zu großem Wagen schnell zu fahren, war ein bißchen wie Fliegen in einer Düsenmaschine, die Radaranlagen untertauchen wollte, und normalerweise hätte er die Strecke Coventry-Harlech in ganz kurzer Zeit zurückgelegt. Das schwarzgekleidete Mädchen neben ihm veranlaßte ihn aber, die Fahrt auszudehnen. Er fuhr nach Norden bis Rhyl, folgte der Küstenstraße südlich am Meer entlang, dessen klarer, blauer Horizont nach Gefühlsreaktionen zu verlangen schien, die der erwachsene Garnett fast nicht mehr aufbringen konnte. Er atmete tief ein.

»Sind Sie schon einmal in Harlech gewesen?« fragte Janice.

Garnett schüttelte den Kopf. »Nein. Ich freue mich darauf.«

»Ich auch. Orte, die in Liedern vorkommen, sind einfach anders. Man fühlt sich mit ihnen verbunden.« Janice zündete sich eine Zigarette an. »Die Fahrt wird Ihnen aber vielleicht nicht viel nützen. Es wäre besser gewesen, einen Privatdetektiv zu beauftragen.«

»Daran habe ich gar nicht gedacht«, sagte Garnett erstaunt. »Es gibt sie ja wohl wirklich.«

Janice lachte. »Aber sicher! Einer meiner besten Freunde betreibt eine kleine Detektei.«

Garnett spürte einen kleinen Stich.

»Interessanter Beruf, nehme ich an.«

»Ich bin sicher, er würde nur ein paar Stunden brauchen, um festzustellen, wer von Ihren Leuten in Harlech gewesen ist. So etwas macht er die ganze Zeit. Soll ich ihn anrufen?«

»Wollen erst mal sehen, was ich erreiche«, sagte Garnett unwirsch. Er hatte Janice nur so viel erzählt, um den Eindruck zu erwecken, daß er einem Fall von Industriespionage auf der Spur war, und fragte sich jetzt, ob er zu viel oder zu wenig gesagt hatte. Er schwieg eine Weile, und gerade als er aufzuatmen begann, meldeten sich die ersten Vorläufer der Angst.

Garnett fuhr instinktiv langsamer, und die weißen Straßenmarkierungen glitten gemächlicher unter ihnen davon. Er war beunruhigt, sah aber keinen vernünftigen Grund dafür. Wenn ich der berühmte Detektiv Philip Marlowe wäre, dachte er, würde ich das darauf zurückführen, daß im Rückspiegel immer wieder derselbe Wagen auftaucht, aber ich habe schon geraume Zeit kein anderes Fahrzeug gesehen. Kann das etwas bedeuten? Nein, Straßen wie diese sind um diese Zeit vergleichsweise leer.

Garnett trat wieder aufs Gas, und der Wagen beschleunigte. Janice sah ihn prüfend an. Der Wagen rollte zwischen den Bergen dahin, und Garnett spürte, wie sein Unbehagen wuchs, bis es beinahe unerträglich wurde – dann ergab sich eine Teilantwort.

»Janice«, sagte er nachdenklich, »wissen Sie etwas über das Déjà-vu-Erlebnis?«

»Nein. Jemand hat es einmal als Gegenteil von unheimlich definiert.«

»Wie das?«

»Nun, unheimlich fühlt man sich, wenn man sich in vertrauter Umgebung fremd vorkommt, Déjà vu dagegen ist ein Gefühl der Vertrautheit in fremder Umgebung. Haben Sie dieses Gefühl jetzt?«

Garnett nickte. »Ich habe das Gefühl, daß ich schon einmal hiergewesen bin, und trotzdem – mein Gott!«

»Was ist denn?« Janice drückte ihre Zigarette aus.

»Ich bin wirklich schon hiergewesen! Mit Clifford Pryce!«

»Problem gelöst«, sagte Janice heiter. »Fort wie alle paranormalen Erscheinungen.«

Garnett fühlte sich nicht wohler. Auf einer Ebene war das Problem gelöst – aber wie konnte er das vergessen haben? Sie waren hinausgefahren, um sich zu erholen, und in Harlech hatten sie sogar zu Mittag gegessen! Garnett war viel herumgekommen und sah ein, daß er mit achtunddreißig Jahren sich nicht an jeden Tag seines Lebens erinnern konnte, aber doch an die Höhepunkte, und das war einer gewesen, als er die Chance bekommen hatte, den T 6 zu schaffen – also, wie konnte er das vergessen haben?

Sie erreichten Harlech zur Mittagszeit. Garnett hielt in der Hauptstraße und blieb einen Augenblick sitzen, während er überlegte. Der Ort schien sich in den letzten hundert Jahren nicht verändert zu haben. Wo sollte er anfangen? Und was sollte er sagen? ›Entschuldigen Sie, gibt es hier eine Einrichtung, wo man Leute ausbildet, geheim Flugzeugteile zu bauen, die niemand kaufen würde?‹

Garnett begriff, daß er auf ganz unlogische Weise gehofft hatte, sein Erscheinen in Harlech würde Ereignisse auslösen, die ihm alle

Antworten liefern mußten, aber so würde es natürlich nicht kommen. Er hatte es im Unterbewußtsein die ganze Zeit begriffen, und die plötzliche bewußte Erkenntnis führte ihn zu den ersten direkten Gedanken über den Abend und die Nacht, die vor ihm lagen. Es schien zu schön zu sein, um wahr sein zu können. Er hatte noch nie ein Mädchen kennengelernt, das ihn verlockt hätte, eine Ehe einzugehen, aber bei Janice stellte sich die Frage nach gesetzlichen Grundlagen gar nicht. Sie zog ›natürliche Beziehungen‹ vor, und Garnett war gern bereit, ihr auf diesem Weg zu folgen.

Janice ordnete ihre Frisur.

»Wo wohnen wir, Tony? Ich muß mich frischmachen.«

»Nicht hier. In Llanbedr gibt es ein neues Motel, ungefähr zwanzig Minuten Fahrt an der Küste. Soll ich Sie dort absetzen und allein zurückfahren?«

»Nein, es geht schon.« Sie stiegen aus, und Garnett stellte fest, daß sie keine flachen Schuhe angezogen hatte, um sich seiner Größe anzugleichen. Er sagte sich, das liege daran, daß ihr alle Konventionen unwichtig waren. Nachdem sie den Ort besichtigt hatten, betraten sie ein Gasthaus, aßen herrliche Schinken-Sandwiches und tranken Bier dazu.

»Sie sind nicht sehr glücklich mit der ganzen Sache, nicht wahr, Tony?« meinte sie.

Garnett sah von seiner Pfeife auf.

»Ich bin glücklich mit uns beiden, aber ich habe – Probleme im Werk und sollte eigentlich eher dort nach dem Rechten sehen. Sie hatten ganz recht mit dem Detektiv. Ich komme mir ziemlich unnütz vor.«

»Weshalb machen Sie sich so viele Sorgen wegen Ihrer Firma? Sie haben doch Ihr ganzes Leben Flugzeuge geflogen oder gebaut oder sich auf den Kopf fallen lassen.«

Garnett strich reumütig über die Haarborsten über der Edelstahlplatte in seinem Schädeldach.

»Vielleicht ist es Egoismus. Manche Leute verkaufen Schuhe, andere schreiben in Hauptbücher – ich setze diese großen Vögel in den Himmel. Und jetzt tragen sie meinen Namen, also möchte ich, daß sie etwas taugen.«

»Damit Ihr Name weiterlebt et cetera.«

»So ungefähr, ja.«

»Sie sind kein Egoist, Tony, sondern ein Solipsist.« Janice lachte, ohne die Zigarette aus dem Mund zu nehmen. »Ihr Name wird nicht weiterleben, wissen Sie. Passen Sie auf. Sie leben, wenn Sie

Glück haben, siebzig oder achtzig Jahre. Angenommen, Sie wären ein Großgenie und entwickelten in dieser Zeit eine Lebensverlängerungsdroge, so daß Sie tausend Jahre am Leben bleiben könnten. Das werden Sie zwar nicht tun, aber unterstellen wir es einmal. Denken Sie sich, daß Sie Ihre tausend Jahre dazu verwenden, die Wissenschaft zu studieren, und daß Sie absoluter Meister des physischen Universums wären – was Sie auch nicht schaffen. Nehmen Sie weiter an, daß Sie Ihre phantastischen Kräfte dazu benutzen, alle Sterne in der Milchstraße zu nehmen und so anzuordnen, daß sie Ihren Namen in Buchstaben von tausend Lichtjahren Höhe ergeben –«

»Ich spüre, daß Sie mir etwas klarmachen wollen«, meinte Garnett.

»Ja. Selbst wenn Sie das alles getan haben, würde ein Tag kommen, an dem ein intelligentes Wesen das Universum betrachten und keine Spur von Ihrer Existenz finden könnte.«

»Das ändert nichts daran, daß ich existiert habe. Es spielt keine Rolle, wie kurz die Zeit war, in der ich gelebt habe – wenn ich etwas Gutes schaffe, wird das nach einer Jahrmilliarde so wirklich sein wie nach zehn Minuten.«

»Quatsch!« Janice sah ihn ein wenig überrascht an. »Ich glaube, den Ausdruck habe ich noch nie gebraucht. Die Gelegenheit dafür hatte sich wohl noch nicht ergeben.«

»Schon gut. Gehen wir, bevor wir uns streiten.« Garnett leerte sein Glas, und sie traten hinaus in den sonnigen Nachmittag. Garnett war froh darüber, nicht reden zu müssen, als sie spazierengingen, weil er entschlossen war, diesmal keine Fehler zu machen, aber schon wieder war es beinahe zum Streit gekommen.

Sie verbrachten den Nachmittag im Ort und der Umgebung. Garnetts Taschen füllten sich mit Pfeifenreinigern und Zündholzschachteln, als er von Laden zu Laden ging und mit den Leuten reden wollte, ohne aufzufallen. Schließlich mußte er aufgeben.

Er fuhr nach Llanbedr und fand das Motel, eine Ansammlung von rosaroten Chalets auf einem Hügelhang über einem Flugplatz am Meer. Garnett mietete zwei von den Häuschen vom Besitzer und beobachtete zufrieden, wie der Mann Janice angaffte. Das Motel besaß kein Restaurant, aber man konnte im Hotel in Llanbedr essen.

»Meine Füße tun mir weh«, sagte Janice, als sie den gewundenen Weg zu den Einzimmergebäuden hinaufgingen. »Ich brauche zwei Stunden, um wieder fit zu sein, dann können wir essen.« Als er die

Koffer in ihrem Zimmer absetzte, zog sie die Schuhe aus und wandte sich ihm zu. Ihr erster Kuß war wunderbar, genau, wie Garnett es vorausgesehen hatte; er hielt die Augen geöffnet, um die dahinrasenden Sekunden in seiner Erinnerung festzubannen.

»Langsam, langsam, Tony«, murmelte sie. »Wir haben Zeit genug.«

Garnett trat widerwillig zurück und griff nach seinem Koffer.

»Wir Solipsisten sind alle gleich, weißt du. Wir sehen uns gegen acht Uhr.« Seine Kehle war trocken.

In seinem Chalet rasierte er sich, zog sich um und lag angespannt auf dem Bett, während ein blasser Dreiviertelmond am Fenster vorbeiglitt. Seit der Errichtung der ständigen Mondstützpunkte Mitte der siebziger Jahre, also vor zehn Jahren, betrachtete Garnett den Mond als einen geographischen Ort mehr, als einen Ort, den er eines Tages besuchen würde, aber heute war er wieder der Mond, wie ihn die Dichter beschrieben, und auf dem konnte niemals jemand spazierengehen.

Um acht Uhr holte er Janice ab. Sie stand an der Tür, rauchte wie üblich und trug ein weißes Kleid mit goldenen Spangen. Sie gingen zum Hotel, tranken etwas, aßen und kehrten im Dämmerlicht zum Motel zurück. Garnett wollte eigentlich zu ihrem Chalet, aber sie blieb entschlossen an seinem stehen, und er führte sie hinein.

Ihr zweiter Kuß dauerte viel länger, war noch vollkommener als der erste, und Garnett spürte, wie ihr biegsamer Körper sich an den seinen preßte. Alles war so, wie er es sich nur wünschen konnte, bis auf eine Kleinigkeit – die Worte. Sie waren unwichtig, aber er sehnte sich plötzlich nach ihnen, er brauchte sie, und sie preßten sich durch seine Kehle herauf.

»Ich liebe dich, Janice.« Er wartete und spürte, wie sich ihre Arme lockerten. Du Narr, schrie er lautlos, was tust du?

»Ich mag dich, Tony«, sagte sie. »Ich mag dich sehr.«

Es ist noch nicht zu spät, dachte er, sie hat gesagt, daß sie mich mag, und vielleicht ist das besser als Liebe – warum jetzt alles kaputtmachen? Aber laut verlangte er nach der uralten Antwort, und nach wenigen Sekunden hatten sie sich voneinander gelöst und stritten. Die Worte, es waren lauter falsche, kamen zu schnell, als daß er begreifen konnte, und Janice blieb bei allem, was sie je über menschliche Beziehungen gesagt hatte, mit einer unbarmherzigen, kompromißlosen Ehrlichkeit, die ihn in Wut versetzte. Die Erkenntnis, daß er damit zufrieden gewesen wäre, wenn sie gelogen hätte, steigerte seinen Zorn nur noch. Schließlich wandte sie sich ab, zuckte die Achseln und nahm eine Zigarette aus der Handtasche.

»Wenn du das Ding anzündest«, sagte er kalt, »gehe ich.«

Janice ließ ihr Feuerzeug aufschnappen.

»Wie ist das mit den Ultimaten? Man soll nie ein Ultimatum stellen, weil –«

Garnett riß ihr die Zigarette aus dem Mund, zerknüllte sie und stürmte hinaus, wobei er die Tür hinter sich zuknallte. Er war ein Dutzend Schritte dorthin unterwegs, wo er sein Chalet vermutete, als ihm einfiel, daß sie ja in *seinem* Chalet gewesen waren. Er fluchte vor sich hin und kehrte um, dann sah er ein, daß ihm das doch zu lächerlich war. In Janices Chalet zog er die Jacke aus und legte sich aufs Bett, krank vor Elend. Er rechnete nicht damit, schlafen zu können, aber es dauerte nur ein paar Minuten, bis er einschlief.

Stunden später erfolgte die Explosion.

Garnett setzte sich in der Dunkelheit keuchend auf und wußte im ersten Augenblick nicht einmal, *wer* er war. In der Luft vibrierte immer noch der Nachhall des ungeheuren Knalls, und nicht weit entfernt begann jemand geduldig und regelmäßig zu schreien. Ein waberndes, orangerotes Leuchten breitete sich vor dem Fenster aus, als Garnett aufstand und zur Tür ging. Das Licht stammte von Flammen, die durch das aufgerissene Dach des Chalets züngelten, wo er . . .

Janice!

Garnett begann zu laufen und stürzte sich durch den gähnenden Eingang des Chalets, wo dichter Staub wirbelte. Bitte, Janice, flehte er stumm, bitte, es darf dir nichts passiert sein! Er fand sie, noch immer in ihrem weißen Kleid, mit dem Gesicht nach unten unter Tapetenfetzen, die durch die Explosion von der Wand gerissen worden waren. Er schob die Hände unter ihren Körper, hob sie auf, zögerte, weil er wußte, daß er einen Körper, der sich so anfühlte, nicht bewegen durfte. Die Flammen schlugen höher. Garnett biß die Zähne zusammen, stand mit dem schlaffen Körper in seinen Armen auf und trug ihn hinaus aufs Gras, wo sich inzwischen Leute in Nachtgewändern versammelt hatten. Er wußte, daß Janice unterwegs in die Ewigkeit war, vor der sie sich so gefürchtet hatte. Unfaßlicherweise bewegten sich ihre Lippen, so schwach, daß er zunächst glaubte, es seien nur die Schatten des Feuers. Er legte das Ohr an ihren Mund.

»... schwer, sehr schwer. Zu spät. Ich habe es. Jetzt habe ich es, Xoanon. Ich –« Die Worte hörten mit unverwechselbarer Endgültigkeit auf, und Garnett rollte sich von ihr davon und vergrub sein Gesicht im Gras. Als er wieder aufstand, hatte jemand Janice mit einem gelben Regenmantel zugedeckt, und die ganze Welt um ihn herum schwankte. Die Gesichter sprachen auf ihn ein, fragten ihn alles mögliche, aber er beachtete sie nicht und blieb neben der Toten stehen, bis ein Krankenwagen kam und man sie hineinschob. Die Augen des jungen Arztes verengten sich, als er Garnett ansah, und er empfahl ihm, sich hinzulegen, aber Garnett stieß ihn weg – zum zweitenmal in dieser Nacht konnte ihn nichts befriedigen als alte, förmliche Worte, diesmal bei der Polizei. *J'accuse!*

Janices Tod war kein Unfall gewesen.

Sie war tot, weil sie im falschen Haus geschlafen hatte, und die unsichtbaren anderen hatten einen Fehler begangen. Garnett fühlte sich mitschuldig – sein Gewissen würde später mit ihm abrechnen –, aber ein winziger Trost lag darin, daß der Fehler größer war, als die unbekannte Organisation glaubte. Bis jetzt hatte er nur negative oder rein persönliche Indizien besessen, aber nun war ein Mordversuch an ihm unternommen worden, der Name Xoanon war wieder gefallen, und Janice war tot...

Der Polizeiinspektor war ein hochgewachsener Mann mit Malariateint und verwunderten braunen Augen. Garnett hinkte die Holzstufen im Motelbüro hinauf und setzte sich auf das Sofa. Der Inspektor sah ihn an.

»Sie sehen sehr müde aus, Sir. Wir machen es ganz kurz und nehmen das Protokoll erst morgen auf.«

»Es geht schon«, sagte Garnett. »Ich möchte gleich aussagen. Ich heiße Garnett, Pryce-Garnett-Flugzeugwerke, und ich habe Grund zu der Annahme, daß die heutige Explosion mich töten sollte, weil –«

Die Hände des Inspektors machten kleine Schwimmbewegungen, und der Mann lächelte verlegen.

»Entschuldigen Sie, Mr. Garnett. Ich glaube, Sie sollten sich hinlegen. Der Schock –«

»Ich habe schon gesagt, daß mir nichts fehlt, Inspektor. Wollen Sie mich endlich zu Wort kommen lassen? Die Leute, die die Bombe gelegt haben oder was es auch gewesen sein mag –«

»Tut mir leid, Mr. Garnett. Ich lasse den Arzt holen.« Der Inspektor stand auf und ging zur Tür.

Garnett sprang auf, mußte sich aber am Schreibtisch festhalten.

»Inspektor, ich versuche, Ihnen die Fakten über die Bombenexplosion zu geben, die vorhin hier stattgefunden hat.«

»Das ist es ja, Mr. Garnett. Die Tatsachen haben wir alle. Es hat keine Bombe gegeben – es war ein Meteorit.«

»Ein Meteorit?«

»Genau. Offenbar ein sehr kleiner, aber man konnte ihn meilenweit sehen. Wir haben Meldungen darüber von der ganzen Küste. Eine seltene, aber ganz natürliche Erscheinung, Sir – also keine Bombe. Gehen Sie jetzt zum Arzt? Sie sollten es wirklich tun.« Der Inspektor ging hinaus, und Garnett hörte ihn mit einem Wachtmeister flüstern.

Garnett wankte zur Tür und setzte sich auf die Holztreppe, um auf den Arzt zu warten. Der Himmel enthielt keine Antwort. Er blieb unpersönlich, anonym, und hinter den Bergen ließ die Dämmerung schon die schwächeren Sterne erlöschen.

5

Garnett fuhr am Sonntag nachmittag, als die Formalitäten mit den Behörden in Llanbedr erledigt waren, nach Coventry.

Er nahm den kürzeren Weg durch das walisische Gebirge und fuhr nur so schnell, wie es sein Zustand erlaubte. Die Ereignisse hatten ihn körperlich und seelisch stark mitgenommen, und er erinnerte sich daran, daß der Arzt gesagt hatte, er werde die Folgen vielleicht nie ganz überwinden. Garnett hatte das als allzu pessimistisch empfunden, aber er begann jetzt zu begreifen, was der Mann gemeint hatte.

Von Zeit zu Zeit fuhr der Wagen durch Regenschauer. Unterwegs sah er einigemal Zeitungstafeln mit der Schlagzeile ›Motel-Mädchen durch Feuerball getötet‹.

Es war später Nachmittag, als er Coventry erreichte und zu den Außenbezirken fuhr, nach Baginton, wo Ian Dermott wohnte. Beobachtung wie Schlußfolgerung deuteten auf Dermott als Spitzenmann der geheimnisvollen Organisation, aber als Garnett vor Dermotts Haus hielt, beeindruckte ihn das normale Aussehen. Er ging den Weg hinauf und läutete. Während er wartete, begann er sich albern vorzukommen, aber Janice war tot, und es gab Fragen, die beantwortet oder wenigstens gestellt werden mußten. Was ging in der Fabrik vor sich? Weshalb hatte Janice mit dem letzten Atemzug von Xoanon gesprochen? Gehörte sie zu ihnen? Wie lenkte man einen Meteoriten? Und warum –

Die Tür ging auf. Dermott stand in einem seidenen Hausmantel vor ihm, eine Fernsehbrille in der Hand.

»Wir müssen miteinander reden«, sagte Garnett tonlos.

»Gewiß, Tony. Es ist schön, Sie zu sehen. Kommen Sie herein. Wie war die Fahrt nach Wales?« Dermott lächelte und ließ ihn eintreten. »Ich habe allein ferngesehen – langsam werde ich wohl süchtig. Die großen Schirme haben mich nie angelockt, aber die kleinen Apparate haben es in sich.« Er hielt die Gläser hoch, die wie kleine Freudenfeuer leuchteten. Aus dem Bügel drang leise Musik.

Garnett starrte in das vertraute, freundliche Gesicht.

»Schon gut, Ian. Kommen wir zur Sache. Was, zum Teufel, treiben Sie eigentlich?«

»Treiben? Wie meinen Sie das, Tony?« Dermott führte ihn in sein großes Wohnzimmer.

»Ich bringe die Sache an den Tag«, sagte Garnett. »Ich mache den größten Skandal, den dieses Land je gesehen hat, ob Sie nun reden oder nicht. Das ist Ihre einzige Chance, unter vier Augen zu sprechen – und Sie kennen mich gut genug, um zu wissen, daß es mir ernst ist.«

Dermotts Schultern sanken herab, und er drehte sich um. Sein Gesicht war plötzlich ganz blaß, beinahe durchsichtig. Nach einer langen Pause sagte er: »Wir müssen es wohl versuchen.«

»Was heißt versuchen? Reden Sie vernünftig.«

Dermott schwankte ein wenig. »Wir bauen, wie Sie vermuten, eine Zwanzigmeter-Tragfläche«, sagte er rauh.

Garnett hatte es gewußt, war aber trotzdem schockiert.

»Aber warum? Um alles in der Welt, warum? Wer will sie?«

»Der Kunde heißt Xoanon. Ich habe ihn nie gesehen. Er ist ein – Sie würden ihn ein außerirdisches Wesen nennen.«

Garnett blieb stumm – das hatte er befürchtet, seit den ersten Vorahnungen in der Nacht auf den Motelstufen, als er in den feindseligen Himmel hinaufgeblickt hatte.

»Weder Xoanon noch sonst jemand von seiner Rasse hat je einen Fuß auf die Erde gesetzt«, sagte Dermott. »Sie sind Menschen, aber von einer Welt mit niedrigerer Schwerkraft. Ihr Raumfahrzeug befindet sich in einer Umlaufbahn in dreihundert Kilometer Höhe.«

»Das ist ausgeschlossen. Das könnten sie sich nie leisten. Unsere Radaranlagen würden sie bei der ersten Umrundung entdecken, außer –«

Dermott nickte. »Elektronenabsorptionsschirme – wir werden bald auch so etwas haben.«

»Aber wozu brauchen sie eine Flugzeugtragfläche?«

»Es gibt einen sehr wichtigen Grund, aber er darf nicht preisgegeben werden.«

An Garnetts Schläfen trat Druck auf.

»Das ergibt immer noch keinen Sinn. Wenn sie nicht landen können – wie wollen sie dann das Tragflächengerät holen?«

Dermott schien von der Frage ein wenig überrascht zu sein.

»Wir liefern es natürlich. Mit einem T Sechs.« Etwas an der Art, wie er das sagte, rief in Garnetts Unterbewußtsein eine heftige Erregung hervor, aber er hatte keine Zeit, sich zu fragen, was das bedeutete. Der Zorn, vom Schock zurückgedrängt, erwachte wieder.

»Was für ein Mensch sind Sie eigentlich, Dermott? Womit hat man Sie gekauft?«

»Ich bin nicht gekauft worden, Tony – ebensowenig wie Sie.«

»Wie ich!« Der Raum schien sich plötzlich um ihn zu drehen.

»Ja, Tony. Sie begreifen immer noch nicht, wie? Man hat Sie vor uns allen erwischt. Das Instrument, das sie verwenden, liegt seit Jahren versteckt im Meer nahe der walisischen Küste. Es scheint ein Gerät für die Aufzeichnung der Strukturen elektrischer Aktivität im Gehirn eines Menschen zu sein, die dann zum Raumfahrzeug übertragen werden. Dort oben bauen sie eine Nachbildung – fragen Sie mich nicht, wie – und zwingen die schwächere elektrische Aktivität des Gehirns, neue Muster zu erzeugen.« Er schwieg einen Augenblick. »Es läuft darauf hinaus: Wenn man nahe genug an das Gerät herankommt, so daß es eine erste Aufzeichnung machen kann, ist man von diesem Augenblick an beeinflußbar. Notfalls kann vollständige Kontrolle erfolgen, aber gewöhnlich reicht es aus, das Denken einer Person in die gewünschte Richtung zu lenken – auf diese Weise entstand das Projekt mit der Zwanzigmetertragfläche überhaupt erst. Es war nur ein halbes Dutzend entscheidender Leute beteiligt, darunter Sie und ich, aber Sie gingen her und verloren ein Stück von Ihrem Schädel. Die Stahlplatte wirkte wie eine Abschirmung und unterbrach die Verbindung mit Xoanon. Als Sie das Projekt stornierten, mußten wir im geheimen weitermachen, was hieß, daß insgesamt vierzig Leute unter totale Kontrolle genommen werden mußten, damit sie das Tragflächengerät fertigstellten.

Es wäre natürlich viel einfacher gewesen, Sie umzubringen, aber so geht Xoanon nicht vor. Ich erkläre das alles in der Hoffnung, daß ich Sie dazu überreden kann, wieder mit uns zusammenzuarbeiten.«

Garnett schüttelte den Kopf, unfähig, zu sprechen, während er versuchte, zu verdauen, was er eben gehört hatte.

»Überlegen Sie es sich«, sagte Dermott. »Ich hole Ihnen etwas zu trinken. Sie scheinen es gebrauchen zu können.« Er trat an einen Barschrank.

»Ich überlege es mir. Ich denke an Janice Villiers. Ich nehme an, daß Xoanon das als bedauerlichen Irrtum bezeichnet.«

»Irrtümer lassen sich ausgleichen«, sagte Dermott. Als er sich umdrehte, umklammerte nur eine Hand ein Glas. In der anderen hielt er eine Pistole. »Es tut uns leid, Tony, aber das Projekt ist zu wichtig –«

»Sie würden nie wagen, abzudrücken. Jemand könnte den Knall hören.«

Dermott schüttelte den Kopf. »Ich habe Jean und die beiden Jungen für eine Woche fortgeschickt. Ich versichere Ihnen, daß ich abdrücke, aber –«

Garnett sprang zur Seite und hechtete hinter den großen Schreibtisch in der Ecke. Dermotts Arm zuckte hoch, die schwere Pistole krachte, und Garnett schien gegen eine Mauer zu prallen. Er hielt sich am Schreibtisch fest, dann begriff er, daß das Geschoß ihn fast ganz verfehlt und nur eine blutige Spur an den Rippen hinterlassen hatte. Die Entdeckung ließ ihn triumphieren. Die Ehre ist gerettet, dachte er, Ian hat gezeigt, worauf es ihm ankommt. Er kann jetzt aufhören, und ich gehe und lasse ihn in Zukunft in Ruhe.

Aber Dermott wankte nach vorn, den Arm steif ausgestreckt, das Gesicht von dem Ekel verzerrt, den man für ein Tier empfindet, das man nicht auf Anhieb erledigt hat. Garnett versuchte verzweifelt, sich zu bewegen, aber es blieb keine Zeit. Dermott richtete die Pistole aus einer Entfernung von nur einem Meter auf seinen Kopf und drückte noch einmal ab. Garnett versuchte, den Kopf wegzureißen und spürte, daß er wie eine Fliege von der Schreibtischkante weggeblasen wurde. Er landete hart auf dem Boden hinter dem Schreibtisch, blieb regungslos liegen und fragte sich, warum er noch am Leben war. Eine Seite seines Gesichts, mit dem Auge, war wie zerschlagen, und er wußte, daß das von der Explosion kam, sein Ohr dröhnte wie ein Amboß – aber wo war die Kugel? In seiner Kehle spürte er etwas Hartes. Einen Augenblick lang erinnerte er sich an Geschichten über Soldaten, deren Schädel von Kugeln durchbohrt worden waren, die dann im ganzen Kopf umhergewandert sein sollten, dann begriff er, daß das Harte ein Zahn war. Das Geschoß hatte ihn hoch am Jochbein getroffen, war auf der anderen Seite wieder ausgetreten und hatte seine Backenzähne unterwegs zertrümmert. Er hatte Glück gehabt.

Vorsichtig näherten sich Schritte.

Garnett hielt den Atem an und hoffte, daß genug Blut über Kopf und Brust geströmt war, um Dermott davon zu überzeugen, daß es keines Gnadenschusses mehr bedurfte. Nach einigen Sekunden hörte er ihn nach dem Bildsprecher auf seinem Schreibtisch greifen und eine Nummer antasten.

»Hallo, Bill.«

»Hallo, Ian. Ist es passiert?« Garnett erkannte die Stimme seines Testpiloten Bill Makin.

»Ja – er ist, wie erwartet, zu mir gekommen. Ich mußte gewisse Schritte unternehmen. Sie wissen, was ich meine.«

»Ja.«

»Es wird natürlich Ärger geben. Wir können nicht weiter. Sie liefern das Gerät am besten gleich.«

»Ich dachte, es gibt noch Probleme mit der Stabilität.«

»Bei Maximalleistung nur etwa ein Zentimeter. Das ist akzeptabel. Außerdem ist unsere Zeit abgelaufen.«

»Was machen Sie mit den – äh – Überresten?«

»Keine Sorge. Liefern Sie das Gerät.«

»Ich berechne schon den Flugkurs. Bis bald.«

Dermott stellte den Bildsprecher auf den Schreibtisch, blieb einen Augenblick stehen, dann ging er um den Schreibtisch herum und packte Garnett an der Jacke. Er kreischte vor Entsetzen auf, als Garnett die Beine hochriß und zustieß, dann brach er zusammen, die Hände auf den Bauch gepreßt. Garnett stemmte sich ächzend hoch. Der Bildsprecher glitt ihm fast aus den Fingern, als er ihn hochhob und niedersausen ließ, aber er traf Dermotts Kopf. Das Kreischen hörte auf. Garnett hob die Pistole, zögerte und schob sie in den Gürtel – Dermott hatte ihn eben ermorden wollen, aber er war für sein Tun nicht verantwortlich und auch an Janices Tod nicht schuld gewesen.

Garnett schleppte den Bewußtlosen bis in die Küche, fesselte ihm die Handgelenke mit dem Gürtel des Hausmantels und sperrte ihn in einen Schrank. Als er fertig war, lief ihm am ganzen Körper der Schweiß herunter, und er hinterließ am Boden blutige Fußabdrücke. Er säuberte sich im Bad, so gut es ging, klebte mit Heftpflaster ein sauberes Handtuch über seine Rippen und sprühte farblosen Schnellverband auf die Backenknochen. Vom verletzten Zahnfleisch rann noch immer Blut in seine Kehle; er nahm zwei Wattepfropfen und biß darauf. Das Ganze dauerte nur einige Minuten, und danach sah er im Spiegel beinahe normal aus.

Garnett schloß sorgfältig die Tür hinter sich ab und hinkte zu seinem Wagen, der ihn wie einen alten Freund begrüßte, als er sich im Sitz niederließ. Er lenkte den Wagen vorsichtig durch den Sonntagabendverkehr, um der Polizei nicht aufzufallen, und erreichte das Werk im rötlichen Licht der untergehenden Sonne. Ein Wachleiter grüßte, als er durch das Haupttor fuhr und den Weg zum Flugfeld einschlug. Ein T 6 stand vor dem Hangar und wurde aufgetankt. Garnett war von den Leuten bei der Maschine zu weit entfernt, um beurteilen zu können, ob es sich um das normale Bodenpersonal handelte oder um Xoanon-Gesteuerte. Er sah sich die geparkten Autos an und fand, was er suchte – Bill Makins weißen Sportwagen.

Garnett schlich durch den Hintereingang ins Haus, ging den Korridor entlang und blieb vor Makins Büro stehen. Es ging um die Frage, welchen Umfang die Rückkopplung im Kontrollsystem Xoanons hatte – wenn das Raumfahrzeug als eine Art Durchgangsstelle für Sinneseindrücke fungierte, mochte jeder der Gesteuerten wissen, was mit allen anderen geschah, und in diesem Fall mochte Makin ihn erwarten. Er zog die schwere Waffe aus dem Gürtel, froh darüber, nicht zum schnellen Ziehen gezwungen gewesen zu sein, und öffnete leise die Tür. Makin trug schon seinen silbernen Druckanzug und beugte sich über seinen Computer. Hinter den Jalousien wurde der Abendhimmel pfauengrün.

Garnett zielte mit der Pistole.

»Keine Bewegung, Bill. Keinen Laut. Sie haben diesmal einen Passagier.«

Makin blieb über die Maschine gebeugt, aber er schüttelte den Kopf, ohne sich umzudrehen.

»Den habe ich – aber nicht Sie, Tony. Das Tragflächengerät ist auf dem zweiten Sitz angeschnallt. Selbst Sie würden nicht mehr Platz finden.«

»Ich glaube, Sie verstehen nicht ganz – ich lasse nicht zu, daß das Gerät hinaufgebracht wird. Sie nehmen statt dessen mich mit.«

»Wie kommen Sie darauf?«

Die Aufgabe, eine direkte Antwort zu finden, die sich nicht anhörte, als stamme sie aus einem alten Film, war zuviel für Garnetts Geduld und Phantasie. Er trat vor und preßte die Pistolenmündung an Makins Nacken, aber die Zeit für Worte war schon vorbei. Makin sank auf den Boden und lag wie eine Puppe mit hochgereckten Armen da. Garnett starrte auf ihn hinunter und erinnerte sich an Elkin, den Monteur, der ebenfalls ›abgeschaltet‹ worden war. Der Computer summte und stieß eine graue Papierzunge aus. Garnett riß sie ab und überflog die Zahlenreihen – der genaue Flugkurs für ein T-6-Unternehmen bis zur maximalen Flughöhe.

Ein paar Minuten später hinkte Garnett aus dem Haus und gab sich alle Mühe, Makins schwerfälligen Gang nachzuahmen. Der Druckanzug war ihm ein paar Nummern zu groß, aber vom Bodenpersonal schien niemand etwas zu bemerken. Garnett entdeckte, daß die Einsamkeit des Astronauten, der einzigen Heldenfigur der Ära, begann, als er den Helm aufsetzte. Der T 6 erwartete ihn, vollgetankt, und die letzten Sonnenstrahlen vergoldeten den Himmel und verbargen alles, was dahinter lag.

6

Garnett hatte einen T 6 selbst noch nicht geflogen, und die Tatsache, daß er es konnte, selbst wenn man die Simulatorstunden berücksichtigte, bewies, daß die Luftfahrtindustrie eines ihrer ältesten Probleme hatte lösen können. Schon vor dem Ende der Ära des Kolbenmotors waren die Anforderungen an den Piloten eines großen, schnellen Flugzeugs immer größer geworden. Als Grenzfaktor hatte sich die Zahl der Augenbewegungen erwiesen, die ein Pilot ausführen mußte, um von den Instrumenten Informationen zu sammeln und sie in Steuermaßnahmen umzusetzen. Die Lösung war mit einem neuen Cockpit-Design gefunden worden, das das Zeitalter der ›schwarzen Box‹ einführte, beginnend mit den ersten Selbstlandeeinrichtungen. Der Gipfelpunkt war das vollautomatisierte Cockpit, der wertvollste Teil der Maschine, den man aus jedem Flugzeug herausnehmen und in jeden anderen Typ einbauen konnte, so daß der Pilot in der Lage war, sich auf sein Ziel und nicht auf den Weg zu konzentrieren.

Das Bodenpersonal stand uninteressiert herum, als Garnett zur Maschine ging und an den gefederten Griffen hinaufkletterte, um das offene Cockpit zu erreichen. Garnett war nun, da er die Steuerung selbst übernehmen sollte, von dem technischen Wunderwerk beeindruckt. Der große Zylinder war in Wahrheit nichts anderes als ein Antriebs- und Treibstoffsystem mit einer Vertiefung für zwei

Männer und Armaturen für Waffen. Die Maschine war nicht bewaffnet, aber sie gehörte zu den ausgefallensten Produkten einer Gesellschaft, für die das Waffentragen zur Philosophie gehörte.

Garnett ließ sich in den Sitz gleiten und begriff plötzlich, daß er den T 6 und alles, was er verkörperte, verabscheute. Solche Gedanken waren ihm bis jetzt fremd gewesen, aber laut Dermott hatte ja auch ein Außenseiter sein Denken in eine bestimmte Richtung gelenkt. Es war schwer, sich vorzustellen, daß das ganze Projekt auf Anregung eines fremden Lebewesens namens Xoanon unternommen worden war. Damit dieses Ziel erreicht werden konnte, war der Wille einer ganzen Reihe von Männern gebrochen worden, hatte Janice sterben müssen. Dort oben, in der Umlaufbahn, mochte Janices Tod unwichtig erscheinen, aber für Garnett bedeutete er alles. Doch bald würde auch er dort oben sein und Janice auch für Xoanon bedeutsam werden. Die Pistole in seinem Gürtel war eine bescheidene Fracht für den T 6, aber sie mochte genügen.

Garnett hätte den Tragflächengenerator gern ausgeladen, aber das wäre zu auffällig gewesen. Er schloß die Cockpithaube und prüfte den Flugplan. Start um 7.50 Uhr, Aufstieg auf 20 000 Meter, damit sie die dichteren Luftschichten hinter sich ließen, dann ein ballistischer Aufstieg unter vollem Antrieb bis zum Brennschluß bei 250 km. Das würde dem Flugzeug so viel Beschleunigung verleihen, daß es die restlichen fünfzig Kilometer aufsteigen konnte. Er war über zehn Minuten zu früh dran. Am liebsten wäre er gleich gestartet und hätte den Kurs dann entsprechend korrigiert, aber es bestand die Gefahr, daß er damit die Radarkontrolle alarmierte. Der Flug war illegal – Makin hatte sicher nicht einmal Zeit gehabt, einen Flugplan einzureichen –, aber solange Garnett sich nicht in mittlerer Höhe aufhielt, konnte ihm kaum jemand etwas anhaben. Man würde kaum einen der automatischen Nimrods auf die Jagd nach einer unidentifizierten Maschine schicken, die das Land verließ. Überdies bestand die Gefahr, daß das Raumfahrzeug gewarnt wurde, aber er hatte das Gefühl, daß Xoanon schon wußte, was vorging – der kostbare Tragflächengenerator war sein Passierschein.

Bei Null minus fünf drückte er eine Reihe von Tasten, und der große Motor, der vom Bug bis zum Heck reichte, räusperte sich und ließ seine Stimme hören, eine unendlich verlängerte Explosion selbst bei geringster Leistung. Garnett ließ das Radio ausgeschaltet, um vom Tower nicht belästigt zu werden, löste die Bremsen und steuerte den T 6 auf die Rollbahn hinaus. Das Umrißanzeigegerät ließ erkennen, daß die unsichtbaren Tragflächen der Maschine voll ausgefahren waren.

Garnett hatte plötzlich Angst vor dem Flug. Es war ein Gefühl wie nach dem ersten Schuß Dermotts, der ihn an der Brust gestreift hatte. Er wollte weg, zurück ins normale Leben, nicht hinein in die unmenschliche, antimenschliche Kälte der 300-km-Umlaufbahn. Als sein Chronometer aber anzeigte, daß es Zeit war, löste er die Bremsen mit einem Tritt und überließ der Maschine das Denken. Das Motorengeräusch erstarb nach einigen Sekunden, als der T 6 die Schallgrenze überschritt. Garnett hatte kaum Zeit, das Flugzeug auf Südostkurs auszurichten, als der Höhenmesser 20000 Meter anzeigte. Er überließ sich ganz der Automatik.

Der Bug des T 6 hob sich höher, als die eingebauten Computer die Maschine über die Atmosphäre hinaustrieben. Garnett ächzte vor Schmerzen, als der Ionenantrieb sich einschaltete und hohe g-Zahlen seine Wunden mißhandelten. Der Düsenstrahl wurde dabei mit Kalziumpartikeln vermischt, die durch Ionisierung weitere Beschleunigung erzeugten. Damit das Flugzeug nicht ein hohes elektrisches Potential erzeugte, wurden abwechselnd positive und negative Ionen ausgestoßen, die sich hinter dem Strahlrohr zu einer rötlichen Flammenzunge vereinigten. Als die Luft zu dünn wurde, hörte die Treibstoffzufuhr auf, und der T 6 stieg weiter allein mit dem Ionenantrieb. Schließlich wurde auch dieser abgeschaltet, und die Maschine schwebte weiter, um ihre Umlaufbahn zu finden.

Garnett kam sich klein, einsam und kalt vor. Der T 6 befand sich im freien Fall, alles war abgeschaltet bis auf Sauerstoff- und Stromanlagen, und Garnett hatte nichts zu tun als zu warten. Bei guter Gesundheit und unter anderen Umständen hätte er seinen ersten Blick auf die unabgeschirmten Sterne, riesige Städte, die sich in der Schwärze drehten, genießen können, aber er konnte nur an heißen Kaffee, ein Zimmer mit Büchern und mildem Licht, an einen weichen Sessel denken ... und an Ruhe ...

Das Raumschiff vereinnahmte ihn schnell und mühelos, bevor er begriff, was geschah.

Es kam von hinten, und Garnett nahm es erst wahr, als die Sterne der Reihe nach verschwanden, bis vor ihm nur noch eine Handvoll in einem kleinen Kreis schimmerten. Der Kreis wurde ausgefüllt, und er wußte, daß der T 6 trotz seiner Größe verschlungen worden war wie ein Insekt von einem Vogel. Von oben schimmerte plötzlich Licht und zeigte eine graue Metallhöhle, deren Wände und Decke mit Eisenträgern überzogen waren. Die Stille, die ihn umgab, wurde von leisen Geräuschen abgelöst, und er nahm an, daß Luft in die Kammer gepumpt wurde. Gleichzeitig wurde die Cockpithaube weiß, als sich Frost niederschlug. Aus einem halben Dutzend Öffnungen in den Wänden glitten Metallschläuche mit Saugnäpfen, und der T 6, durch die Strömung hin- und herbewegt, kam zur Ruhe.

Garnett atmete tief ein. Er hatte von Anfang an gewußt, daß es kein Entkommen geben würde – das war nur die Bestätigung. Er öffnete das Cockpit, stand auf und stieß sich mit beiden Beinen ab. Die Decke war weiter entfernt, als er angenommen hatte, und er fühlte sich lange Sekunden hilflos, als er in das Gewirr von Trägern, Kabeln und Rohren hinaufschwebte. Schließlich bekam er einen Tragbalken zu fassen und zwängte sich hinauf. Er kam sich vor wie ein Vogel im Dach einer Schcune.

Während er darauf wartete, daß unten jemand erschien, öffnete Garnett einen Reißverschluß und zog die Pistole heraus. Es war nahezu Gewißheit, daß die fremden Wesen wußten, wer den Generator gebracht hatte, so daß es wenig Sinn hatte, anders als direkt vorzugehen. Außerdem mochte er mit der Waffe in der Hand in der Lage sein, die Antwort auf seine große Frage zu finden – weshalb die Erbauer dieses grandiosen Raumschiffs die Tragfläche für ein relativ primitives Flugzeug brauchten. Weshalb waren sie so scharf darauf, daß sie jahrelang in einer Umlaufbahn über der Erde kreisten, während ihre Marionetten ihre Befehle ausführten? Weshalb –?

Ein Wandstück glitt zur Seite, und Garnett sah auf eine Gruppe von fünf fremden Wesen hinunter, deren Silhouetten sich vor grellem, bläulich-weißem Licht abzeichneten.

Sie schienen menschlicher Gestalt zu sein, wie Dermott prophezeit hatte, aber Menschen, die sicher durch die Luft schwebten, wie Fische mit kleinen Arm- und Beinbewegungen ihre Lage veränderten. Er hatte Zeit für ein paar flüchtige Eindrücke – beinahe kindlich kleine Körper, sandfarbene Haut, dünnes Haar, dunkle, funkelnde Augen –, dann schwebten die Wesen auf sein leeres Flugzeug zu. Garnett zielte und wurde sich plötzlich bewußt, daß er vergessen hatte, an die fehlende Schwerkraft zu denken, als er die Pistole mitgebracht hatte. Unter diesen Umständen würde sie wegen des starken Rückstoßes weniger wert sein als Pfeil und Bogen, aber es war zu spät, sich darüber den Kopf zu zerbrechen – die fremden Wesen durften den Tragflächengenerator nicht in die Hände bekommen. Der Schmerz vom Rückstoß sengte über seinen Brustkorb, als er abdrückte. Die fremden Wesen überschlugen sich in Panik und tauchten durch die Tür hinaus, während die Explosion in der großen Höhle widerhallte. Garnett begriff zum erstenmal, daß der Krach einer Pistole einer der wichtigsten Faktoren ihrer Eigenschaft als Waffe ist.

Er öffnete die Sichtplatte seines Helms.

»Wo ist Xoanon?« schrie er. »Ich will Xoanon.«

Die Wesen ließen sich nicht blicken, aber ihre Schatten glitten über das glitzernde Weiß der Maschine. Garnett wartete, den Blick auf den Eingang gerichtet, und fragte sich, ob Xoanon erscheinen würde. Er starrte gebannt hinunter, spürte seinen Herzschlag, aber als die Bewegung endlich kam, überraschte sie ihn völlig – denn sie geschah in seinem Helm!

Etwas Kaltes streifte seine Brauen, und aus der Nähe stach ein greller Blitz in seine Augen.

Garnett schluchzte vor Angst auf, tastete mit der freien Hand verzweifelt nach dem Helm und erstarrte plötzlich. Es war nur der winzige Klappfernsehschirm gewesen, der zum Funksystem des Anzugs gehörte. Die Tatsache, daß er vor sein linkes Auge heruntergeklappt war, bedeutete, daß jemand in dem fremden Raumschiff auf seiner Frequenz sendete.

Garnett richtete das Auge auf den kleinen Bildschirm und blickte in einen großen, hellgrün beleuchteten Raum, in dem Stränge von Silberfäden vertikal zwischen Boden und Decke zu verlaufen schienen. Der Raum war kreisrund, und an den Wänden sah er riesige Instrumententafeln. Mehrere fremde Wesen in schwarzen Overalls schienen in verschiedener Höhe in den Strängen zu hängen, aber da jeder Strang vor Konsolen gespannt war, begriff Garnett, daß sie eine Art Mobiliar darstellten.

In der Mitte des Raumes saß in einem einzelnen, fast normal aussehenden Sessel ein weißhaariger Mann, dem ein Arm fehlte. Die schmächtige Gestalt einer Frau schwebte hinter dem Sessel, aber Garnetts Aufmerksamkeit richtete sich allein auf den Mann. Das von der Zeit gezeichnete Gesicht wirkte herrisch, und bannende, ruhige Augen sagten ihm . . .

»Sie sind Xoanon?«

»Ja. Und Sie sind Mr. Garnett.«

Ein heftiger Krampf schüttelte Garnett, und die Schmerzen stachen durch seinen ganzen Körper. Was ich tun will, muß ich bald tun, dachte er.

»Ich bringe Sie um, Xoanon.« Mehrere fremde Wesen hoch oben

in den Silbersträngen drehten sich herum, aber Xoanon winkte ab. Er beugte sich vor.

»Mr. Garnett«, sagte er ruhig, »ich habe nicht den Wunsch, Gewalt gegen Sie anzuwenden.«

»Das kann ich verstehen«, gab Garnett zurück. »Einem Bewaffneten gegenüberzustehen ist ja auch etwas anderes, als von einem Schiff aus Meteoriten auf ihn abzufeuern.«

»Darauf kommt es nicht an. Notfalls könnte ich Sie töten, ohne meinen Sessel zu verlassen. Ich könnte zum Beispiel die Luft aus Ihrem Bereich des Schiffes abpumpen.«

»Das könnten Sie«, gab Garnett zu, »aber ich habe genug Sauerstoff für ein paar Stunden bei mir. Danach würde von Ihrem Tragflächengenerator nicht mehr viel übrig sein.«

Das Gesicht des alten Mannes wurde düster.

»Sie dürfen den Generator nicht anrühren, Mr. Garnett. Wir haben zu lange gewartet, um zulassen zu können, daß ihm etwas zustößt. Ich muß Ihnen sagen, daß sich einige meiner Leute bewaffnet haben und zu Ihnen unterwegs sind. Ich wiederhole, wir haben nicht die Absicht, Gewalt anzuwenden, aber wir lassen nicht zu, daß Sie das Gerät beschädigen. Reden wir vernünftig – ich kenne Sie gut genug, um davon überzeugt zu sein, daß wir Freunde werden können.«

Garnett war entgeistert.

»Nein, Xoanon, Sie kennen mich nicht.« Er nahm plötzlich die Frau hinter Xoanon wahr – konnte sie seine Tochter sein? Er hatte sich nicht vorstellen können, daß die fremden Wesen Töchter, Söhne, Frauen hatten.

»Ich kenne Sie«, wiederholte der alte Mann, »und wir müssen miteinander sprechen, bevor es zu spät ist. Ein paar von meinen Leuten verlieren die Geduld. Das Schiff ist zwar nach Ihren Maßstäben groß, gilt aber für meine Leute als eine Art Trampfrachter. Ich könnte Sie belügen, was den Zweck betrifft, könnte sagen, es sei ein Rettungsschiff, mit genug Serum an Bord, um eine Milliarde Menschen zu retten, oder etwas Ähnliches, aber ich sage Ihnen die schlichte Wahrheit. Es ist ein ziemlich alter, ziemlich heruntergekommener Frachter, der vor langer Zeit auf einem Routineflug einen schweren Defekt erlitten hat – eine Explosion, die wichtige Anlagen zerstörte und unsere Werkstätten zum großen Teil vernichtete.

Damals hatte das Schiff eine Besatzung von fast zweihundert Personen, die alle gern zu ihrem Heimatplaneten zurückwollten, so daß wir eine Reihe von Risiken eingingen.« Xoanon blickte kurz auf seinen Armstumpf. »Wir kamen bis zu diesem Planeten. Unsere Schwierigkeiten fingen aber erst an. Wir konnten nicht landen, und selbst wenn wir dazu fähig gewesen wären, hätte eure hohe Schwerkraft uns beinahe hilflos gemacht. Was wir brauchten, gab es auf der Erde nicht, ebensowenig die Mittel, es herzustellen und zu liefern. Eine Lösung wäre nicht möglich gewesen, wenn nicht unser Schiff normalerweise immer wieder abgelegene Planetensysteme bereisen würde und deshalb mit einem Kommunikationsgerät von Hirn zu Hirn ausgestattet gewesen wäre. Unsere Techniker konnten es entsprechend umbauen, und –«

»Ich verstehe Sie nicht«, sagte Garnett. »Was könnte eine Flugzeugtragfläche einem Schiff dieser Größe nützen?«

Xoanon lächelte schwach.

»Für Sie ist es eine Tragfläche – für meine Techniker dagegen ein System von Antriebsablenkgeräten, ohne die das Raumschiff nicht gesteuert werden kann. Man muß ein Kraftfeld anwenden, wie Sie es nennen, weil im Antriebsstrom ein physischer Deflektor nur einige Sekunden überdauern würde.«

»Verstehe«, sagte Garnett grimmig. »Sie haben also einen Mann namens Garnett kontrolliert und dafür gesorgt, daß seine Firma ein Gerät von der Größe baute, wie Sie es brauchten.«

Der alte Mann schüttelte den Kopf.

»So einfach war es nicht. Der erste, den wir kontrollierten, war Clifford Pryce –«

»Pryce! Aber das bedeutet –«

»Ja, Mr. Garnett. Als wir Ihre Welt erreichten, gab es zwar eine Elektronikindustrie, aber was wir brauchten, überstieg bei weitem ihre Möglichkeiten, so daß –«

Garnett hörte nicht mehr zu. In den Schatten am Eingang hatte sich etwas bewegt. Zwei fremde Wesen, die Waffenähnliches trugen, huschten herein und verschwanden hinter dem T 6. Garnett beschloß, näher an den Generator heranzugehen, um ihn mit den ersten Schüssen vernichten zu können, und stieg langsam hinunter.

»Wann haben Sie Pryce unter Ihre Gewalt gebracht?« fragte er.

»Das habe ich Ihnen schon erklärt. Es war neunzehnhundertvierzig.«

»Aber das war –«

»Einige Jahre vor Ihrer Geburt, Mr. Garnett. Clifford Pryce war damals ein junger Funkingenieur. Wir mußten seine Entwicklung beeinflussen, damit er den Kraftfeldgenerator ›erfinden‹

konnte. Wir mußten ihn zur Luftfahrt bringen, damit er nicht einen anderen Anwendungsbereich fand, und ihn gleichzeitig zum Multimillionär machen, damit er die Erfindung auch selbst auswerten konnte. Das Flugzeug, das Sie T Sechs nennen, hatte eine dreifache Funktion – es gab Ihren Technikern die Erfahrung, die sie brauchten, um das größere Kraftfeldgerät zu bauen, es finanzierte das größere Gerät, und vor allem –«

»– vor allem sorgte es dafür, daß das Gerät zu Ihnen heraufgebracht werden konnte«, ergänzte Garnett und lauschte dem fremden Klang seiner Stimme. Er sprach automatisch und konzentrierte sich ganz darauf, hinunterzuklettern, ohne von den beiden Wesen beobachtet zu werden. »Sie sagten, Sie kennen mich, Xoanon – aber das stimmt nicht. Sie haben gar nichts über die Primitiven da unten gelernt, wenn Sie glauben, daß Sie mir damit meinen Entschluß ausreden können, Sie umzubringen. Nicht ein einziger Bewohner meiner Welt würde in dieser Lage zögern. Sie geben selbst zu, daß Sie das Leben vieler Menschen verändert, daß Sie die Geschichte der Menschheit beeinflußt, daß Sie eine neue Dimension im Waffenbau für eine Rasse geschaffen haben, die aufs Waffenbauen spezialisiert ist –. Und Sie haben einen Menschen getötet.« Garnett sprach wie im Fieber, während er hinunterglitt. »Sie können das Gerät haben, Xoanon, aber Sie müssen herkommen und es persönlich holen und persönlich dafür bezahlen. Ich bin der Maschine nah genug, um in den Generator schießen zu können, falls Sie nicht in fünf Minuten durch diesen Eingang hier kommen.« Ohne Vorwarnung mußte Garnett sich plötzlich heftig erbrechen, und sein Brustkorb schmerzte, bis ihm Tränen in die Augen traten. Als er sich erholte, fiel ihm erneut die schmächtige Frau hinter Xoanon auf. Sie hatte die typische sandfarbene Haut der Wesen, aber ihre Augen waren groß und beunruhigend.

Xoanon blieb sitzen.

»Bevor Sie etwas unternehmen, Mr. Garnett, möchte ich Sie an ein paar grundsätzliche Dinge erinnern. Ich habe Ihnen gesagt, es sei notwendig gewesen, Pryce in die Luftfahrt zu bringen, damit er sich nicht auf andere Anwendungsbereiche für den Kraftfeldgenerator konzentrierte. Ist Ihnen schon aufgefallen, daß das Feld zum Beispiel in Form einer Kuppel für eine ganze Großstadt eine ausgezeichnete Abwehr wäre?«

Garnett hörte nicht mehr zu. Er war zum Mittelpunkt einer peinigenden Konzentration von Schmerz, Übelkeit und Erschöpfung geworden. Vor allem aber quälte ihn der psychologische Schock, aus seinem eigenen physischen und geistigen Universum in ein anderes versetzt zu werden, in dem andere Spieler nach fremden Regeln ein fremdes Spiel vorführten.

»Das Mädchen«, flüsterte er heiser. »Sie können alles andere verdrehen, aber nicht das – kommen Sie her, oder ich zerschieße den Generator.«

Xoanon erhob sich.

»Sie haben noch nicht gehört –«

»Genug!« schrie Garnett verzweifelt. »Keine Worte mehr. Wenn Sie das Gerät wollen – holen Sie es!« Er zog das Mikrofon aus der Buchse in seinem Anzug und stieß es weg. Er sah es kurz aufleuchten, dann schwebte es in die Dunkelheit hinauf, und als er wieder auf den Bildschirm blickte, war Xoanons Sessel leer. Er wartete auf den alten Mann und sah, wie ein paar kleine, vibrierende Kügelchen aus seinem Helm davonschwebten. Blut, dachte er. Der alte Mann muß sich beeilen . . .

Schatten glitten umher, dann tauchte Xoanon lautlos auf, aufrecht am Eingang. Garnett starrte ihn über die Pistole hinweg an. Er wirkte zerbrechlich und hilflos – aber nicht so hilflos, wie Janice es gewesen war.

»Ich bin noch nicht fertig, Mr. Garnett, Sie –«

»Ich höre nicht mehr zu«, schrie Garnett. Er spannte den Finger um den Abzug, aber plötzlich tauchte unter Xoanons Arm die fremde Fau auf. Sie richtete sich mit einer merkwürdig ungeschickten Bewegung auf und stieß sich ab, Garnett entgegen.

»Aus dem Weg«, kreischte er verzweifelt. »Ich muß Sie auch umbringen.«

Die Frau erreichte einen Stahlträger und zog sich vor ihm hinunter, ohne die Pistole zu beachten.

»Immer mit der Ruhe, Tony«, sagte sie ruhig. »Du hast keine Milch mehr getrunken, wie?«

Garnett starrte in ihr Gesicht hinauf. Es war das farblose Gesicht einer fremdartigen Frau, aber diese Augen . . .

Nach langer Zeit sagte er: »Janice.«

Sie nickte, und Garnett spürte, wie er über den Rand der Wirklichkeit ins Dunkel glitt.

Die Frau umfing seinen Kopf mit ihren braunen Armen.

»Du hast mich geliebt«, flüsterte sie. »Du hast mich wirklich geliebt!«

7

Das Raumschiff war, wenn auch groß nach Erdmaßstäben, in Wirklichkeit ein ziemlich altes und ziemlich heruntergekommenes Frachtschiff, ein Tramp. Die Tatsache, daß der Hauptantrieb seit fünfundvierzig Erdenjahren nicht mehr verwendet worden war, erleichterte den Start nicht. Es gab viel unvorhergesehene Schwierigkeiten für die Vorbereitung der Reise, und nach drei Tagen war sie immer noch nicht abgeschlossen.

Garnett öffnete die Augen und fand sich in einem weichen, warmen Kokon, der an der Wand eines grün-silbernen Raumes befestigt war. Es roch nach heißer Suppe, und es kam ihm zum Bewußtsein, daß er schon lange nichts mehr gegessen hatte. Er hob den Kopf und schaute sich um.

Sie war neben ihm – die Frau, die ihn mit Janices Augen angesehen hatte. Er erinnerte sich undeutlich, daß sie auch vorher schon bei ihm gewesen war, wenn er wach geworden und wieder eingeschlafen war. Da hatte er das Unfaßbare akzeptieren können, aber jetzt – wie konnte das sein?

»Endlich wach«, sagte sie schnell und nervös. »Es muß an der Suppe liegen. Die Liebe geht durch den Magen ... Was für widerliche anatomische Details solche Sprüche oft enthalten, oder bilde ich mir das ein?«

Garnett schloß die Augen und lächelte friedlich. Er kannte Janice Villiers, wenn er sie reden hörte.

»Schläfst du wieder, Tony? Oder bin ich so gräßlich anzusehen?«

Er griff nach ihrer Hand.

»Ich schlafe nicht. Hör auf, mir Fragen zu stellen, und gib mir lieber ein paar Antworten.«

»Gut, gut – aber laß dir die Erkenntnis nicht zu Kopf steigen, daß du größer bist als ich. Ich erinnere mich nur teilweise an das, was Xoanon gesagt hat. Er sagte, man könne unten nur dann jemanden kontrollieren, wenn die eigene Identität vorübergehend gelöscht sei, damit sich die neuen Strukturen dem Gehirn einprägen ließen. Er sprach von einem lebendigen Modell. Er sagte, eine Person, die sie kontrollierten, existiere in zwei Körpern gleichzeitig, einmal hier oben und einmal unten. Wenn dem Körper unten auf der Erde etwas zustoße, werde der andere hier oben bewahrt – es ist ein bißchen wie bei Astralleibern, nicht?«

»Das heißt, daß du auch unter Kontrolle gestanden hast?«

Janice schüttelte den Kopf.

»Nein – nicht bis sie ihren Irrtum bemerkten, als sie dich umbringen wollten, aber dann mußten sie schnell handeln. Eine ihrer Frauen ist freiwillig für mich gestorben, Tony. Das heißt jedenfalls, ihre Identität ist auf unbestimmte Zeit gespeichert – aber sie mußte es trotzdem durchmachen. Sie hieß Temnare. Ich habe etwas gelernt von ihr.«

Garnett dachte nach.

»Ich war aber nicht gesteuert. Wenn der Meteorit mich getötet hätte, wäre es ausgewesen.«

»Ich weiß. Xoanon war nicht gerade glücklich, aber die Besatzung des Schiffes ist auf über dreihundert Leute angewachsen, und sie müssen alle sterben, wenn sie nicht auf ihre eigene Welt zurückkehren können. Die durch synthetische Nahrung eingetretenen Vitaminmangelerscheinungen sind schon chronischer Natur – schau dir mein neues Haar an! Was würdest du in einem Fall tun, wo das Leben eines Fremden gegen das Leben von dreihundert Freunden abzuwägen ist?«

»Na ja, wenn du es so ausdrückst – auf welcher Seite bist du eigentlich?«

»Ich bin auf ihrer Seite. Ich gehöre jetzt zu ihnen. Ich kann nicht mit dir zur Erde zurück, Tony.«

Er hatte gewußt, daß das kommen würde, und die Entscheidung fiel ihm leicht.

»Ich kehre auch nicht auf die Erde zurück. Ich baue keine Flugzeuge mehr, und nach allem, was die Ärzte meinen, ist eine Welt mit geringerer Schwerkraft genau das Richtige für mich. Außerdem hat sich für mich nichts geändert. Du kannst ruhig lachen, aber ich –« Er zögerte.

Janice lächelte.

»Nur zu, sag es, Tony – manches hat sich doch geändert.«

Die stille Invasion

»Ich habe Oma Cummins heute wieder gesehen«, sagte Sammy, den Mund voll Rüben und Kartoffeln.

Mays Gabel fiel klappernd auf den Teller. May wandte den Kopf ab, und ich konnte sehen, daß sie Tränen in den Augen hatte. Nach meiner Meinung hatte sie immer zu sehr an ihrer Mutter gehangen, aber diesmal konnte ich mit ihr fühlen.

»Hör mal zu, Sammy.« Ich beugte mich über den Tisch und packte ihn an der Schulter. »Wenn du noch einmal eine derart dumme Bemerkung machst, versohle ich dir den Hintern. Komisch ist das nämlich gar nicht.«

Er sah mich mit dem ganzen Trotz eines Siebenjährigen an. »Ich wollte gar nicht komisch sein. Ich habe sie gesehen.«

»Deine Oma ist seit zwei Wochen tot«, fauchte ich, verärgert über ihn und May zugleich, die das alles zu schwer nahm. Ihre Unterlippe begann zu zittern.

»Zwei Wochen«, wiederholte Sammy genießerisch. Er hatte vor kurzem die Ironie entdeckt, und ich konnte an seinen Augen sehen, daß er sie ausprobieren wollte. »Wenn sie erst zwei Tage tot wäre, würde es wahrscheinlich nichts ausmachen. Aber nicht bei zwei Wochen, oder?« Er schob einen Löffel Kartoffelbrei in den Mund.

»George!« Mays braune Augen liefen über, als sie mich ansah, und ihr kupfernes Haar bebte vor Zorn. »Mach etwas mit dem Kind! Mach, daß er tot umfällt.«

»Dafür kann ich ihm keine kleben, Liebes«, sagte ich vernünftig. »Der Junge ist nur logisch. Denk an ›Aufstieg und Untergang‹, wo einer Heiligen der Kopf abgeschlagen wurde, worauf sie aufgestanden und ungefähr eine Meile zum Friedhof gegangen sein soll. Die Theologen stritten darüber, wie groß die Entfernung gewesen sei, und Gibbon meinte, in einem solchen Fall käme es nicht auf die Entfernung an – sondern auf den ersten Schritt. Na ja –« Ich verstummte, als May aufsprang und nach oben lief. Der rote Sonnenschein eines Oktoberabends schimmerte auf ihrem leeren Stuhl, und Sammy aß weiter.

»Siehst du, was du angestellt hast?« Ich gab ihm eine Kopfnuß, aber nicht so hart, daß es weh tat. »Diesmal kommst du noch davon – das letztemal –, aber ich kann nicht zulassen, daß du deine Mutter mit einem dummen Witz aus dem Gleichgewicht bringst. Hör endlich auf damit.«

Sammy wandte sich an seinen Teller.

»Ich habe keine Witze gemacht. Ich – habe – Oma – Cummins – gesehen.«

»Sie ist tot und begraben seit –« Beinahe hätte ich wieder ›zwei Wochen‹ gesagt, hielt mich aber zurück, als ich seine erwartungsvolle Miene sah. Er war durchaus fähig, seine sarkastische Bemerkung Wort für Wort zu wiederholen. »Wie erklärst du denn das?«

»Ich?« Ein Ausdruck betonter Überraschung. »*Ich* kann es nicht erklären. Ich erzähle dir nur, was ich gesehen habe.«

»Also gut – wo hast du sie gesehen?«

»Im alten Guthrie-Haus natürlich.«

Natürlich, dachte ich beinahe mit Wehmut. Wo sonst? In jeder Kleinstadt, in jedem Bezirk einer Großstadt gibt es so etwas wie das alte Guthrie-Haus. Wenn man es finden möchte, braucht man nur irgendeinen kleinen Jungen zu fragen, ob er ein Gespensterhaus kennt, wo jede Woche gräßliche Morde begangen werden und nachts Vampire auffliegen. Manchmal glaube ich, wenn es kein passendes Gebäude gäbe, würden die Kinder eines schaffen, um einer dunklen Sehnsucht in ihrem Kollektivgemüt zu entsprechen. Aber das Gebäude ist immer da – ein großes, leeres, baufälliges Haus, gewöhnlich verdeckt durch fast schwarze Nadelgewächse, nie zum Verkauf angeboten, nie abgerissen, stets mit einer magischen Immunität gegenüber Baulustigen. Und in der Kleinstadt, wo ich wohne, entsprach das alte Guthrie-Haus diesen Anforderungen. Ich hatte seit meiner Kindheit eigentlich nicht mehr daran gedacht, aber es sah noch genauso aus wie früher – düster, verkommen und unheimlich –, und ich hätte wissen müssen, daß es für die nächste Generation dieselbe Rolle spielen würde. Sammy war, als er das Haus erwähnte, ernst geworden, und ich mußte beinahe lachen, als ich mich, ein Vierteljahrhundert jünger, in seinem Gesicht wiedererkannte.

»Wie kannst du dort etwas gesehen haben?« Ich beschloß, noch ein wenig mitzuspielen, solange May nicht dabei war. »Es ist doch zu weit von der Straße weg.«

»Ich bin durch den Zaun gekrochen.«

»Wer war noch dabei?«

»Niemand.«

»Du bist allein hineingeschlichen?«

»Sicher.« Sammy hob stolz den Kopf, und ich erinnerte mich, daß mich als Siebenjährigen nichts in der Welt dazu hätte bewegen können, mich dem Haus zu nähern, nicht einmal in Begleitung. Ich sah meinen Sohn mit neuem Respekt an und spürte die ersten unlogischen Anzeichen von Angst.

»Ich möchte nicht, daß du dich da herumtreibst, Sammy – es könnte gefährlich sein.«

»Es ist nicht gefährlich«, meinte er verächtlich. »Sie sitzen nur in ihren großen Stühlen und rühren sich nie.«

»Ich meinte, du könntest hinfallen oder – Was?«

»Die alten Leute sitzen einfach da.« Sammy schob seinen leeren Teller weg. »Sie würden mich in hundert Jahren nicht erwischen, selbst wenn sie mich gesehen hätten, aber ich lasse mich nicht sehen, weil ich nur ganz schnell einen Blick durch das hintere Fenster werfe und wieder weglaufe.«

»Du meinst, im Guthrie-Haus wohnen Leute?«

»Alte Leute. Viele. Sie sitzen einfach in großen Stühlen herum.«

Ich hatte nichts davon gehört, daß das alte Haus bewohnt war, begann aber zu erraten, was geschehen sein mußte. Es war groß genug als Heim für alte Leute – und für ein Kind mochte eine weißhaarige Frau wie die andere aussehen. Vielleicht hatte Sammy es vorgezogen, zu glauben, seine Großmutter sei fortgezogen, um nicht akzeptieren zu müssen, daß sie tot und unter der Erde war.

»Dann hast du das Grundstück auch noch widerrechtlich betreten, abgesehen von dem Risiko –« Ich senkte meine Stimme, als Mays Schritte die Treppe herunterkamen. »Du hast Oma Cummins nicht gesehen, du schleichst nicht mehr am Guthrie-Haus herum, und du regst deine Mutter nicht mehr auf. Verstanden?«

Sammy nickte, aber seine Lippen bewegten sich stumm, und ich wußte, daß er seine erste Behauptung immer wieder vor sich hin sagte. Mein ganzer Zorn ging in der Zuneigung zu ihm unter – mein ganzes Leben war von Nachgiebigkeit und Kompromißbereitschaft bestimmt gewesen, und ich stellte mit Dankbarkeit fest, daß mein Sohn Willenskraft und Charakter für uns beide besaß.

May kam ins Zimmer zurück und setzte sich, das Gesicht beschämt abgewendet.

»Ich habe eine Beruhigungstablette genommen.«

»So? Ich dachte, du hast keine mehr.«

»Stimmt, aber Doktor Pitman ist am Nachmittag vorbeigekommen und hat mir welche gegeben.«

»Hast du ihn angerufen?«

»Nein – er war in der Nachbarschaft und schaute nur herein, um nachzusehen, wie es mir geht. Er war sehr gut zu mir, seitdem – seitdem –«

»Seitdem deine Mutter gestorben ist. Du mußt dich an den Gedanken gewöhnen, May.«

Sie nickte stumm und räumte das Geschirr zusammen. Ihren Teller hatte sie kaum angerührt.

»Mami?« Sammy zerrte an ihrem Ärmel. Ich hielt den Atem an, weil ich damit rechnete, daß er wieder von vorn anfangen würde, aber er hatte anderes im Sinn. Seine normalerweise roten Backen waren bleich, auf seiner Stirn standen Schweißtropfen. Ich sprang gerade noch rechtzeitig auf, um ihn aufzufangen, als er umkippte.

Bob Pitman war ein weißhaariger, rotbäckiger alter Herr gewesen, als er mir über Kinderkrankheiten hinweggeholfen hatte, und in der Zwischenzeit schien er nicht weiter gealtert zu sein. Er lebte allein in einem altmodisch großen Haus, trug immer noch schwarze Anzüge, über die sich eine goldene Uhrkette spannte, und trank nicht nur beim Schachspielen eigens importierten, nicht gemischten Scotch. Der Anblick seiner breiten Hände an Sammys schlafender Gestalt beruhigte mich, noch bevor er aufstand und das Stethoskop zusammenschob.

»Der Junge hat etwas gegessen, was er nicht verträgt«, sagte er und deckte Sammy bis zum Kinn zu.

»Aber es fehlt ihm doch nichts Ernstes?« sagten May und ich im Chor.

»Ganz und gar nicht.«

»Gott sei Dank«, sagte May und setzte sich ganz plötzlich hin. Ich wußte, daß sie an ihre Mutter gedacht und sich gefragt hatte, ob wir Sammy ebenso schnell verlieren würden.

»Sie sollten sich ausruhen.« Dr. Pitman sah sie mit freundlicher Strenge an. »Sammy wird die ganze Nacht durchschlafen, und Sie sollten es ihm nachmachen. Nehmen Sie noch eine von den Kapseln, die ich Ihnen heute früh gegeben habe.«

»Wir scheinen Sie sehr oft in Anspruch zu nehmen, Doktor«, sagte ich.

»Da habe ich wenigstens etwas zu tun – die Leute sind sowieso alle viel zu gesund.« Er schob uns hinaus. »Ich komme morgen wieder vorbei.«

May war nicht recht zufrieden – sie achtete sehr auf die Hygiene, und der Gedanke, daß unser Sohn eine Lebensmittelvergiftung hatte, ließ sie nicht ruhen.

»Aber was kann Sammy denn gegessen haben, Doktor? Wir haben alle mitgegessen und sind in Ordnung.«

»Schwer zu sagen. Ist Ihnen etwas aufgefallen, als er sich übergeben hat? Beeren? Bonbons?«

»Nein, keine Spur«, sagte ich, »aber das muß ja nicht immer gleich zu sehen sein, oder?« Ich legte den Arm um Mays Schultern und versuchte sie dazu zu bringen, daß sie sich entspannte. Sie war völlig verkrampft, und ich dachte, daß sie zugrunde gehen würde, wenn Sammy eine tödliche Krankheit bekommen oder einem Unfall zum Opfer fallen sollte.

Der Arzt beruhigte uns, bevor er ging. Als ich May zu Bett brachte, legte sie sich in meinen Arm, einsam trotz unserer körperlichen Nähe, und es dauerte lange, bis sie einschlief.

Am nächsten Morgen war sie noch nicht wach, als ich vorsichtig aus dem Bett stieg. Ich ging in Sammys Zimmer und sah sofort, daß etwas nicht stimmte. Er atmete rasselnd und hastig. Ich trat ans Bett. Er war bewußtlos, hatte den Mund weit geöffnet, und seine Stirn war heißer, als ich bei einem Menschen für möglich gehalten hätte.

Mein Inneres verkrampfte sich vor Angst, als ich mich umdrehte und zum Telefon lief. Ich wählte Dr. Pitmans Nummer. Während es dort läutete, überlegte ich, ob ich May rufen sollte, aber sie wäre vermutlich hysterisch geworden. Ich beschloß, sie schlafen zu lassen, solange es ging. Endlich wurde bei Dr. Pitman der Hörer abgenommen.

»Hier George Ferguson, Doktor. Sammy ist schwer krank. Können Sie sofort herkommen?« Ich schilderte hastig die Symptome.

»Ich komme sofort.«

Ich legte auf, öffnete die Haustür, damit der Arzt gleich hereinkonnte, ging hinauf und wartete am Bett. Sammys Haare klebten an seiner Stirn, und mit jedem Atemzug gab es ein metallisches Klicken in seiner Kehle. Es dauerte eine Ewigkeit, bis Dr. Pitman die Treppe heraufkam.

Er warf einen Blick auf Sammy und hob ihn mit der Decke hoch.

»Lungenentzündung«, sagte er kurz. »Er muß sofort ins Krankenhaus.«

Irgendwie gelang es mir, die Worte herauszubringen.

»Lungenentzündung! Aber Sie sagten doch, er hätte etwas Unrechtes gegessen.«

»Es besteht kein Zusammenhang zwischen dem jetzigen Zustand

und dem gestrigen. Zur Zeit grassiert eine Lungenentzündung, die schlagartig auftritt.«

»Oh. Soll ich einen Krankenwagen rufen?«

»Nein, ich fahre ihn selbst in die Klinik. Die Straßen sind um diese Zeit leer, und es geht schneller.« Er trug Sammy mit erstaunlicher Leichtigkeit zur Tür.

»Warten Sie. Ich komme mit.«

»Sie können mir mehr helfen, wenn Sie die Klinik anrufen und Bescheid geben, George. Wo ist Ihre Frau?«

»Sie schläft noch und weiß nichts.« Ich hatte May beinahe vergessen.

Er zog die Brauen hoch und blieb stehen.

»Rufen Sie zuerst die Klinik an und geben Sie Bescheid, daß ich komme, dann wecken Sie Ihre Frau. Sie soll sich keine allzu großen Sorgen machen, und Sie dürfen auch nicht so nervös sein – ich habe ein Sauerstoffgerät im Wagen, und in der Intensivstation kann man Sammy bestimmt helfen.«

Ich nickte dankbar und starrte auf das Gesicht meines Sohnes, als er die Treppe hinuntergetragen wurde, dann ging ich zum Telefon und rief die Klinik an. Die Leute, mit denen ich sprach, wirkten freundlich und tüchtig, und es dauerte nur Sekunden, bis ich die Treppe hinauflief, um May zu wecken. Sie saß auf der Bettkante, als ich hereinkam.

»George?« Ihre Stimme klang ängstlich. »Was ist los?«

»Sammy hat Lungenentzündung. Doktor Pitman fährt ihn gerade in die Klinik, und man wird sich dort um ihn kümmern.« Ich zog mich inzwischen an und hoffte inständig, daß sie die Nachricht einigermaßen ruhig würde aufnehmen können. Sie stand stumm auf und begann sich mechanisch anzuziehen, und als ich ihre Augen sah, wurde mir klar, daß es besser gewesen wäre, wenn sie geschrien oder einen Anfall bekommen hätte. Wir gingen hinunter zum Wagen, fröstelten in der nebligen, kalten Oktoberluft und fuhren zum Krankenhaus. Am Ende der Straße fiel mir ein, daß ich die Haustür offengelassen hatte, kehrte aber nicht um. Es herrschte kaum Verkehr, aber ich fuhr langsam, weil ich mich nicht konzentrieren konnte. May saß neben mir und sah zum Fenster hinaus wie ein Kind, das ungern von langen Ferien zurückkommt.

Verblüfft sah ich, als ich in das Klinikgelände einbog, Dr. Pitmans blauen Buick vor dem Haupteingang zum Stehen kommen. Nach meiner Berechnung hätte er einen Vorsprung von mindestens zehn Minuten haben müssen. Mays Finger krallten sich in meinen

Schenkel, als sie sah, wie das weiße Bündel herausgehoben und von einem Pfleger hineingetragen wurde. Ich hielt am Eingang, obwohl dort nur für Ärzte Parkplätze vorhanden waren, und wir liefen hinein. Sammy war nicht zu sehen, aber Dr. Pitman erwartete uns.

»Sie sind eben erst angekommen«, beschuldigte ich ihn. »Was hat Sie aufgehalten?«

»Beruhigen Sie sich, George. Es hilft gar nichts, wenn Sie in Panik geraten.« Er schob uns zu einer Reihe leerer Stühle. »Nichts hat mich aufgehalten – ich lenkte mit einer Hand und gab mit der anderen Ihrem Jungen Sauerstoff.«

»Entschuldigen Sie, es ist – wie geht es ihm?«

»Er atmet noch, und das ist die Hauptsache. Eine Lungenentzündung darf nie leichtgenommen werden – vor allem nicht diese Zwölf-Stunden Abart, die in letzter Zeit aufgetaucht ist – aber es besteht aller Anlaß zur Zuversicht.«

May richtete sich ein wenig auf – sie hatte wohl damit gerechnet, das Schlimmste zu hören –, aber ich war der Überzeugung, daß Dr. Pitman es uns nur leichtmachen wollte. Er hatte einem immer in die Augen gesehen, aber jetzt irrte sein Blick immer wieder ab. Wir warteten lange Zeit auf eine Nachricht, und selbst der Doktor schien erleichtert zu sein, als einer der Krankenhausärzte seine ganze Autorität aufbot, May klarzumachen, daß es für alle besser sei, wenn sie zu Hause warte.

Das Haus war einsam an diesem Abend. May hatte ein Beruhigungsmittel abgelehnt und saß am Telefon. Ich machte belegte Brote und Kaffee, aber sie aß nichts, und allein brachte ich auch nichts hinunter. May nickte abwesend, als ich sagte, ich wollte einen kleinen Spaziergang machen. Ich knipste alle Lampen im Wohnzimmer an, bevor ich ging, aber als ich mich draußen umdrehte, hatte sie wieder dunkel gemacht.

Nur zu, wütete ich stumm. Sitz im Dunkeln – das wird ihm sehr viel nützen.

Mein Zorn legte sich, als mir klar wurde, daß May sich wenigstens noch an eine Hoffnung klammerte, während ich mich schon abgefunden und meinen eigenen Sohn verraten hatte, weil ich nicht daran zu glauben wagte, daß er sich erholen würde.

Ich weiß nicht, was mich in die Richtung des Guthrie-Hauses führte – vielleicht eine Gedankenverbindung zwischen ihm und den dunklen Kräften, die Sammy bedrohten –, aber da stand es, am Ende einer Sackgasse, und es sah genauso aus wie in meiner Schulzeit. Die vereinzelten Lichtfinger von der Straße zeigten vernagelte Fenster, hängende Dachrinnen und ungestrichene Bretter, silbergrau verwittert. Ich betrachtete das Haus nüchtern und spürte ein Echo der alten Kindheitsangst. Meine Theorie, daß es renoviert und wieder bezogen worden war, stimmte nicht. Ich hatte mich von Sammys phantasievollen Einfällen anstecken lassen.

Ich wandte mich ab, als ich frische Reifenspuren in der Einfahrt zum Haus bemerkte. Nichts Besonderes, dachte ich. Die Neugier konnte jedermann dazu verleiten, sich die alte Bruchbude genauer anzusehen, und doch ...

Plötzlich sah ich Äpfel an einem Baum hinter dem Haus.

Das Obst leuchtete gelblich in der schwarzen Baumsilhouette, und ich starrte es einige Sekunden an, während ich mich fragte, warum ich Unruhe empfand. Dann begriff ich. Bei dieser Entfernung von der Straßenbeleuchtung hätten die Äpfel unsichtbar sein müssen, aber sie glommen wie Lampions – und das hieß, daß sie aus der Nähe Licht empfangen mußten. Es gab keine andere Schlußfolgerung, als daß an der Rückseite des Guthrie-Hauses ein Fenster erleuchtet sein mußte.

Augenblicklich verwandelte ich mich wieder in einen kleinen Jungen. Ich wollte davonlaufen, aber in meiner Erwachsenenwelt gab es keinen Ort mehr, zu dem ich fliehen konnte – und ich war neugierig darauf, was in dem alten Haus vorging. Sammys Behauptungen hatten insoweit Bestätigung gefunden, daß er etwas gesehen haben mußte. Aber alte Leute in Sesseln? Ich ging langsam und verlegen durch das faulige Laub am Boden und schlenderte am Haus entlang in die Dunkelheit. Es schien einfach nicht möglich zu sein, daß jemand in diesen verfallenen Wänden wohnte – das Licht mußte, vielleicht schon seit Wochen, von einem nachlässigen Immobilienmakler vergessen worden sein.

Ich umging einen Abfallhaufen und erreichte die Rückseite des Hauses. An einem der unteren Fenster hatte sich ein Brett gelockert, und es war eine kleine, dreieckige Öffnung entstanden, durch die gelbliches Licht strömte. Ich ging leise darauf zu und schaute hinein. Im Zimmer brannte eine nackte Glühbirne, und es enthielt etwa acht Lehnsessel. In jedem saß ein alter Mann oder eine alte Frau. Die meisten lasen Zeitschriften, aber eine Frau strickte. Mein Blick erfaßte die ganze Szene auf einmal, dann richtete er sich auf das schreckliche, vertraute Gesicht der Frau im Sessel, der dem Fenster am nächsten stand.

Sammy hatte recht gehabt – es war das Gesicht seiner toten Großmutter.

Nun begann der Alptraum wirklich. Das erschreckte Kind in mir und der erwachsene George Ferguson stimmten darin überein, daß sie auf etwas Ungeheuerliches gestoßen waren und daß nur Flucht in Frage kam, aber wie in einem Alptraum war ich unfähig, etwas anderes zu tun, als mich dem Furchtbaren noch mehr zu nähern. Ich starrte die alte Frau entsetzt an. Ihr grobknochiges Gesicht, die Schwellung unter einem Ohr, die Art, wie sie ihre Zeitschrift hielt – dies alles verriet mir, daß ich Mays Mutter, Mrs. Martha Cummins, vor mir sah, die vor über zwei Wochen plötzlich an einer Gehirnblutung gestorben war und im Familiengrab lag.

Meine rechte Hand schob sich aus eigenem Antrieb durch die dreieckige Öffnung und klopfte an das staubige Glas. Es war eine schüchterne Geste, und die Leute im Zimmer reagierten nicht, aber eine Sekunde später hob einer der Männer kurz den Kopf, als er umblätterte, und ich erkannte ihn. Joe Bryant, der Hausmeister in Sammys Schule. Er war vor einem Jahr an einem Herzinfarkt gestorben.

Erklärung? Ich konnte keine finden, aber ich mußte mit der Frau sprechen, die Mays Mutter zu sein schien.

Ich drehte mich um und ging zu dem schwarzen Rechteck der Hintertür. Sie war normal abgesperrt und zusätzlich durch ein Vorhängeschloß gesichert. Ich ging weiter und probierte es an einem kleineren Fenster, das vermutlich zur Küche gehörte. Es war auch mit Brettern vernagelt, aber als ich daran zerrte, bewegte sich das Ganze. Ich zog fester daran, und der ganze Rahmen kippte heraus. Ich stand vor einer dunklen Öffnung.

Ein Teil von mir schrie furchtsam auf, aber ich benützte den Fensterrahmen als Leiter und stieg auf einen altmodischen Gasherd. Mein Feuerzeug erzeugte silberne Funken, als ich es aufschnappen ließ. Die durchsichtige blaue Flamme gab praktisch kein Licht. Ich riß Seiten aus meinem Notizbuch und zündete sie an. Die Küche war ein Trümmerhaufen und wurde offensichtlich nicht mehr benutzt. Ein kurzer Gang führte zu dem beleuchteten Zimmer. Ich verbrannte noch ein paar Seiten und ging weiter, jedesmal erstarrend, wenn eine Diele knarrte oder ein Tapetenfetzen meine Schulter berührte, und bald konnte ich einen Lichtstreifen unter einer Tür erkennen. Ich packte die Türklinke und riß die Tür auf, weil ich mich davor fürchtete, zu zögern. Die alten Leute in den Sesseln drehten mir ihre rosigen, faltigen Gesichter zu. Mrs. Cummins starrte mich an, und ihr Gesicht wurde lang.

»Ich bin es, George«, hörte ich mich aus weiter Ferne sagen. »Was geht hier vor?«

Sie stand auf, und ihre Lippen bewegten sich.

»Nigi olon brittel o zanig sowisess!« Beim letzten Wort sprangen die anderen mit erstaunlicher Gewandtheit auf.

»Mrs. Cummins?« sagte ich. »Mr. Bryant?«

Die alten Leute legten ihre Zeitschriften weg, gingen auf die Tür zu, und ich sah, daß ihre Füße nackt waren. Ich wich zurück, hinaus in den Korridor, schüttelte abbittend den Kopf und drehte mich um, lief davon. Konnte ich schnell genug durch das kleine Küchenfenster hinausspringen? Eine Hand fuhr an meinem Rücken herunter. Ich schlug sie weg und lief in die der Küche entgegengesetzte Richtung, geleitet vom Licht, das durch die Tür hinter mir strömte. Links tauchte eine Tür auf. Ich stürzte in undurchdringliche Dunkelheit, warf die Tür zu, fand wie durch ein Wunder einen Schlüssel im Schloß und drehte ihn heraus. Die Tür erbebte, als etwas Schweres dagegen prallte, und eine Frauenstimme begann entnervend zu heulen – dünn, schrill, angstvoll.

Ich tastete nach dem Lichtschalter und drehte ihn herum, aber es blieb dunkel. Ich wagte keinen Schritt zu tun und starrte in die Dunkelheit, bis mir ein Gefühl der Wärme und ein säuerlicher Geruch zum Bewußtsein kamen. Ich vermutete, daß ich mich in einem Zimmer an der Vorderseite des Hauses befand und hinausgelangen konnte, wenn ich nur ein Fenster fand. Die Tapete neben dem Schalter hing herab. Ich riß ein großes Stück herunter und rollte es zu einer Fackel zusammen, während immer heftiger an die Tür gehämmert wurde. Die Flamme des Feuerzeugs entzündete das trokkene Papier sofort. Ich hob die Fackel hoch und sah einen großen, quadratischen Raum, an einer Wand elektronische Anlagen, und einen hüfthohen Tank, der fast den ganzen Platz einnahm. Der süßsäuerliche Geruch schien von der dunklen Flüssigkeit in dem Tank zu stammen. Ich schaute hinein und sah ein halb untergetauchtes *Ding* mit dem Gesicht nach oben schwimmen. Es hatte etwa die Größe eines siebenjährigen Jungen, und die sich auflösenden, gallertartigen Züge besaßen eine Ähnlichkeit mit . . .

Nein!

Ich schrie auf und schleuderte die Fackel von mir, um wieder so blind zu sein wie vorher. Die Fackel fiel an der Wand zu Boden, und die herabhängenden Tapeten fingen Feuer. Ich rannte um den

Tank herum zu einem Fenster, knüllte die verrottenden Vorhänge zusammen und zerschlug die Glasscheibe. Die Bretter vor dem Fenster widerstanden für eine Ewigkeit meinen Füßen und Fäusten, dann war ich in der kühlen, frischen Luft und rannte, kaum den Boden unter meinen Füßen spürend, dahingetrieben von den dunklen Winden der Nacht.

Als ich mich schließlich, ein paar Straßen später, umsah, war der Himmel über dem alten Guthrie-Haus schon rötlich verfärbt, und Wolken zorniger Funken waberten im aufsteigenden Rauch.

Wie verarbeitet man ein solches Erlebnis? Es gab Aspekte des Alptraums, mit denen mein Verstand nicht zurechtkam, als ich nach Hause ging, begleitet vom fernen Heulen der Feuerwehrsirenen. Da war zum Beispiel die Tatsache, daß ich einen Brand verursacht hatte, in dem in diesem Augenblick eine Gruppe alter Leute umkommen mochte – aber ich spürte aus irgendeinem Grund kein Schuldgefühl. Statt dessen war ich überzeugt, daß ich, wäre der Brand nicht zufällig entstanden, die Pflicht gehabt hätte, ihn zu legen, um die Welt von etwas zu befreien, was kein Recht hatte zu existieren. Nichts Religiöses bewegte mich dabei, denn die entsetzlichste Entdeckung in dem quadratischen Raum hatte die Aura des Übernatürlichen gänzlich weggefegt.

Ich hatte elektronische Anlagen gesehen – vom Typ her unbekannt, aber unverwechselbar –, und ich hatte ein *Ding* in einem Tank mit erwärmter, organisch riechender Flüssigkeit schwimmen sehen, ein Ding, das eine Ähnlichkeit mit . . .

Nein! Dieser Weg führte zum Wahnsinn. Unerträgliche Qual.

Worauf war ich noch gestoßen? Oma Cummins war tot – aber sie hatte im Hinterzimmer eines unbewohnten Hauses gesessen und eine Sprache gesprochen, wie ich noch niemals eine gehört hatte. Joe Bryant war tot, seit einem Jahr schon, aber auch er hatte unter der nackten Glühbirne gesessen. Mein Sohn lag schwer krank in der Klinik, und trotzdem . . .

Nein!

Ich wich vor noch unerkennbaren Ungeheuerlichkeiten zurück und dachte an Dr. Pitmann. Er hatte Oma Cummins behandelt. Er war, soviel ich wußte, der Hausarzt der Bryants gewesen. Er hatte heute früh Sammy behandelt. Er war am Vortag in meinem Haus gewesen – vielleicht als Sammy vom alten Guthrie-Haus erzählt hatte. Ich dachte an etwas anderes – an die Pistole in meinem Schreibtisch. Ich ging schneller.

Zu Hause dachte ich zuerst, May sei fortgegangen, aber sie saß noch immer im Dunkeln, noch immer am selben Platz. Ich schaute auf die Uhr und konnte es nicht fassen, daß erst vierzig Minuten vergangen waren. Länger hatte es nicht gedauert, bis die Wirklichkeit verrottet war und sich aufgelöst hatte.

»May?« sagte ich an der Tür. »Hat das Krankenhaus angerufen?«

Eine lange Pause.

»Nein.«

»Willst du kein Licht haben?«

Wieder eine Pause.

»Nein.«

Diesmal machte es mir nichts aus, weil die Dunkelheit verbarg, daß meine Kleidung beschmutzt war und Blutspuren von meinen verletzten Händen aufwies. Ich ging hinauf, vorbei an der quälenden Leere von Sammys Zimmer, wusch mich mit kaltem Wasser, klebte Pflaster auf die Handknöchel und zog mich um. Ich holte die Pistole aus meinem Schreibtisch, steckte sie in den Gürtel, ging hinunter und sagte zu May, daß ich noch einmal weggehen wollte. Sie nickte stumm. Wenn Sammy starb, würde auch sie sterben – nicht physisch, nicht klinisch, aber mit ebensolcher Gewißheit, und das hieß, daß zwei Leben davon abhingen, was ich in den nächsten Minuten tat.

Ich trat hinaus und sah, daß auf den Straßen fieberhafte Aufregung herrschte. Autos, Fußgänger, laufende Kinder, alles unterwegs zu dem riesigen Feuer, das den langweiligen Abend zu einem Großereignis zu machen schien.

Dr. Pitman wohnte nur eine Meile von mir entfernt, und ich entschied, daß es fast genauso schnell ging und weniger auffiel, wenn ich den Weg zu Fuß zurücklegte. Ich marschierte automatisch und erreichte das Haus des Arztes in einer guten Viertelstunde. Sein Buick stand in der Einfahrt, in den oberen Fenstern sah ich Licht. Ich schaute mich vorsichtig um, bevor ich auf das Haus zuging. Die Tür wurde aufgerissen, als ich die Stufen erreichte, und Dr. Pitman kam herausgestürmt, einen Arm im Mantelärmel. Ich griff nach der Pistole, brauchte sie aber nicht herauszuziehen, denn er blieb sofort stehen, als er mich sah.

»George!« Sein Gesicht wirkte besorgt. »Was führt Sie her? Ihr Junge?«

»Sie haben es erraten.« Ich stieß ihn ins Haus zurück.

»Was soll das?« Er schüttelte mich mit erstaunlicher Kraft ab, und ich mußte mich anstrengen, um ihn festzuhalten. »Sie benehmen sich etwas eigenartig, George.«

»Sie haben Sammy krank gemacht«, sagte ich. »Und ich bringe Sie um, wenn Sie ihn nicht wieder gesund machen.«

»Halt, George – ich habe Ihnen doch gesagt, Sie sollen sich nicht aufregen.«

»Ich rege mich nicht auf.«

»Es ist die Belastung –«

»Das genügt!« brüllte ich. »Ich weiß, daß Sie Sammy krank machen, und ich sorge dafür, daß Sie aufhören.«

»Aber weshalb sollte ich –?«

»Weil er am alten Guthrie-Haus gewesen ist und zuviel gesehen hat – deshalb.« Ich stieß ihn zurück.

»Das Guthrie-Haus! Nein, George, *nein*!«

Bis zu diesem Augenblick war ich halb bereit gewesen, nachzugeben, hinzunehmen, daß ich vor Angst halb von Sinnen war, aber sein Gesicht wurde zu einer grauen, schlaffen Maske. Die Kraft schien ihn zu verlassen, er wirkte älter und kleiner.

»Ja, das alte Guthrie-Haus.« Ich schloß die Tür hinter mir. »Was treiben Sie dort, Doktor?«

»Hören Sie, George. Ich kann jetzt nicht mit Ihnen reden – ich habe gehört, daß es in der Nähe brennt, und ich muß hin. Man braucht mich.« Dr. Pitman richtete sich auf, versuchte, an mir vorbeizukommen.

»Sie kommen zu spät«, sagte ich und vertrat ihm den Weg. »Das Haus brennt wie Zunder. Ihre Geräte sind futsch.« Ich starrte ihm in die Augen. »*Alle* sind hin.«

»Ich – ich weiß nicht, was Sie meinen.«

»Die – Dinge, die Sie machen. Die wie Leute aussehen, aber keine sind, weil die Originale tot sind. Sie sind alle fort – verbrannt, Doktor.« Ich redete wild ins Blaue hinein, sah aber, daß meine Worte trafen. »Ich war dort, ich habe es gesehen, und ich sage es der ganzen Welt – Sammy ist also nicht mehr allein. Sein Tod wird nichts vertuschen. Hören Sie mich, Doktor?«

Er schüttelte den Kopf, drehte sich um und ging die breite Treppe hinauf. Ich griff nach der Waffe, überlegte es mir anders und lief ihm nach. Er schob meine Hände weg. Ich stieß ihn an die Wand und legte die Hände um seine Kehle. Er wand sich, entkam, ich stürzte ihm nach, wir rollten die Treppe hinunter. Zweimal hörte ich, wie Knochen brachen, und erst als ich zehn Sekunden unten gelegen hatte, begriff ich, daß es nicht die meinen gewesen waren.

Ich schob mich hoch und blickte in Dr. Pitmans Gesicht. Seine Zähne waren blutverschmiert, und einen Augenblick lang spürte ich Zweifel. Er war ein alter Mann, und wenn er nun wirklich nicht verstanden hatte, was ich meinte ...

»Jetzt haben Sie es geschafft, George«, flüsterte er. »Sie haben uns erledigt.«

»Was soll das heißen?«

»Eines müssen Sie mir glauben ... wir haben niemals einem Menschen etwas angetan ... dafür haben wir zuviel Qual gesehen ...« Er hustete, und Blut trat auf seine Lippen.

»Was sagen Sie da?«

»Es sollte eine ganz stille, ganz langsame Invasion werden ... Invasion ist das falsche Wort ... keine Eroberung oder Verdrängung ... physische Reise von unserer Welt praktisch unmöglich ... wir beobachteten unheilbar erkrankte Menschen, Sterbende ... stellten Duplikate her und tauschten sie aus ... so konnten auch wir normal leben, fast normal, für eine Weile ... bis der Tod wiederkam ...«

»Doktor Pitman«, sagte ich verzweifelt, »ich verstehe Sie nicht.«

»Ich bin nicht der wahre Doktor Pitman ... er ist vor vielen Jahren gestorben ... erste Person hier in der Stadt – ein Arzt ist in der besten Position für unsere ... Ich bin *pragliert* worden – ihr habt keinen Ausdruck dafür – in ein Duplikat seines Körpers versetzt ...«

Der Boden unter mir schien zu wanken.

»Sie sagen, Sie kommen von einem anderen Planeten!«

»Richtig, George.«

»Aber warum, um Himmels willen? Weshalb sollte jemand –?«

»Seien Sie froh, daß Sie sich nicht vorstellen können, welche Umstände ein solches Projekt ... wünschenswert machten.« Sein Körper verkrampfte sich.

»Ich verstehe immer noch nicht«, flehte ich. »Weshalb sollten Sie die Leiber sterbender Menschen nachbauen, wenn das bedeutet, daß sie für den Rest Ihres Lebens in einem alten Haus eingesperrt sind?«

»Gewöhnlich ist es nicht so ... wir tauschen uns und integrieren uns ... die Sterbenden scheinen sich zu erholen ... aber der Duplikationsprozeß braucht Zeit, und manchmal stirbt die Person ganz plötzlich zu Hause, so daß wir keine Gelegenheit haben, an ihre Stelle zu treten ... und es gibt keine Umkehr ...«

Ich erstarrte, als goldenes Licht durch die Halle flutete. Ich hörte Räder auf Kies knirschen und begriff plötzlich, daß ein Auto gekommen war. Der Mann, den ich als Dr. Pitman kannte, schloß die Augen und seufzte tief, mit einer schrecklichen Endgültigkeit.

»Aber was ist mit Sammy?« Ich schüttelte die schlaffe Gestalt. »Sie haben mir nichts über meinen Sohn gesagt.«

Die Augen öffneten sich langsam, und trotz der Schmerzen sah ich Güte.

»Das war ein Irrtum, George.« Seine Stimme wurde immer leiser. »Ich hatte keine Ahnung, daß er am Haus gewesen war ... sind nicht wie ihr – schlechte Organisatoren ... nald denbo sowisegg ... Verzeihung ... ich hatte nichts mit seiner Krankheit zu tun ...«

Draußen wurde eine Wagentür zugeschlagen. Ich wollte hinauslaufen, aber es gab noch eine Frage, die gestellt werden mußte.

»Ich bin in dem alten Haus gewesen. Ich habe den Tank gesehen und ... etwas ... was wie ein Junge aussah. Heißt das, daß Sammy sterben muß? Daß Sie ihn austauschen wollten?«

»Sammy wird wieder gesund, George ... obwohl ich zuerst wenig Hoffnung hatte ... ich kenne Sie und May nicht so lange, wie Doktor Pitman Sie gekannt hat, aber ich habe große Zuneigung ... ich wußte, daß May den Verlust nicht ertragen könnte, deshalb habe ich einen Austausch veranlaßt ... versuchsweise, Sie verstehen, kleil nurr ... nicht mehr nötig ... Sammy wird gesund ...« Er versuchte mich anzulächeln, und Blut quoll zwischen seinen Lippen heraus, als im selben Augenblick schrill die Türglocke läutete.

Ich starrte den alten Mann traurig an. In welche Hölle war er hineingeboren worden? Welche Bedingungen konnten jemanden dazu zwingen, für eine so bescheidene Belohnung die Reise zu machen, die er unternommen hatte? Es läutete wieder, und ich öffnete die Tür.

»Rufen Sie einen Krankenwagen«, sagte ich zu dem Fremden am Eingang. »Doktor Pitman scheint die Treppe hinuntergestürzt zu sein – ich glaube, er stirbt.«

Es war schon spät, als das Polizeifahrzeug mich zu Hause absetzte, aber im ganzen Haus brannte Licht. Ich bedankte mich bei dem Beamten, der mich vom Leichenschauhaus heimgefahren hatte, wo Dr. Pitmans Leiche lag – ich konnte ihn mir unter keinem anderen Namen vorstellen –, und hastete zur Tür. Ich wagte kaum zu hoffen ...

»George!« May kam mir an der Tür entgegen, angezogen, blaß, aber strahlend. »Wo bist du gewesen? Ich habe es überall versucht. Das Krankenhaus hat vor einer halben Stunde angerufen. Du bist stundenlang weggewesen. Sammy geht es besser, und er will uns sehen. Ich habe den Wagen schon aus der Garage geholt. Soll ich fahren? Wir dürfen ihn sehen, und ich –«

»Langsam, May. Langsam.« Ich legte die Arme um sie und ließ sie alles noch einmal erzählen.

Sammys Reaktion auf die Antibiotika war prompt eingetroffen, und er war bei vollem Bewußtsein und verlangte nach seinen Eltern. Der leitende Arzt hatte erlaubt, daß wir ein paar Minuten zu ihm dürften. In mir flammte etwas auf, und eine Minute später waren May und ich im Wagen. Unterwegs bemerkte ich, daß ich immer noch die Pistole im Gürtel stecken hatte. Ich schloß die Augen und dachte an die Ereignisse der Nacht.

Die fremden Wesen mögen ihre Ethik haben, sagte ich mir, aber hätte ich zulassen können, daß sie ungehindert zu uns kamen? Wußte ich überhaupt, wie weit sie schon vorgedrungen waren? Pitman sei der erste hier in der Stadt gewesen – hieß das, daß die Invasion den ganzen Bundesstaat erfaßt hatte? Das ganze Land? Die ganze Welt? Konnte ich überhaupt etwas glauben, was ›Dr. Pitman‹ über die Ziele der fremden Wesen gesagt hatte? Gewiß, er hatte gütig gewirkt, er war um Sammy und May besorgt gewesen – aber was bedeutete der Gesichtsausdruck bei einem Wesen, das vielleicht eine ganz andere Form besessen hatte? Hatte ›Dr. Pitman‹ mir überhaupt die ganze Geschichte erzählt? Wieder sah ich das Gesicht meines bewußtlosen Sohnes, als ›Pitman‹ ihn hinuntergetragen hatte, und eine größere Angst als zuvor erfüllte mich.

Ich riß die Augen auf, weil ich nicht mehr nachdenken wollte.

»Du Armer – du bist todmüde«, sagte May. »Du schluckst einfach alles in dich hinein, und da ist es noch schlimmer.«

Ich nickte. Sie bemuttert mich, dachte ich. Sie ist glücklich, in Frieden, wieder voll Zuversicht – weil es unserem Jungen besser geht. Sammys Leben ist ihr Leben.

May bremste.

»Da sind wir. Wir dürfen nicht zu lange bleiben – es ist sehr freundlich von Doktor Milligan, daß er uns um diese Zeit überhaupt hineinläßt.«

Ich erinnerte mich an Dr. Milligan – hochgewachsen, gebückt und *alt*. Ein zweiter Dr. Pitman? Mir fiel plötzlich ein, daß ich May von den Ereignissen nichts erzählt hatte, aber bevor ich mir eine zensierte Version zurechtlegen konnte, waren wir schon ausgestiegen. Ich beschloß, es auf später zu verschieben. Eine Krankenschwester erwartete uns und fuhr uns mit dem Lift hinauf.

»Samuel macht ganz erstaunliche Fortschritte«, sagte sie zu May. »Er ist sehr kräftig.«

»Danke.« May nickte dankbar. »Vielen Dank.«

»War heute viel los?« fragte ich, um das Thema zu wechseln, denn Sammy war mir nie besonders kräftig erschienen, und die Angst in mir wollte sich nicht legen.

»Es war ganz still, zur Abwechslung.«

»So? Ich habe etwas von einem Brand gehört.«

»Zu uns ist niemand gebracht worden.«

»Das ist gut«, sagte ich beiläufig. Wenn die fremden Wesen genauso konstruiert waren wie Menschen, würden die Überreste wie normale Brandopfer aussehen. Es wird eine Riesenaufregung geben, dachte ich und versuchte bei diesen Gedanken zu bleiben, aber die Angst überwältigte mich immer mehr. Biologische Bausteine – woher kamen sie? Die dunkle Flüssigkeit im Tank – war sie synthetisch oder natürlichen Ursprungs? Das, was ich dort hatte schwimmen sehen – war es ein Körper, der eben erst entstand?

Oder wurde er aufgelöst und in ein Reservoir organischer Materie gepumpt?

Hatte ich die Leiche meines Sohnes gesehen?

Andere Gedanken schwirrten wie Dämonen durch mein Gehirn. ›Dr. Pitman‹ hatte Sammy in seinem eigenen Wagen zur Klinik gebracht, aber er war merkwürdig spät dort angekommen. Offenbar hatte er den Jungen zum Guthrie-Haus gebracht. Weshalb? Weil er, nach eigener Angabe, geglaubt hatte, Sammy müsse sterben, weil er May den Schock ersparen wollte, ihren Sohn zu verlieren. Er hatte einen Tausch veranlaßt – zur Vorsicht. Uneigennützig. Unfaßbar uneigennützig. Für wie leichtgläubig hielt mich ›Dr. Pitman‹ eigentlich? Wenn Sammy eines natürlichen Todes gestorben oder getötet und durch ein Wesen aus dem All ersetzt worden war, gedachte ich es den fremden Wesen schwerzumachen. Ich würde schreien und sengen und töten . . .

Ich beherrschte mich mit Mühe, als die Schwester die Tür zu einem kleinen Krankenzimmer öffnete. Sammy schlief friedlich in seinem Bett.

»Sie können eine Minute hineingehen, aber wirklich nur eine Minute«, sagte die Schwester. Sie blickte auf Mays Gesicht, und was sie dort entdeckte, bewog sie, im Korridor stehenzubleiben, während wir ins Zimmer traten. Sammy war blaß, atmete aber regelmäßig. May umklammerte meinen Arm mit beiden Händen.

»Es geht ihm wieder gut«, hauchte sie. »Oh, George – ich wäre gestorben.«

Sammys Lider zuckten ein wenig, aber er bewegte sich nicht. May begann lautlos zu schluchzen.

»Nur ruhig, Liebes«, flüsterte ich. »Er wird ja gesund.«

»Ich weiß, aber ich fühlte mich so schuldig.«

»Du?«

»Ja. Gestern beim Essen machte er mich so wütend, als er so von meiner Mutter sprach – und ich sagte, er solle tot umfallen.«

»Das ist doch albern.«

»Ich weiß, aber ich habe es gesagt, und so etwas darf man niemals sagen –«

»So leicht läßt sich das Schicksal nicht herausfordern«, meinte ich mit einer Sachlichkeit, die ich nicht empfand. »Außerdem hast du es nicht ernst gemeint. Alle Eltern wissen, daß man oft die schlimmsten Dinge sagt, wenn einem ein Kind auf die Nerven fällt.«

Sammy öffnete weit die Augen.

»Mami?«

May sank auf die Knie.

»Ich bin da, Sammy. Ich bin bei dir.«

»Entschuldige, daß ich dich geärgert habe.«

»Du hast mich gar nicht geärgert, Liebling.« Sie griff nach seiner Hand und küßte sie.

»Doch. Ich hätte nicht so reden sollen, nicht erzählen, daß ich Oma gesehen habe.« Er sah mich an. »Es war wirklich ein dummer Scherz, wie Papa gesagt hat. Ich habe Oma Cummins gar nicht gesehen.« Er sah mir fest in die Augen.

Ich trat einen Schritt zurück, und die schwarze Blume der Angst schloß sich um mich. Sammy, *mein* Sammy, hatte das Duplikat von Oma Cummins im Guthrie-Haus gesehen – und man hätte ihn weder durch Bestechung noch durch Strafen dazu zwingen können, das zurückzunehmen. Im Gegensatz zu mir schloß mein Sohn keine Kompromisse.

Meine Hand glitt wie von selbst unter meine Jacke und legte sich auf die Pistole. Mein Junge war tot, und jetzt – genau in diesem Augenblick – war die Zeit, ihn zu rächen.

Aber ich sah auf Mays zuckende Schultern hinunter und begriff plötzlich, weshalb ›Dr. Pitman‹ mir die ganze Geschichte erzählt hatte. Wären die makabren Szenen im Guthrie-Haus ein Rätsel für mich geblieben, hätte ich ihren Sinn nicht begriffen, dann hätte ich niemals schweigen können. Früher oder später hätte ich zur Polizei gehen und Nachforschungen anregen, Ärger verursachen müssen ...

Jetzt wußte ich, daß das erste Opfer eines solchen Vorgehens May sein würde – sie würde zugrunde gehen, wenn sie die Wahrheit erfuhr, so sicher, als hätte ich ihr eine Kugel in den Kopf gejagt. Meine Hand löste sich von der Pistole.

Sammys Leben ist ihr Leben, dachte ich.

In mancher Beziehung ist es nicht schlecht, wenn man zu Kompromissen neigt ... das erleichtert einem nicht nur das eigene Leben, sondern auch das der Menschen, die zu einem gehören.

May lacht jetzt viel und ist sehr glücklich darüber, daß Sammy sich zu einem so hübschen, gewitzten Vierzehnjährigen entwickelt hat. Die Entdeckung einer Anzahl ›menschlicher‹ Überreste im alten Guthrie-Haus war in unserer Kleinstadt eine Weile eine Sensation, aber ich bezweifle, daß May sich noch daran erinnert. Wie gesagt, sie lacht viel.

Ich denke natürlich immer noch an meinen Sohn, und gelegentlich kommt mir der Gedanke, daß alle Rücksichten überflüssig wären, wenn May plötzlich umkäme, bei einem Autounfall etwa. Aber die Jahre vergehen, und es gibt keine Anzeichen dafür, daß die Menschheit durch die stille Invasion zu Schaden kommt. Vielleicht war es niemals mehr als eine lokale Erscheinung, ein Experiment, das nicht ganz geklappt hat.

Und wenn ich sehe, wie Sammy groß und aufrecht heranwächst und seiner Mutter so ähnlich sieht, fällt es leicht, mir einzureden, daß ich mich getäuscht haben könnte. Schließlich bin ich nur ein Mensch.

ENDE

Bitte beachten Sie die folgenden Anzeigenseiten. Die dort genannten Preise entsprechen dem Stand vom Herbst 1973 und können sich nach wirtschaftlichen Notwendigkeiten ändern.

Goldmann SCIENCE FICTION

Lloyd Biggle
Spiralen aus dem Dunkel
Utopisch-technischer Abenteuerroman
208 Seiten. Band 096. DM 3.–

In den USA landet ein mysteriöses Flugobjekt – wie aus dem Nichts ... Vom Landungsplatz breiten sich in großen Spiralen Bahnen der Vernichtung und Zerstörung aus. Woher kam dieses geheimnisvolle, tödliche Flugobjekt? Aus den Tiefen des Weltraums? Oder etwa aus der Zukunft?

Arthur C. Clarke
Die letzte Generation
Utopisch-technischer Roman
192 Seiten. Band 070. DM 3.–

Gigantische Raumschiffe schweben über den größten Städten der Erde. Wer sind die Besucher aus dem Weltall? Sie nennen sich die ›Overlords‹ und bestimmen das Schicksal der Erde. Im Auftrag einer kosmischen Macht entführen sie die Kinder, um sie auf einem fernen Planeten für eine Gemeinschaftsaufgabe vorzubereiten.

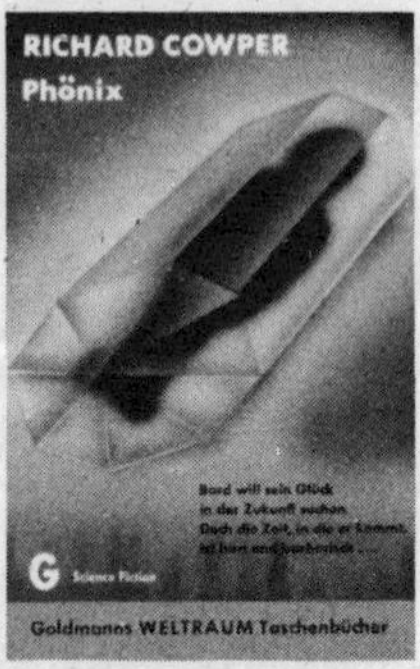

Richard Cowper
Phönix
Utopisch-technischer Abenteuerroman
160 Seiten. Band 099. DM 3.–

Können Menschen im Tiefschlaf Jahrhunderte überleben? Das Problem scheint für die Wissenschaft und Technik unserer Tage fast gelöst. – Der Roman berichtet von einem solchen Experiment. Nach einem todesähnlichen Schlaf im unterkühlten Zustand erwacht Bard Cecil in einer fremden, zukünftigen Welt voller Gefahren.

WILHELM GOLDMANN VERLAG MÜNCHEN

Goldmann SCIENCE FICTION

Lloyd Biggle
Verbrechen in der Zukunft
Utopisch-technische Erzählungen
192 Seiten. Band 098. DM 3.–

Die Polizei hat ein Gerät erfunden, mit dessen Hilfe man auf einem Fernsehschirm Ereignisse beobachten kann, die erst in einigen Wochen stattfinden werden. Aber kann man die Zukunft, die man vorhergesehen hat, manipulieren?

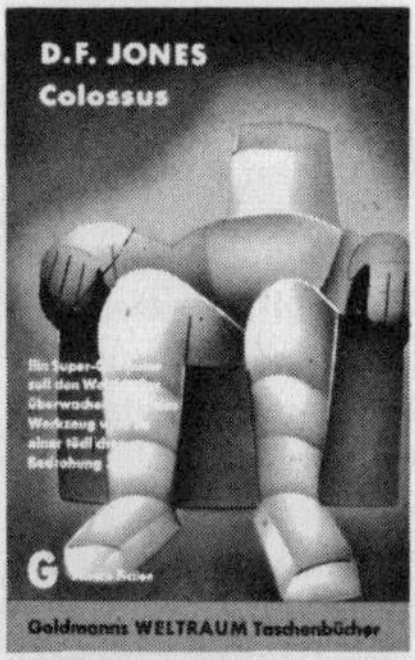

D. F. Jones
Colossus
Technischer Zukunftsroman
176 Seiten. Band 094. DM 3.–

Colossus – diesen Namen gab Professor Charles Forbin dem riesigen Computer, den er in langjähriger Arbeit entwickelte. Seine Aufgabe: Die Verteidigung des amerikanischen Kontinents. Als der Super-Computer in Betrieb genommen wird, muß man feststellen, daß er sich nicht mehr abschalten läßt. Der Menschheit droht die Gefahr, von Colossus regiert zu werden ...

E. C. Tubb
Projekt Ming-Vase
Utopisch-technische Erzählungen
176 Seiten. Band 093. DM 3.–

Zehn Geschichten von morgen – in kühnem Gedankenflug entführen sie den Leser in eine ferne Zukunft, in die unendlichen Weiten des Universums. Eine Auswahl, in der die ganze Spannweite der Science Fiction aufgezeigt wird. Telepathie, Raumfahrt, Leben auf anderen Planeten, Abenteuer im Weltraum – das sind einige der Themen.

WILHELM GOLDMANN VERLAG MÜNCHEN

Goldmann SCIENCE FICTION

Rex Gordon
Der Zeitfaktor
Technischer Zukunftsroman
192 Seiten. Band 069. DM 3.–

Amerikanische Wissenschaftler schicken eine Filmkamera mit einer Zeitmaschine hundert Jahre in die Zukunft. Doch die Aufnahmen aus jener Zeit vermitteln ein Bild des Schrekkens. Die Erde ist durch einen Atomkrieg verwüstet. – Muß es tatsächlich so werden? Oder gibt es eine Möglichkeit, den Ablauf der Geschehnisse zu beeinflussen?

Damon Knight
Welt ohne Maschinen
Utopisch-technische Erzählungen
176 Seiten. Band 092. DM 3.–

Die Titelgeschichte führt den Leser in eine Zeit, wo alle Maschinen überflüssig geworden sind. Man hat einen höchst ungewöhnlichen Ersatz dafür gefunden. – Die beiden anderen Erzählungen befassen sich mit der ewigen Menschheitsfrage der Unsterblichkeit und der Freundschaftsmission eines Botschafters aus dem All.

Rick Raphael
Strahlen aus dem Wasser
Utopisch-technische Erzählungen
192 Seiten. Band 073. DM 3.–

Die Überbevölkerung der Erde und die Industrialisierung haben ein Ausmaß erreicht, das die menschliche Existenz gefährdet. Das Frischwasser reicht für die Erdbevölkerung nicht mehr aus! Werden die Fachleute der Zukunft noch rechtzeitig eine Möglichkeit finden, diese große Gefahr zu beseitigen?

WILHELM GOLDMANN VERLAG MÜNCHEN

Die roten Goldmann KRIMI

Agatha Christie
Monsieur P. ist neugierig

160 Seiten. Band 4047. DM 3.–

Die Arbeiten des Herkules müßten wieder erstehen, denkt sich der Privatdetektiv Hercule Poirot. Ehe er sich endgültig zur Ruhe setzte, würde er zwölf Fälle übernehmen – und alle zwölf sollten in Beziehung zu den zwölf Arbeiten des antiken Herkules stehen . . .

Rex Stout
Vor Mitternacht

192 Seiten. Band 4048. DM 3.–

Millionen von Amerikanern beteiligen sich an dem Preisausschreiben der Parfümfirma ›Pour Amour‹. Erster Preis: eine halbe Million Dollar! Nur einer kennt die Antworten auf die Preisfragen: der Erfinder des Rätselspiels. Und der wird vor der Endrunde ermordet! Privatdetektiv Nero Wolfe soll den Mörder finden.

Richard Neely
Du bist Marriott

160 Seiten. Band 4049. DM 3.–

Dan Marriott kann sich an nichts mehr erinnern, was vor seinem Verkehrsunfall liegt. Die hübsche Frau, die behauptet, mit ihm verheiratet zu sein – es ist ihm, als sehe er sie zum erstenmal. Aber dann tauchen Zeugen der Vergangenheit auf – Zeugen, die behaupten, seine Frau wollte ihn ermorden. Ein Toter bestärkt Marriotts Verdacht . . .

WILHELM GOLDMANN VERLAG MÜNCHEN

Die roten Goldmann KRIMI

Roderick Wilkinson
Ein Haar im Whisky
160 Seiten. Band 4017. DM 3.–

Irgend jemand in Schottland hat scheinbar zu großen Durst. Jedenfalls verschwindet der Whisky nicht nur flaschen-, sondern gleich lastzugweise! Aber trotz der gewaltigen Menge Alkohol hat der Unbekannte eine recht sichere Hand: Trifft er doch einen gar nicht so harmlosen Sportangler genau ins Herz . . .

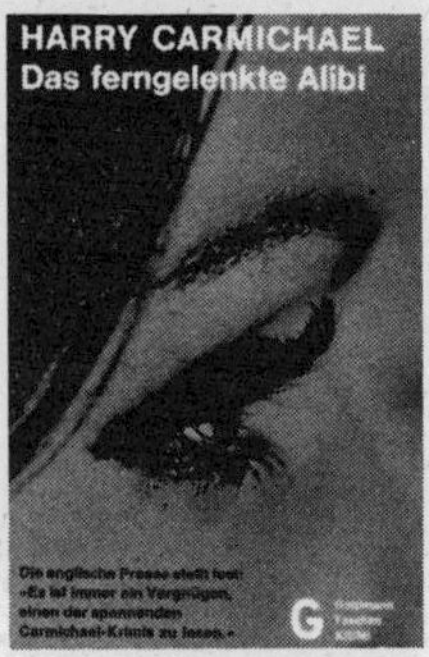

Harry Carmichael
Das ferngelenkte Alibi
128 Seiten. Band 4019. DM 3.–

Man soll die Frauen nicht ans Steuer lassen, denkt der Zeitungsreporter Quinn aus London. Eben gestand ihm Hugh Melvilles Frau, daß sie den Unfall verschuldet hat, für den Hugh achtzehn Monate Gefängnis bekam . . . Als Ellen Melville kurz danach tot aufgefunden wird, sieht es freilich nur so aus, als habe sie vor Reue Selbstmord begangen . . .

William Maner
Zuviel Mord, Professor Harley!
160 Seiten. Band 4020. DM 3.–

Als Student ist Steve eine Niete, als Footballspieler ein Star. Zwei Tage vor dem großen Spiel findet man ihn auf seinem Platz im Hörsaal, wo er häufig zu schlafen pflegte. Jetzt schläft er für immer: erstochen mit einer Schere. Schauplatz: eine Universitätsstadt in den USA

WILHELM GOLDMANN VERLAG MÜNCHEN

Verehrter Leser,
senden Sie bitte diese Karte ausgefüllt an den Verlag. Sie erhalten kostenlos unsere Verlagsverzeichnisse zugestellt.

WILHELM GOLDMANN VERLAG · 8 MÜNCHEN 80

Bitte hier abschneiden

Diese Karte entnahm ich dem Buch ______________________

____

Kritik + Anregungen ______________________

____

____

____

____

____

____

____

____

Ich wünsche die kostenlose und unverbindliche Zusendung des Verlagskataloges und laufende Unterrichtung über die Neuerscheinungen des Wilhelm Goldmann Verlages.

Name ______________________

Beruf ______________ Ort ______________

Straße ______________________

Ich empfehle, den Katalog auch an die nachstehende Adresse zu senden:

Name ______________________

Beruf ______________ Ort ______________

Straße ______________________

Goldmann Taschenbücher sind mit über 3200 Titeln (Frühjahr 1972) die größte deutsche Taschenbuchreihe. Jeden Monat etwa 25 Neuerscheinungen. Gesamtauflage über 125 Millionen.

Aus dem WILHELM GOLDMANN VERLAG
8 München 80, Postfach 80 07 09 bestelle ich
durch die Buchhandlung

Anzahl	Titel bzw. Band-Nr.	Preis

Datum: Unterschrift:

4020 · 7024 · 3.000

Bitte mit Postkarten-Porto frankieren.

Wilhelm Goldmann Verlag

8000 MÜNCHEN 80

Postfach 80 07 09